Mel Wallis de Vries
Da waren's nur noch zwei

Weitere Titel der Autorin:

Schnick, schnack, tot
Mädchen versenken
Mädchen, Mädchen, tot bist du
Wer sich umdreht oder lacht...
Ich sehe was, was du nicht siehst
Himmel oder Hölle

MEL WALLIS DE VRIES

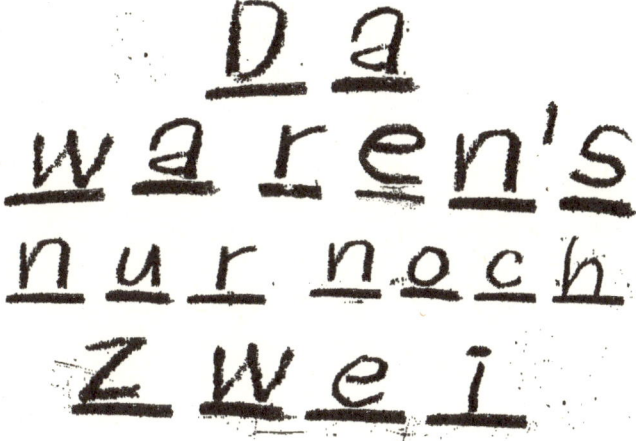

Übersetzung aus dem Niederländischen
von Verena Kiefer

one

Die Bastei Lübbe AG verfolgt eine nachhaltige Buchproduktion. Wir verwenden Papiere aus nachhaltiger Forstwirtschaft und verzichten darauf, Bücher einzeln in Folie zu verpacken. Wir stellen unsere Bücher in Deutschland und Europa (EU) her und arbeiten mit den Druckereien kontinuierlich an einer positiven Ökobilanz.

Dieser Titel ist auch als Hörbuch und E-Book erschienen

Der Verlag dankt dem Nederlands Letterenfonds
für die freundliche Unterstützung.

Titel der niederländischen Originalausgabe:
»Vals«

Für die Originalausgabe:
Copyright © 2010 Mel Wallis de Vries

Für die deutschsprachige Ausgabe:
Copyright © 2015 by Bastei Lübbe AG, Schanzenstraße 6 – 20, 51063 Köln, Deutschland
Bei Fragen zur Produktsicherheit wenden Sie sich bitte an:
produktsicherheit@bastei-luebbe.de

Vervielfältigungen dieses Werkes für das Text- und Data-Mining bleiben vorbehalten. Die Verwendung des Werkes oder Teilen davon zum Training künstlicher Intelligenz-Technologien oder -Systeme ist untersagt.

Umschlaggestaltung: Cornelia Niere, München
Umschlagmotiv: © Cornelia Niere, München
Satz: Dörlemann Satz, Lemförde
Gesetzt aus der Quadraat
Druck und Einband: GGP Media GmbH, Pößneck
Printed in Germany
ISBN 978-3-8466-0016-0

Prolog

Alles ist weiß. Leuchtend weiß. Ich blinzele, doch es bleibt weiß. Was ist passiert? Bin ich tot? Ich weiß es nicht. Aber ich habe keine Angst. Das Weiß ist so schön. Ich kann es sogar spüren. Es ist weich wie Daunen.
Hinter mir ist noch mehr Weiß. Aber das sieht anders aus. Dumpfer. Und mit grauen Rissen. Es sieht aus, als würde dort etwas auf mich warten. Etwas, das ich erst loslassen muss. Bilder huschen durch meine Gedanken. Ein Auto. Lachende Mädchen. Ein Streit. Ein dunkler Gang. Ein Gewehrlauf. Ich kann diese Bilder nicht einordnen. Es ist, als hätte ich mitten im Film eingeschaltet. Plötzlich höre ich ein Flüstern.
»Ich habe auf dich gewartet.«
Die Worte klingen weit entfernt.
»Die anderen sind nicht mehr da.«
Das Flüstern hat sich verlagert. Jetzt ist die Stimme dicht an meinem Ohr.
»Du bist ganz allein.«
Ich spüre etwas Warmes, das meine Stirn streift. Haut auf Haut. Jemand schreit. Es klingt fürchterlich. Bin ich das?
Das Weiß bricht auf, verschwimmt. Plötzlich bin ich so traurig. Ich will das Weiß einfangen. Luft gleitet durch meine Hände, wabert unter meinen Beinen davon. Ich falle, schneller und immer schneller, der Boden rast mir entgegen. Mit einem Schlag treffe ich auf. Ich schnappe nach Luft und muss husten.

Meine Augenlider klappen auf. Noch immer ist alles weiß. Vielleicht bin ich wirklich tot. Mein Kopf rollt zur Seite. Also lebe ich noch: Tote können den Kopf nicht bewegen. Ich weiß nicht, ob diese Erkenntnis Erleichterung oder Enttäuschung hervorruft, da spüre ich, dass etwas an meiner Wange kitzelt. Ich sehe Schnee. Ganz viel schneeweißen Schnee. Ich liege auf dem Rücken, in einem Bett aus Schnee. Seltsamerweise ist mir nicht kalt.

»Mama!«, will ich rufen, aber die Worte bleiben in meinem Kopf stecken. Verzweifelt versuche ich mir das Gesicht meiner Mutter vorzustellen. Aber ich kann mich nicht erinnern, wie sie aussieht. Ich kann mich an gar nichts erinnern. Ich weiß nicht, was passiert ist. Ich weiß nicht, warum ich hier liege. Ich weiß nicht einmal mehr, wer ich bin.

Der Wind bläst mir ins Gesicht. Ich muss weinen. Nach und nach erwachen die Nerven in meinem Körper. Allmählich spüre ich Kälte. Schmerz. Mein Kopf quillt über vor Schmerzen.

Irgendwo hinter mir bewegt sich etwas. Äste brechen. Ich höre ein Rascheln. Ich habe Angst, aber ich weiß nicht, warum.

Auf einmal höre ich von der anderen Seite eine Mädchenstimme. »Wo bist du?«, ruft sie.

Ob sie mich sucht? Wieder kommen mir die Tränen.

»Ich bin hier«, will ich sagen, aber es klappt nicht.

»Warum antwortest du nicht?«, In der Stimme liegt Panik.

Ich kenne das Mädchen. Da bin ich sicher. Aber ich habe ihren Namen vergessen. Das Geräusch hinter mir kommt näher. Jetzt höre ich auch ein leichtes Keuchen. Und Schuhe, die im Schnee knirschen.

»Ich werde dich suchen!«, ruft das Mädchen.

Sie soll nicht hierherkommen. Hier ist es nicht sicher. Geh weg. Geh weg. Geh weg. In Gedanken beschwöre ich sie. Bitte, lauf davon, solange es noch geht.

Aber das Mädchen achtet nicht darauf. Ich höre ihre Schritte im Schnee. Leicht und zögernd. Ganz anders als die schweren, trägen Bewegungen hinter mir.

»Hallo?«, ruft sie. »Bist du da? Kannst du was sagen? Bitte!?«
Ihre Worte werden von der eisigen Luft weggetragen. Plötzlich herrscht Totenstille. Das Keuchen hinter mir hat aufgehört. Und das Mädchen schweigt.
»Nein.« War ich das? Es ist so leise und heiser, dass ich es selbst kaum verstehen kann.
Trotzdem zeigt es Wirkung.
Das Keuchen hinter mir geht weiter, noch schneller und verbissener als vorhin.
Das Mädchen sagt: »Gott sei Dank! Ich komme!«
Nein. Nein. Nein. Bleib dort. Aber die Worte sind in meinem Kopf eingesperrt.
»B-bist du da? Bitte, sag was. E-es ist hier so dunkel«, höre ich das Mädchen sagen.
Ihre Stimme klingt lauter. Näher.
Ich muss sie warnen. Vorsichtig bewege ich mein rechtes Bein. Es funktioniert. Auch mein linkes Bein macht mit. Ich drehe mich zur Seite und knie mich hin. Schmerz explodiert in meinem Kopf, zieht über den Rücken bis in die Arme, Beine und Füße. Ich würge und muss mich übergeben.
Ein paar Sekunden starre ich reglos auf mein Erbrochenes.
Meine Muskeln spannen sich, ich krieche auf Händen und Füßen durch den Schnee. Alle Kraft, die mir noch bleibt, konzentriert sich auf diese Bewegung. Der Schnee erstreckt sich vor mir wie ein riesiges, spiegelglattes Meer. In der Mitte erhebt sich ein Auto wie ein Kriegsschiff. Meine Finger sind taub vor Kälte und meine Jeans ist durchnässt. Aber ich darf nicht aufgeben, ich muss weiter. Stück für Stück komme ich voran. Mein Kopf hängt zwischen meinen Armen und Speichelfäden tropfen aus meinem Mund.
»W-wer ist da? Ich habe keine Angst vor dir. E-echt nicht.«
Ihre Stimme. Ich schaue hoch und sehe die Gestalt des Mädchens nur wenige Meter entfernt. Ihr Gesicht ist im Dunkel der Nacht verborgen.
»Nein«, murmele ich keuchend vor Erschöpfung und Schmerz.

Das Mädchen bewegt sich.
»Nein!«, schreit sie. »Nein!«
Sie rennt auf mich zu. Drei Meter. Zwei Meter. Einen Meter. Mit jedem Schritt kommt sie näher. Ihre Umrisse werden immer klarer. Erst als sie vor mir steht, kann ich ihr Gesicht sehen. Mascara schlängelt sich schwarz über ihre Wangen. Sie muss geweint haben.
»Oh, Liebes.« Sie kauert sich neben mich und hält mein Gesicht fest. »Ich wusste nicht, wo du warst. Ich hatte Angst, so schreckliche Angst.« Ihre Finger streicheln meine Wange.
»Es wird alles gut. Ich hole Hilfe«, sagt sie.
Ich möchte dem Mädchen so gerne glauben.
Plötzlich sehe ich, wie sich ihr Blick verändert. Erleichterung weicht Erstaunen, gefolgt von Angst. Sie starrt auf einen Punkt hinter mir. Sie richtet sich auf. Ich wende den Kopf. Noch bevor ich sehe, wer hinter mir steht, kommen die Erinnerungen zurück. Und ich weiß, es ist zu spät, um zu fliehen.

KIM

Kapitel 1

»Kim?« Meine Mutter klopft an die Tür.

»Bist du fertig? Es ist Viertel vor elf. In einer Viertelstunde sind deine Freundinnen da und du hast noch nicht einmal gefrühstückt.«

»Ja«, murmele ich. »Ich komme gleich. Noch ein paar Minuten.«

Das ist gelogen, denn ich muss meine Tasche noch packen. Aber meine Mutter geht mir auf die Nerven.

»Soll ich dir schon mal ein Brot schmieren?«

»Nicht nötig, Mam, ich habe keinen Hunger.«

»Kim, du musst wirklich etwas essen. Das Frühstück ist die wichtigste Mahlzeit des Tages.« Mama klingt wie eine alte Tante. »Was willst du drauf haben?«

Ich seufze. Weigern ist sinnlos, das weiß ich. »Apfelkraut.«

»Soll ich gleich zwei machen?«

»Okay.«

Sie geht, zum Glück. Ich öffne den Kleiderschrank. Wo ist meine Röhrenjeans geblieben? Mein Blick schweift über die Fächer, in denen alle Kleidungsstücke ordentlich nach Farbe sortiert liegen. Ein Projekt meiner Mutter. Ganz unten im Schrank entdecke ich ein blaues Stück Stoff unter einem Hosenstapel. Ich ziehe daran. Die restlichen Hosen fallen zu Boden, aber ich habe meine Jeans gefunden. So gut es geht, lege ich die anderen wieder zurück. Ich kann Mamas Meckern schon hören, wenn ich es nicht tue.

Was brauche ich sonst noch? Einen dicken Pulli, Unterhosen, Socken, eine Mütze, Turnschuhe, Stiefel, Handschuhe. Die Sachen kommen in meine Reisetasche. Zuletzt packe ich noch ein schwarzes Kleid ein – falls wir mal ausgehen. Bei der Vorstellung muss ich lachen. Abby meinte, die nächste Kneipe sei gut sechs Kilometer entfernt. Bestimmt bleiben wir im Haus.

Im Bad werfe ich einen kritischen Blick in meinen Kulturbeutel: Zahnbürste, Zahnpasta, Haarbürste, Shampoo, Conditioner, Make-up.

»Kim, wo bleibst du denn?«, ruft meine Mutter von unten an der Treppe.

»Ich komme ja schon«, rufe ich zurück, stürme in mein Zimmer und stopfe die letzten Sachen in meine Tasche. Habe ich alles? Vom Schreibtisch greife ich mir den Ausdruck von Abbys Mail.

Von: Abby Laakman <abbylovelaakman@hotmail.com>
An: Pippa van Dam <pippaatje@planet.nl>;
Kim Bos <kim1234bos@hotmail.com>, Feline de Gelder <felinedegelder@cs.com>
Titel: Ardennen
Empfangen: 17. Dezember

Hi, ihr Lieben,

noch drei Mal schlafen! Ich habe eine Liste der Sachen zusammengestellt, die ihr mitnehmen müsst. Die Einkäufe habe ich aufgeteilt. Lest diese Mail *please* sorgfältig durch, dort gibt es weit und breit keine Läden. Also nichts vergessen!

- Kleidung (es kann echt megakalt werden, nehmt also viele warme Sachen mit: Mütze, Schal, Handschuhe, Pullis und so)
- Bettbezug, Kissenhülle, Laken

Ups, also doch was vergessen. Aus dem Wäscheschrank im Flur nehme ich einen ordentlich zusammengelegten Stapel Bettwäsche heraus. Der passt gerade noch in meine Reisetasche. Ich lese weiter.

- Essen (Wir schlafen vier Nächte im Häuschen, kauft also genug ein!)
- Pippa: Wein, Bier, O-Saft, Cola etc.
- Feline: Frühstück/Mittagessen (inklusive Milch)
- Kim: Snacks, Süßigkeiten und Knabberzeug
- Abby: Abendessen

Pippa und ich fahren Samstag zum Supermarkt und holen die Getränke mit dem Auto.
Ich glaube, das war's.

Fast vergessen, hier die Adresse für eure Eltern:

Haus La Campagne
Rue de Moha
Monceau-en-Ardenne (Semois-Tal)
Belgien
Telefonnummer (für Notfälle): 0032 33 25 48 489

Das Mobilnetz fällt oft aus, eure Eltern brauchen sich also keine Sorgen zu machen, wenn wir nicht sofort zurückrufen, haha! Ja, Ladies, wir hocken dort echt *in the middle of nowhere* ...

Am 24. Dezember fahren wir im Laufe des Tages nach Amsterdam zurück.

Bis Sonntagmorgen um elf Uhr (und morgen natürlich in der Schule, und dann endlich Ferien!)
Big hug A.

Oje, ich hoffe so sehr, dass es schön wird. Den Ausflug haben wir schon vor Monaten geplant – als die Sonne noch schien und Abbys Vorschlag, ein paar Tage in die Ardennen zu fahren, uns noch fantastisch vorkam. Aber jetzt zweifle ich ehrlich gesagt ein wenig. Die Prüfungen fangen schon am Tag nach den Weihnachtsferien an, und ich muss noch jede Menge dafür tun. Ich starre auf meine Schulbücher, die auf dem Schreibtisch verteilt sind. Mathe, Niederländisch, Bio. Es ist, als würden sie rufen: Nimm uns mit, nimm uns mit, sonst kriegst du schlechte Noten. Mit einem tiefen Seufzer stecke ich sie in die Tasche.

Draußen hupt es. Rasch gehe ich ans Fenster. Vor unserem Haus steht ein großer grauer Geländewagen. Pippa sitzt am Steuer, Abby auf dem Beifahrersitz. Ich winke ihnen zu. Pippa zeigt auf ihre Uhr, ihr Mund bewegt sich. Vermutlich sagt sie: »Beeilst du dich?« Ich nicke und hebe zwei Finger. Zwei Minuten.

»Sind sie da?« Meine Mutter steckt den Kopf ins Zimmer.

»Ja.« Ich hänge mir die Tasche über die Schulter und schaue nach, ob ich mein Smartphone habe.

»Siehst du, jetzt hast du keine Zeit mehr zum Frühstücken.«

»Mhm-mm«, murmele ich.

Mama verschränkt die Arme. »Das willst du anziehen?«

Erstaunt betrachte ich meine Jeans und die graue Strickweste. »Ja, wieso?«

»Das ist viel zu kalt. Am Wochenende soll es in den Ardennen schneien. Hast du nichts Wärmeres?«

»Jetzt komm schon, Mama. Ich habe einen dicken Pulli in der Tasche.«

»Hast du saubere Unterwäsche und Socken eingepackt?«

»Ja, Mama.«

»Und einen Schal?«

»Ja-ha.« Ich gehe über den Flur und reiße die Zimmertür mit dem Schild »NICHT STÖREN ⚡ 220 VOLT« auf, ohne anzuklopfen.

»Ich bin weg, tschüs.«

Mein kleiner Bruder hockt im Bademantel am PC. Er reagiert nicht.

»Floris, jetzt sag doch mal tschüs. Kim kommt erst Donnerstag zurück.«

»Göttlich, diese Ruhe«, murmelt Floris. »Macht ihr die Tür zu? Es zieht.«

Ich strecke ihm die Zunge raus.

Mama zieht die Tür leise hinter sich zu. »Wer fährt?«, fragt sie.

»Pippa.«

»Pippa?« Zwischen ihren Augenbrauen erscheint eine besorgte Falte.

»Ja, Mama. Pippa hat als Einzige einen Führerschein. Abby und Feline sind erst 17. Und im Übrigen ist es das Auto von Pippas Mutter. Du solltest nicht aus allem so ein Problem machen. Pippa fährt total gut.«

Ich erzähle lieber nicht, dass sie im letzten Monat schon drei Protokolle wegen überhöhter Geschwindigkeit kassiert hat.

»Kommt ihr am Donnerstag bitte nicht ganz so spät nach Hause? Wir sind an Heiligabend bei Oma in Den Bosch eingeladen. Ich möchte gern gegen fünf dort sein. Okay?«

»Okay.« Ich schleppe meine Tasche die Treppe hinunter. Mein Vater kommt aus der Küche.

»Prinzessin, da bist du ja endlich. Gib mir mal die schwere Tasche. Freust du dich?«

»Was denkst du denn?«, sage ich lächelnd.

Mama huscht in die Küche. Über die Schulter ruft sie: »Nimmst du die rote Daunenjacke mit? Die andere Jacke ist zu dünn.«

Mein Vater grinst, während ich die Augen verdrehe. »Ja, Mama.«

»Himmel, was hast du denn da drin?« Papa fühlt an meiner Reisetasche. »Beton? Backsteine? Eine Ritterrüstung?«

»Kleidung.«

»Kleidung, natürlich.« Er lacht. »Wie dumm von mir, da hätte ich auch selbst draufkommen können.«

»Und, äh, auch ein paar Schulbücher«, gebe ich widerwillig zu.

Papa tippt mir auf die Nase. »Aber auch genießen, ja, Prinzessin? Im Leben gibt es auch noch etwas anderes als Schule.«

Meine Mutter eilt herbei und drückt mir eine kleine Plastiktüte in die Hand. Ich schaue hinein. Zwei Butterbrote. Das Apfelkraut klebt in dicken Klumpen an der Kruste.

»Aufessen, ja?«, sagt sie.

Ich nicke.

Wieder hupt es, diesmal länger.

»Es ist Sonntagmorgen, die Nachbarn!« Meine Mutter klingt gereizt. »Komm, du musst los. Hast du alles?« Sie geht zur Haustür und hebt die Supermarkttasche hoch, die schon seit gestern Nachmittag dort steht. »Ich trage die Einkäufe.«

Ich nehme meine rote Jacke von der Garderobe. Mama hantiert mit dem Haustürschloss und ich stecke schnell die Brote in eine der Taschen. Unterwegs wird sich schon etwas finden, wo ich das Päckchen entsorgen kann.

Draußen ist es kalt. Ich winke den Mädchen zu. Pippas Fensterscheibe öffnet sich einen Spalt. »Da bist du ja endlich. Wir warten schon seit Stunden. Wirf deine Tasche einfach hinten rein.«

Ich will erwidern, dass sie höchstens fünf Minuten gewartet haben, aber das Fenster schließt sich schon wieder. Ich zucke die Schultern und gehe über den vereisten Rasen zum Wagen. Die

Heckklappe öffnet sich mit einem Klicken. Der Kofferraum ist voll: ein weißer Koffer, zwei Wochenendtaschen, Getränkekisten, Einkaufstüten, CDs, ein Schlafsack. Papa legt meine Reisetasche obendrauf.

»Na, verhungern werdet ihr jedenfalls nicht.« Papa schmunzelt und nimmt Mama die Tüte aus der Hand. »Zum Glück hast du ja auch noch ein paar Sachen gekauft.« Er schlägt die Klappe zu. Ich öffne die hintere Tür und klettere neben Feline.

»Hi, Kimmie, wie geht's?« Sie rutscht auf der Sitzbank aus beigefarbenen Leder zur Seite.

»Gut.« Ich betrachte ihr Gesicht, bleich mit dunklen Augenrändern. »Aber du siehst aus, als hättest du gestern gefeiert.«

»Wäre es bloß so.« Feline seufzt. »Ich bin total erkältet und habe die ganze Nacht gehustet.«

Abby dreht sich auf dem Beifahrersitz um. »Tschüs, Herr Bos.«

Pippa und Feline nicken meinem Vater zu.

»Viel Spaß in den Ardennen«, sagt er. »Was ihr auch vorhabt, genießt es!«

»Machen wir ganz bestimmt.« Abby kichert.

Mama klopft ans Seitenfenster. »Schickst du eine SMS, sobald ihr angekommen seid?«

»Unsinn«, sagt mein Vater. »Die Mädchen haben bestimmt etwas anderes im Kopf, als besorgten Eltern eine SMS zu schicken. Sie werden schon auf sich aufpassen.« Er wirft die Autotür zu. »Los jetzt, Abfahrt!« Die geschlossene Tür dämpft seine Worte.

»Geniale Idee«, murmelt Pippa. Sie startet den Wagen. Wir fahren rückwärts über die Auffahrt, durch das Tor und auf die Straße. Papa wirft mir eine Kusshand zu, Mama winkt und dann sind wir unterwegs.

Kapitel 2

Ich öffne das Fenster, kalte Luft weht mir ins Gesicht. Unser Nachbar von gegenüber radelt durch die Straße. Der Baum im Vorgarten von Nummer 95 ist mit einer Lichterkette geschmückt. Alles in meinem Kopf fühlt sich frisch und klar an und plötzlich bin ich mir ganz sicher: Das wird ein großartiger Kurzurlaub. Ich bin mit meinen Freundinnen unterwegs. Wir wohnen im Superluxus-Ferienhaus von Abbys Eltern. Also Schluss mit der Grübelei. Und schon gar nicht sollte ich über die Schule und die Abschlussprüfungen nachdenken. Wir fahren über die Diepenbrockstraat und den Europaplein auf den südlichen Autobahnring. Pippa gibt Gas. Meine Haare flattern im Wind.

»Mensch, Kim, kannst du das Fenster vielleicht mal zumachen?«, sagt Pippa. »Draußen sind es minus zwei Grad, ich erfriere.« Im Rückspiegel sehe ich ihren genervten Blick.

Ich hole tief Luft und beschließe, mich nicht über sie zu ärgern. »Kein Problem.« Ich drücke auf den Knopf in meiner Tür und die Scheibe surrt hoch.

Abby kniet sich rücklings auf ihren Platz. Sie tut, als hätte sie ein Mikrofon in der Hand und sagt mit piepsiger Stimme: »Willkommen an Bord. Ich bin heute Ihre Reiseleiterin. Wenn Sie Fragen haben, können Sie sich gerne an mich wenden. Die voraussichtliche Ankunftszeit für unser Ziel ist« – sie schaut auf das eingebaute Navigationsgerät am Armaturenbrett – »acht Minuten nach drei. Bevor wir die Grenze überqueren, werden wir noch eine kurze Sanitärpause einlegen. Ich hoffe, Sie haben eine angenehme Reise. Und falls es jemanden interessiert, links sehen wir den Rembrandttoren, das höchste Appartmentgebäude von Amsterdam.«

Pippa prustet los. »Wo hast du das denn gelernt? Du klingst echt wie so eine Reisebus-Tante. Fehlt nur noch das Kostümchen.«

»Na, herzlichen Dank.« Abby zwinkert ihr zu und zieht einen silberfarbenen iPod aus ihrer Tasche. »Eure ach so eifrige Reiseleiterin hat gestern jede Menge Songs heruntergeladen.«

Sie steckt das Kabel ihres iPods in den Zigarettenanzünder und drückt auf PLAY. Aus den Lautsprechern schallt »November Rain« von Guns N' Roses.

»Wow!«, schreit Pippa. »Unser Lieblingssong, Abby. Ich liebe dich!«

»I know.« Sie dreht die Lautstärke auf.

When I look into your eyes.

I can see a love restrained.

But darlin' when I hold you ...

Pippa singt lauthals mit. »Geht's noch was lauter?«

»Bestimmt.« Abby beugt sich über ihren iPod. »Deine Mutter hat sich bestimmt teure Boxen hier einbauen lassen. Ihr Lieben, hier kommt für alle Fans ›November Rain‹ auf voller Lautstärke.«

Ein Wahnsinnsbass dröhnt durch den Wagen. Die Scheiben beben, und Pippa schüttelt ihre langen blonden Haare im Takt der Musik. Abby trommelt mit der Handfläche auf die Mittelkonsole.

Ich fühle mich ein wenig ausgeschlossen und schaue zu Feline neben mir. Sie starrt aus dem Fenster. Seit unserer Abfahrt hat sie noch nichts gesagt. Eine Locke ihrer glänzenden, dunkelbraunen Haare fällt über ihre Wange Und sie hat sich tief in ihre schwarze Wolljacke verkrochen. Sogar erkältet sieht Feline noch fantastisch aus. Sie könnte glatt in Frankreich wohnen, so zierlich und elegant, wie sie ist.

»Fee, geht's denn?«, frage ich.

Keine Reaktion.

Ich tippe ihr auf die Schulter.

Langsam dreht sie ihren Kopf in meine Richtung. Sie schaut mich fragend an.

»Wie geht's dir?!«, schreie ich über die Musik hinweg.

»Beschissen.« Sie streicht sich über den Hals.

»Wie doof. Dann rede besser nicht zu viel«, schreie ich zurück. Sie nickt.

Unser Auto schießt nach rechts, über zwei Fahrstreifen hinweg und haarscharf an einem Lastwagen vorbei. Pippa muss heftig bremsen, um die Ausfahrt zu nehmen, und ich kralle mich an der Tür fest. Noch fünfundzwanzig Kilometer bis Utrecht. Jetzt lenkt Pippa auf die linke Spur hinüber und drückt das Gaspedal durch. Auf dem Tacho sehe ich, wie die Nadel auf hundertzwanzig, hundertdreißig, hundertvierzig Stundenkilometer hochklettert. Ich traue mich nicht zu fragen, ob sie vielleicht ein bisschen langsamer fahren könnte, aber so richtig wohl fühle ich mich nicht.

Die letzten Klänge von »November Rain« verhallen. Ein paar Sekunden ist es still, dann knallt »Hot N' Cold« von Katy Perry aus den Lautsprechern.

Abby dreht die Lautstärke runter und setzt wieder ihr Reiseleiterinnengesicht auf. »Meine Damen, Sie haben eine All-Inclusive-Reise gebucht. Wer möchte eine köstliche Leckerei aus der Minibar?« Sie bückt sich nach der Tasche zu ihren Füßen. »Im Angebot hätte ich KitKat Chunky, Minikuchen, Cola light und M&M's.«

»Ja!«, ruft Pippa. »Ich will ein KitKat Chunky. Haben wir die gestern im Supermarkt gekauft?«

»Nee, Quatsch.« Abby grinst und klingt wieder wie sie selbst.

»Die hat mir meine Mutter mitgegeben.« Sie reißt die Verpackung auf und reicht Pippa den Schokoriegel. »Was willst du, Kimmie?«

»Eine Cola, bitte.«

»Fang!« Sie wirft mir eine Dose zu. »Und du, Fee?«

Feline antwortet nicht.

»Hallo?«, ruft Abby. »Huhu. Hörst du mich?«

Feline starrt weiter aus dem Fenster.

Abby pfeift auf den Fingern.

»Huch, was?« Feline schaut erschrocken auf.

»Ich hab gefragt, ob du was haben willst.«

»Oh, 'tschuldigung, ich habe nicht aufgepasst.«

»Kleiner Snack gefällig?«

»Äh, hast du zufällig Lakritze? Mein Hals kratzt ein bisschen.«

»Da hast du aber ein Riesenglück. Meine Mutter hat eine Kilopackung englische Lakritz gekauft. Hier, teil sie dir mit Kim.«

Ein Telefon piept. Abby zieht ihr Phone aus der Jackentasche. »Ah, eine Nachricht von Casper.« Sie lächelt.

»Was schreibt er?«, fragt Pippa, den Mund voller Schokolade.

»Er ist so ein Schatz.«

»Ja, ja, das wissen wir«, brummt Pippa. »Aber kriegen wir diese romantische SMS auch noch zu hören? Komm schon, lies vor!«

»Okay, er schreibt: *Ohne dich ist es kalt und trist in A'dam. Ich vermisse dich und hab dich lieb. Für immer, Casper*«, zitiert Abby.

»Wie süß«, sage ich.

Pippa steckt sich einen Finger in den Hals und tut, als müsse sie sich übergeben. »Süß? Klebrig, meinst du wohl.«

»Du bist bloß eifersüchtig«, sagt Abby. »Mal nachdenken. Was soll ich zurückschicken?«

»Ich weiß es!«, ruft Pippa. »*Halte meine Bettseite schön warm. Dann rutsche ich Donnerstag neben dich. Oder warte, ich hab noch was Besseres: Dann rutsche ich Donnerstag auf dich.*«

Abby kichert. »Vergiss es. Casper hat Stil. Dem schicke ich keine plumpe SMS. Hat jemand einen anderen Vorschlag?«

»Warum schreibst du nicht: *Egal, wie kalt es draußen ist, hier drinnen ist immer jemand, der dich liebt.*« Feline sieht Abby fragend an.

»Aus welchem steinalten Poesiealbum hast du das denn gefischt? Noch schnulziger geht's ja kaum«, sagt Pippa. »Aber so was Ähnliches kenne ich auch. *Oh, Prinz auf dem weißen Pferd, zwischen Ihren Beinen hängt ein zuckendes Schwert. Nimm mich feurig und verwegen, mit einem Kondom hab ich nichts dagegen.*« Grinsend schaut sie über die Schulter.

Ein Auto neben uns drückt auf die Hupe und blendet die Scheinwerfer auf. Pippas Kopf ruckt zurück und sie reißt am Lenkrad.

»Solltest du nicht lieber auf die Straße achten?«, sagt Feline spitz. »Wegen dem blöden Prinzenspruch warst du fast auf der anderen Spur.«

»Übertreib doch nicht immer so«, sagt Pippa. »Ich hab das Auto schon gesehen.«

»Jaja.« Feline schnaubt und sieht wieder aus dem Fenster.

»Ich würde Casper simsen, dass du ihn auch vermisst und dass du ihn liebst«, sage ich. »Darum geht es doch?«

»Ja, genau, du hast recht.« Abbys Finger fliegen über die Tasten. »Versendet. Oh, ich vermisse ihn so.«

»Lang lebe das Singledasein«, sagt Pippa. »Dieses Herzschmerzgejammere. Du bist doch Donnerstag schon zurück.«

Abby ist die Einzige mit einem Freund. Sie hat Casper im letzten Jahr auf der Weihnachtsfeier der Firma ihres Vaters getroffen. Alle Geschäftsfreunde waren eingeladen, und Caspers Vater gehört die Werbefirma, mit der Abbys Vater zusammenarbeitet. Es war das erste Mal, dass er seinen Sohn mitgenommen hatte. Laut Abby war es Liebe auf den ersten Blick. Das kann ich mir gut vorstellen, denn Casper ist wirklich ein netter Kerl. Er studiert Betriebswirtschaft in Amsterdam und mit seinen dunklen Haaren und den blauen Augen sieht er aus wie ein Fotomodell. Wäre Abby nicht meine beste Freundin, wäre ich bestimmt eifersüchtig.

»Können wir gleich mal anhalten?«, fragt Feline. »Ich muss pinkeln.«

»Kannst du noch ein bisschen einhalten?« Abby schaut auf das Navigationsgerät. »In fünfzig Minuten sind wir an der Grenze. Dann können wir dort an der Tankstelle auch gleich ein paar Brötchen holen, okay?«

»Hm.« Feline sinkt in den Ledersitz zurück und macht ein unglückliches Gesicht.

»DJ Abby, hast du noch ein paar von den genialen Songs zum Mitgrölen?«, fragt Pippa.

»Aber sicher, Frau van Dam. Was halten Sie von Nick & Simon?«

»Diesen schmalzigen Volldeppen?«

»Yep.«

»Ach, die sehen ja durchaus knackig aus, also warum nicht. Dreh mal so richtig auf. Ardennen, *here we come*.«

Kapitel 3

»Ist das alles?«, fragt der Mann hinter der Kasse. Er mustert den Berg, den Pippa vor ihm aufgetürmt hat: Brötchen, Lutscher, Getränkedosen, Zeitschriften, eine Tüte Salmiakbonbons.

»Und drei Päckchen Marlboro light«, sagt Pippa. »Mit einem Feuerzeug, dem roten da.«

»Geht klar.« Seufzend nimmt er die Zigarettenpäckchen aus einem Regal hinter seinem Rücken. »Hast du getankt?«

»Ja.« Sie macht ein Gesicht, als hielte sie diese Frage für unglaublich dumm.

»Wo stehst du?«

»Dort.« Pippa zeigt achtlos über ihre Schulter.

»Dort sind zwölf Zapfsäulen, Süße. Welche ist deine?«

»Nummer Neun«, sagt Feline.

»Neun«, wiederholt Pippa.

»Also Zapfsäule neun. Tankst wohl zum ersten Mal? Auto von Mami und Papi dabei?«

»Wie kommen Sie denn darauf?« Pippa klingt verärgert. »Das ist *mein* Wagen.«

Egal, was ich von Pippa halte – lügen kann sie wie kaum eine andere: Sie verzieht keine Miene.

Der Mann zuckt die Schultern. »Wie du willst. Dann ist es dein Wagen, auch gut. Das sind 92 Euro und 35 Cent. Mit Karte?«

Pippa dreht sich um und schaut die erstbeste Person an, die hinter ihr steht. Es ist Feline. »Kannst du das bitte übernehmen? Ich habe meine EC-Karte in Amsterdam vergessen.«

Ich sehe, wie Feline zögert. Vor ein paar Monaten hat sie Pippa 250 Euro für neue Stiefel und eine Jeans geliehen. Sie sollte das Geld innerhalb einer Woche zurückbekommen, aber ich glaube, Feline hat bis heute noch keinen Cent davon gesehen.

»Ich strecke es vor«, sagt Abby und zieht ihren Geldbeutel aus der Tasche. »Das Geld fürs Benzin teilen wir. Aber die Kippen gehen auf dich. Deinen Lungenkrebs darfst du ruhig allein bezahlen.«

»Jaja.« Pippa lächelt. »Du bekommst das Geld so schnell wie möglich zurück, versprochen.«

Pippa setzt den Blinker, und während wir uns in den Strom von Lichtern einfädeln, der über die Autobahn rast, verschwindet die Tankstelle schnell aus unserem Blickfeld. Die Straßenschilder zeigen an, dass wir in Belgien sind, aber ich sehe keinen Unterschied zu den Niederlanden. Nur die rot-weißen Nummernschilder der Autos vermitteln das Gefühl, woanders zu sein.

Abby reißt die Plastikfolie von ihrem Brötchen und schaut auf das Navi-Display. »Noch anderthalb Stunden. Klappt das ohne Anhalten? Sonst kommen wir so spät an. Ich will das letzte Stück lieber nicht im Dunkeln fahren.«

»Prima«, brummt Pippa mit vollem Mund. »Igitt, dieses Pappbrötchen ist wirklich ungenießbar.«

»Mein Käsebrötchen auch.« Abby dreht am Radioknopf. Eine Männerstimme mit belgischem Tonfall schallt aus den Lautsprechern.

»... kalte Nacht. Morgen dreht der Wind auf Ost und führt deutlich kältere Luft mit sich als in den vergangenen Tagen. Der Wind ist erst mäßig, in der Nacht von Montag auf Dienstag frischt er auf, Windstärke 6 bis 7, im Binnenland möglicherweise stürmisch. Und dann die gute Nachricht: Wir bekommen weiße Weihnachten. Ganz Belgien wird Schneemänner bauen. Die ersten Flocken fallen schon morgen, also vergessen Sie Ihren Regenschirm nicht. Dienstag erwarten wir mehr Schnee, im Süden mancherorts sogar bis zu zwanzig Zentimeter. Und hier eine Warnung für den Straßenverkehr: Alle Straßen in der Region können glatt sein. Achten Sie gut auf den Wetterbericht. Es kann ...«

Abby dreht weiter. Rauschen und krächzende Liedfetzen. »Haben die Belgier denn keine normalen Sender?«

Ich reiße ein Stück von meinem Brötchen ab und stecke es mir in den Mund. »Wie romantisch, weiße Weihnachten. Das gibt es doch fast nie.«

»Bah«, sagt Pippa. »Ich hasse Schnee. Nächstes Jahr sollten wir auf die Kanaren fliegen.«

»*Last Christmas, I gave you my heart, but the very next day, you gave it away*«, schmettert Wham! plötzlich durch den Wagen.

»Lass laufen, lass laufen!«, johlt Pippa. »George Michael sieht zum Anbeißen aus.«

»Er steht aber auf Männer«, sagt Feline.

»*So what?* Macht ihn das weniger attraktiv?«

»Nicht weniger attraktiv, aber weniger erreichbar. Und er ist fast fünfzig. Er könnte dein Vater sein!«

»Hab ich gesagt, ich will mit ihm knutschen? Bestimmt nicht.«

»Könnt ihr vielleicht mal aufhören, euch über George Michael zu zanken?« Abby lässt sich wieder in ihren Sitz fallen. »Wir spielen was.«

»Was denn?«, frage ich.

»Ich weiß was!«, sagt Pippa. »Das Jungenalphabet. Das haben wir in meiner alten Schule immer gespielt.«

»Das Jungenalphabet?«, sagt Abby. »Das kenne ich nicht, erzähl mal, klingt witzig.«

»Du musst alle Jungen mit dem Buchstaben A nennen, die du je geküsst hast. Für jeden Jungen gibt es einen Punkt. Und so gehen wir nach und nach alle Buchstaben des Alphabets durch, klar?«

»Hm, dann weiß ich jetzt schon, wer gewinnt.« Abby schaut Pippa an und grinst.

Die grinst zurück. »Es geht nicht ums Gewinnen. Es ist einfach witzig zu hören, wer mit welchem Jungen rumgeknutscht hat.«

Mir kommt das zwar gar nicht witzig vor, aber da ich anscheinend die Einzige bin, die so denkt, halte ich den Mund.

Pippa zieht eine Zigarette aus dem Handschuhfach.

»Erlaubt dir deine Mutter, im Auto zu rauchen?«, fragt Feline.

»Nein. Wirst du es ihr erzählen?«

Feline zuckt die Schultern. »Ich habe Halsschmerzen.«

»Ich blase den Rauch in die andere Richtung.« Pippa zündet die Zigarette an, die Spitze leuchtet orange auf. Rauch kringelt sich zur Rückbank. Ich habe noch nie geraucht. Schon der Geruch verursacht mir Übelkeit.

»Ich fange an«, sagt Pippa. »Albert, Alain und Antal.«

»Was?«, ruft Abby. »Hast du echt drei Jungen mit einem A geküsst? Das ist nicht dein Ernst!«

»Stimmt aber wirklich.« Pippa inhaliert tief. »Albert ging in meine alte Schule. Alain war ein Ferienfreund. Und Antal war der Junge aus dem Odeon.«

»Ach ja, mit dem hast du auf der Tanzfläche geknutscht, oder?«

»Yep.«

»Schlampe.«

»Danke schön.« Pippa lächelt. »Jetzt du.«

»Uff, Jungen mit A. Das ist nicht leicht.« Abby runzelt die Stirn. »Ich weiß aber einen mit B und einen mit C.« Plötzlich fängt sie an zu lachen. »Ha, habe einen: Alexander!«

»Wer ist das denn?«, fragt Pippa.

»Einer aus dem Brückenkurs. Wir haben auf einem Schulfest rumgemacht.«

»Fett.« Pippa nimmt noch einen Zug.

»Ach, eigentlich war er ein totaler Nerd. Jetzt du, Fee.«

»Hä, was?« Feline schaut Abby irritiert an.

»Einen Jungennamen mit A. Himmel, was hast du denn bloß heute?«

»Entschuldigung.« Feline blinzelt, als müsse sie gleich in Tränen ausbrechen. »Aber mir geht es echt nicht gut. Ich schlafe mal eine Runde, ja?«

»Du Arme«, sagt Abby. »Werde uns bloß nicht krank, versprochen?«

Feline nickt und lehnt den Kopf ans Fenster.

»Okay, Kim, dann bist du jetzt dran.« Pippa wirft mir im Rückspiegel einen Blick zu.

Den Moment hab ich gefürchtet. »Ich ... äh ... ich ... ich habe keine Jungen mit A geküsst.«

»Oh?« Pippas Augen verengen sich im Spiegel.

Ich beiße mir auf die Lippe.

Pippas Augen werden noch kleiner.

Abby rettet mich, indem sie sagt: »A ist auch nicht gerade mein Lieblingsbuchstabe. Sollen wir mit B weitermachen?«

»Entschuldigt, ich schlafe auch ein bisschen«, sage ich.

»Bin ich vielleicht mit einem Auto voller alter Leute unterwegs?«, mault Pippa. »Alle wollen nur pennen.«

Schnell schließe ich die Augen.

»Na und, was soll's?«, sagt Abby. »Wir können doch einfach zu zweit weiterspielen.«

Pippa schnaubt. »Nicht totzukriegen.«

Sie nennt einen Jungennamen mit B. Abby nennt einen. Beim C ruft Abby triumphierend: »Casper!«

Pippa hat auch einen Jungen mit C geküsst, hält sich aber ein bisschen bedeckt, wieder ist es jemand von ihrer alten Schule. So kann ich das auch, denke ich. Mir Jungennamen ausdenken, die niemand überprüfen kann. Beim D versuche ich, Pippas laute Stimme und Abbys Lachen auszublenden, und konzentriere mich stattdessen auf die Schlaglöcher in der Straße. Mein Kopf ruckelt mit. Allmählich dämmere ich weg.

Kapitel 4

»Shit«, schnauzt Pippa. »Die Navi-Madame hat sich verirrt. Was jetzt?«

Ich reiße die Augen auf. Im Wagen ist es dämmrig. Die Beleuchtung des Armaturenbretts verbreitet ein bläuliches Licht. Auf dem Navigationsgerät sehe ich einen Pfeil, der über einer grünen Fläche schwebt, als würden wir fliegen. Ich schaue auf meine Uhr: halb vier. Habe ich so lange geschlafen? Wir müssen fast da sein.

»Hallo«, murmele ich.

Pippa dreht sich um. »Ach, auch schon wach? Schön ausgeruht?« Es klingt schroff.

»Äh, ja.« Mein Blick sucht Unterstützung bei Abby, aber die starrt auf ihre Hände.

»Schön für dich«, sagt Pippa. »Wir wissen nicht, wo es hingeht. Die Madame hat noch nie von diesem Kaff gehört.«

»Wenn möglich, bitte wenden«, sagt die Stimme des Navigationssystems. »Wenn möglich, bitte wenden.«

»Oh, halt die Klappe.« Pippa drückt auf einen Knopf. Das Display erlischt und es wird still.

»Wo müssen wir hin, Abby? Nach links oder nach rechts?«

Ich beuge mich vor und starre durch die Frontscheibe. Wir stehen an einer Gabelung. Links führt die Straße weiter, rechts verläuft ein unbefestigter Weg zwischen den Bäumen.

»Ich weiß es nicht«, sagt Abby.

»Du weißt es nicht?« Pippa verzieht das Gesicht. »Du kommst doch schon seit zehn Jahren hierher? Denk doch bitte mal nach. So schwierig ist das doch nicht?«

»Mein Vater fährt immer. Und in den Herbstferien ist Casper gefahren. Da habe ich nicht aufgepasst, tut mir leid.« Abby seufzt tief.

»Das ist doch wohl nicht wahr. Warum rufst du deinen Vater nicht an?«

Abby nimmt ihr Smartphone und betrachtet das Display. »Ich habe keinen Empfang, das habe ich schon befürchtet.«

»Nicht zu fassen, wir sind echt *in the middle of nowhere* gelandet.« Pippa startet den Motor, schaltet in den ersten Gang und fährt im Schritt weiter. »Dann entscheide ich jetzt. Wir fahren nach links. Wir können ja schlecht den ganzen Abend hier stehen bleiben.«

Der Wagen rollt an Tannenbäumen und einem umgefallenen Baumstamm vorbei.

»Nein, nein, du musst nach rechts!«, ruft Abby plötzlich. »Ich erkenne den umgefallenen Baumstamm.«

Pippa nimmt den Fuß vom Gas. »Sicher? Ich habe keine Lust, gleich auf dem schmalen Weg wenden zu müssen.«

»Ganz sicher. Der Weg nach links führt in ein kleines Dorf. Meine Eltern kaufen dort manchmal Brot. Wir müssen in die andere Richtung.«

»Dussel.« Pippa wirft das Lenkrad herum und wir fahren auf den unbefestigten Weg. »Bin ich froh, dass dieses Auto Vierradantrieb hat.«

»Entspann dich.« Abby grinst. »Kaugummi gefällig? Oder soll ich dir lieber heute Abend die Zehen massieren?«

Pippa prustet laut heraus. »Meine Zehen? Du bist ja nicht ganz dicht. Gib mir lieber was zum Kauen.«

»Hier.« Abby drückt Pippa einen Kaugummi auf die Handfläche. »Ich liebe dich, Pippa Flippa.«

»Und ich dich, Abby Flappy. Auch wenn du einen Orientierungssinn hast wie ein blindes Huhn.«

Ich hasse es, wenn Pippa und Abby so innig tun. Am liebsten würde ich dazwischenspringen und rufen: »He, hallo, ich bin auch noch da!« Aber das mache ich nie.

»Willst du auch einen Kaugummi, Kim?«

Ich schaue Abby an. »Nein, danke dir.«

»Schläft Fee noch?«, fragt sie.

Feline lehnt an der Tür, die Augen geschlossen.

»Ich glaube schon«, sage ich leise.

Pippa geht scharf in eine Kurve. Wir holpern und hoppeln über den Sandweg. Ab und zu schrappt ein tief hängender Zweig am Wagen entlang. »Das wird meiner Mutter nicht gefallen«, murrt sie. »Nachher haben wir überall Kratzer im Lack.«

»Pass auf, ein Loch!«, ruft Abby.

Pippa lenkt nach rechts. »Gleich sehe ich gar nichts mehr. Es ist so dunkel wie in der Nacht.«

»Hast du kein Fernlicht?«

»Ach ja.« Pippa fingert an ein paar Schaltern herum. Der Ventilator fängt an zu blasen, die Scheibenwischer bewegen sich. Und dann leuchtet das Fernlicht auf. Zwei Lichtbündel beleuchten die Bäume. Das Licht ist so stark, dass man die Tannennadeln zählen kann.

»So ist es besser«, murmelt sie.

Der Weg steigt an und macht eine sanfte Biegung nach links. Mühsam klettert der Geländewagen nach oben. Als die Steigung flacher wird, geht Pippa vom Gas. Wir fahren über die Hügelspitze. Im Tal sehe ich ein großes Holzhaus mit grauen Dachziegeln. Hinter den Fenstern brennt Licht und eine Rauchwolke kringelt aus dem Schornstein. Auf dem Grundstück parkt ein Wagen.

»Ist es das?«, fragt Pippa hoffnungsvoll.

»Nein, das Haus gehört irgendeinem Projektentwickler aus Utrecht. Er vermietet es meistens. Sieht so aus, als wären auch gerade Mieter da. Wir müssen noch ein Stück weiter.«

Das Haus verschwindet hinter den Bäumen. Der Weg wird schmaler und verläuft steil nach unten. Pippa lotst den Wagen an den Schlaglöchern vorbei. Wir fahren Schritttempo, aber es fühlt sich an, als würde ich in einer Achterbahn sitzen. Die Reifen quietschen, wenn sie auf dem Sandweg Halt suchen. Im Rückspiegel sehe ich eine tiefe Falte zwischen Pippas Augenbrauen.

»Ist das hier richtig?«, frage ich und bereite mich auf den nächsten Hubbel vor. »Sollten wir nicht lieber umkehren und bei dem Mietshaus nach dem Weg fragen? Vielleicht haben wir uns ja verfahren.«

»Willst du vielleicht ans Steuer?« Pippa lässt eine Kaugummiblase platzen.

Ich schüttele den Kopf.

»Schau mal raus, du Angsthase. Auf diesem Sträßchen kann noch nicht einmal ein Moped wenden. Wir müssen sowieso weiterfahren.«

»Bei dem schief hängenden Baum da hinten musst du nach rechts«, gibt Abby Anweisungen.

»Soll ich vielleicht in den Wald fahren? Jetzt sei mal nicht komisch!«

»Jetzt! Lenken! Das stimmt, wirklich.«

Wir nehmen eine scharfe Kurve nach rechts und zwischen den Bäumen kommt eine Auffahrt zum Vorschein. An deren Ende steht ein weißes Haus mit einem Rietdach und grünen Läden. Wir halten vor einem schmiedeeisernen Zaun. Endlich, wir sind da!

»Yes, wir haben es geschafft!« Pippa klingt erleichtert. »Unsere eigene Villa im Dschungel.«

»Oh, wow.« Ich recke den Hals. »Was für ein hübsches Haus!«

»Danke. Ich öffne das Tor.« Abby schnallt ihren Gurt ab und springt raus. Im starken Licht der Scheinwerfer zieht sie das Einfahrtstor auf. Mit zwei Sätzen ist sie wieder im Auto. »Brrr, kalt. Fahr zu.«

Knirschend rollen wir über den Kies der Auffahrt.

Pippa bremst. »Musst du das Tor nicht schließen?«

»Ach was«, sagt Abby. »Hier wurde noch nie eingebrochen. Und im Übrigen dient der Zaun sowieso eher der Zierde. Das Tor hat nicht einmal ein Schloss.«

Wir fahren weiter. Pippa parkt den Wagen mitten im Garten auf einem Stellplatz und macht den Motor aus. Es wird still. Und dunkel. Pippa und Abby öffnen die Autotüren.

Sachte tippe ich Feline auf die Schulter. »Aufwachen, Fee.«

»Huch? Was ist los?« Sie schaut mich mit großen, glasigen Augen an.

»Wir sind da.«

Sie setzt sich aufrecht. »Wirklich?«

Ich nicke. »Wie geht es deinem Hals?«

»Meinem Hals?« Sie reibt darüber. »Besser, glaube ich. Ja, ja, besser.«

»Hattest du es vergessen?« Ich muss über ihre verwirrte, verschlafene Reaktion lachen. »Komm, wir steigen aus.«

Die Bäume halten das letzte bisschen Tageslicht ab, alles wirkt trübe und grau. Die Luft ist kalt und riecht nach Frost. Zitternd verkrieche ich mich in meiner Jacke.

»Kommt ihr jetzt, oder was?«, fragt Pippa. Sie steht mit Abby an der Heckklappe.

Auf dem gefrorenen Boden neben dem Kofferraum stapeln sich schon unsere Sachen. Ich fische meine schwarze Reisetasche unter einem Koffer hervor und hänge sie mir über die Schulter. Feline nimmt ihren Rucksack.

»Bitte schön.« Pippa drückt mir zwei bleischwere Supermarkttüten in die Hände. Die Plastikgriffe schneiden mir in die Haut.

»Was ist denn da drin?«, frage ich.

»Keine Ahnung.« Sie zuckt die Schultern. »Die ganze Auffahrt liegt voller Einkäufe. Du willst dich doch wohl nicht anstellen?«

Ich beiße mir auf die Wange.

»Wir müssen alle mithelfen, Kim. Es ist nur ein kleines Stück bis zum Haus. Das ist für dich, Fee.« Sie reicht Feline eine Kiste Bier.

Felines Gesicht wird starr. »Wie um Himmels willen soll ich denn das Ding mitnehmen?«

»Du hast doch die Hände frei mit deinem Rucksack?«

»Ach, meinst du? Ganz schön einfach, mir eine Kiste zu geben.« Feline geht schimpfend zum Haus.

»Hat sie ihre Tage oder was?«, zischt Pippa. »Was für eine Laune, meine Güte!«

Abby legt den Finger an ihren Mund und flüstert: »Psst, nicht so laut, das hört sie doch.«

»So what?« Pippa zuckt die Schultern. »Soll sie sich nicht so anstellen.«

Sie gibt Abby einen Karton, aus dem Chipstüten und Baguettes ragen. Sie selbst nimmt eine Riesenpackung Klopapier. Groß, aber nicht schwer. Mir liegt schon ein Kommentar auf der Zungenspitze, aber ich presse die Lippen aufeinander.

Pippa wirft ihre langen blonden Haare zurück und zieht ihren weißen Koffer durch den Kies. Mit ihrer gebleichten Jeans, den Ugg Boots und der hellblauen Daunenjacke könnte man meinen, sie sei auf dem Weg zu einem Fünfsterne-Wintersport-Ressort und nicht zu einem Ferienhaus in den Ardennen.

»Schaut mal!«, ruft sie. »Wenn sich noch jemand über zu schwere Einkäufe beklagen will, da hinten steht ein Schlitten. Unter dem Vordach.« Sie nickt mit dem Kopf zur Hausseite hinüber, wo tatsächlich ein Holzschlitten steht. »Dann stellt ihr einfach eure Sachen da drauf.«

Feline dreht sich wütend zu ihr um und streckt die Zunge heraus.

Meine Arme tun weh, als wir bei der Haustür ankommen. Abby steckt den Schlüssel ins Schloss. Die Diele, die wir betreten, ist dunkel, durch das Fensterchen an der Tür fällt ein grauer Lichtstreifen. Schnell stelle ich die Einkaufstüten auf den Boden.

»Und dann ward es licht«, sagt Abby.

Der antike Kronleuchter an der Decke geht an.

Auf dem Boden sehe ich große Marmorfliesen, die Wand ist mit Holz verkleidet.

»Ähäm, meine Damen, ich bitte um Ihre Aufmerksamkeit.« Reiseleiterin Abby ist wieder da. »Die Führung beginnt, wir befinden uns in der Empfangshalle.«

»Was du nicht sagst«, sagt Feline. Sie hat die Bierkiste in einer Ecke abgestellt. Offensichtlich hat sie beschlossen, sich nicht weiter darüber aufzuregen.

»Würden Sie mir bitte in den nächsten Raum folgen?« Abby öffnet eine Tür. »Tatatataa, die Küche.«

Die Küche wirkt so neu, als käme sie geradewegs aus einem Ausstellungsraum. Die weißen Schranktüren glänzen, auf der schwarzen Arbeitsplatte liegt kein Krümelchen und die Geschirrtücher hängen kerzengerade am Herd.

»Unsere Sternenköche werden hier die köstlichsten Mahlzeiten für Sie zubereiten«, sagt Abby.

»Seit wann kannst du kochen?« Pippa schnaubt. »Du lässt ja sogar einen Käse-Schinken-Toast noch anbrennen.«

Abby streckt ihr die Zunge heraus und fährt unerschütterlich fort. »Von der Küche aus haben Sie einen direkten Zugang zum luxuriösen Wohnzimmer. Hopp, hopp, meine Damen, Beeilung.«

Wir folgen ihr in einen Raum, der aussieht wie eine Bibliothek.

Regale bis zu Decke, gefüllt mit unzähligen Büchern. Meine Füße versinken im dicken roten Teppich. In der Mitte der einen Wand befindet sich ein Kamin mit Marmorsims. Vor dem Kamin stehen Ledersessel.

»Nicht schlecht.« Pippa pfeift bewundernd. »Ich mag diesen englischen Landhausstil durchaus. Wer weiß, vielleicht werde ich noch von einem gut aussehenden Junker entführt.«

»Zum Heulen«, sagt Feline.

Mit einem Ruck schaut Pippa sie an. »Was? Zum Heulen? Jetzt hör doch mal auf mit dem Gemeckere. Das war doch nur ein Scherz.«

»Ich mein doch nicht dich.« Feline seufzt. »Ich finde das da zum Heulen.« Sie zeigt auf einen ausgestopften Hirschkopf an der Wand.

»Den Hirsch hat mein Vater erlegt. Toll, was?«, sagt Abby spöttisch. »Er kommt oft zur Jagd hierher. Die Kühltruhe ist bis oben hin voll mit Hirschsteaks, Hasen und Fasanen.«

»Igitt.«

»Wie schade um Bambi«, sagt Pippa. »Aber wir essen doch auch Kühe? Ich sehe da keinen Unterschied.«

Abby grinst. »Dann bekommst du zum Abendessen ein leckeres Stück Bambi. Komm, ich zeige euch die Schlafzimmer.«

Wir folgen Abby nach oben, vom Korridor gehen vier Türen ab. Sie zeigt auf die Tür ganz links. »Das ist das Arbeitszimmer meines Vaters. Und hier«, sie öffnet die Tür daneben, »ist das Badezimmer. Benutzte Handtücher bitte in den Korb werfen, damit die Putzfrau sie nächste Woche waschen kann.«

Putzfrau? Das klingt, als wären wir im Hotel gelandet. Neulich hatte Abby noch erzählt, der Firma ihres Vaters ginge es nicht so gut. Es müsste gespart werden und es würden Leute entlassen. Aber seit ich dieses Haus gesehen habe, glaube ich diese Geschichte immer weniger.

»Das ist das Zimmer von Kim und Fee«, sagt Abby und reißt die nächste Tür auf.

Es ist nicht einmal eine Frage. Abby hat die Zimmereinteilung bereits vorgenommen.

Ich versuche, meine Enttäuschung zu verbergen. »Wie schön.«

Es ist wirklich ein schönes Zimmer. Auf dem Holzfußboden stehen zwei Betten mit Kupfergestell. Das Fenster geht zum Garten und dem dahinterliegenden Wald hinaus. Aber es ist nicht, was ich erwartet hatte. Ich war einfach davon ausgegangen, dass Abby und ich uns ein Zimmer teilen würden.

»Darf ich an der Tür schlafen?«, fragt Feline. »Ich muss nachts oft zur Toilette.«

»Klar«, murmele ich. Von mir aus kann sie alle Betten haben. Diese ganzen Ferien können mir auf einmal gestohlen bleiben.

»Und hier schlafen Pippa und ich«, höre ich Abby sagen.

Ich drehe mich um und sehe Pippa johlend im Schlafzimmer neben uns verschwinden.

»Yes, yes, yes, wir haben die Hochzeitssuite!«, brüllt sie. »Zimmer eins, Zimmer ei-heins.«

Langsam gehe ich zur Türschwelle.

Pippa lässt sich auf das Himmelbett fallen. »Wie irre übertrieben, diese rosafarbenen Vorhänge und Volants!«

»Das ist das Zimmer meiner Eltern. Mama hat sich komplett in Rosa ausgelebt.«

»Ähem, vielleicht hätte sie lieber ein paar Ikea-Vorhänge nehmen sollen. Wahrscheinlich ist sie im vergangenen Jahr gar nicht mehr hier gewesen.«

»Nein, das stimmt«, seufzt Abby. Sie seufzt noch einmal. »Themenwechsel, okay?«

»Okay.« Pippa wirft ein Kissen nach Abby. »Fang.«

»Dummes Huhn.« Abby schlägt mit dem Kissen zurück.

Sie schreien vor Lachen. Federn fliegen durch die Luft.

Pippa rappelt sich auf und springt auf die Matratze. »Trampolin, jippidu!«

Abby steigt ebenfalls auf ihr Bett und wedelt wild mit den Armen. »Ich kann noch höher.«

»*Super Woman!*«, brüllt Pippa und umarmt Abby.

Ich schaue ihnen zu, mit dem seltsamen Gefühl, Luft zu sein. Genauso gut könnte ich gar nicht hier stehen.

»Bis gleich«, sage ich. »Ich hole unten meine Tasche.«

Niemand antwortet. Ich ziehe die Tür zu.

Kapitel 5

Die Küchenfenster sind beschlagen. Mit dem Finger zeichne ich einen Kreis mit zwei Augen und einem Mund. Durch eines der Augen spähe ich in den Garten. Es ist seltsam dunkel draußen. Ohne das Sternenlicht und die Beleuchtung von Straßenlaternen und Häusern ist es, als habe die Welt aufgehört zu existieren. Ich presse mein Gesicht dichter an die Scheibe. Alles bleibt schwarz.

»Na, starrst du in deine Glaskugel, Kim?«, höre ich Pippa fragen. »Erzähl mal, was wird uns die Zukunft bringen? Ich bin wahnsinnig neugierig.«

Schnell wische ich über das Scheibengesicht. »Es ist dunkel draußen«, sage ich beim Umdrehen.

Pippa klettert auf den Küchentisch, ein Rentier aus Plüsch in der Hand. »Schlaumeier, das hätte ich dir auch so erzählen können. Es ist acht Uhr und Winter.«

Sie hängt das Rentier an einen Nagel an der Wand. »Meine Damen, das ist Rudolf. Er wird uns während dieser kalten Wintertage Gesellschaft leisten. Und heute Nacht vergreift er sich an dem Hirschlein deines Vaters.«

»Was für ein idiotisches Tier«, sagt Abby und lacht. »Seine Nase ist ja noch größer und röter als eine Weihnachtsbaumkugel. Und sein Geweih sieht aus wie eine Satellitenschüssel.«

»Er ist potthässlich.« Feline rührt mit einem Holzlöffel in einem großen Topf.

»Kein böses Wort über Rudolf.« Pippa springt vom Tisch und seufzt. »Rudolf und ich, wir feiern schon seit Jahren gemeinsam Weihnachten. Ich hänge sehr an ihm.«

»Schon Jahre?« Abby runzelt die Stirn. »Und warum hängt dann noch ein Preisschildchen an seinem Ohr?«

»Nörgeltante.«

»Lügnerin.«

Pippa grinst und öffnet den Kühlschrank. »Bierchen?«

»Gern.«

Sie wirft Abby eine Dose hinüber und zwinkert ihr zu. »Mit besten Grüßen von Rudolf. Sag mal, was essen wir eigentlich? Ich habe tierischen Hunger.«

»Käsefondue«, murmelt Feline. »Kannst du mir mal den Pfeffer geben? Er steht hinter dir auf dem Tisch.«

»Hier.« Pippa beugt sich über den Topf und schnüffelt. »Igitt, das ist ja wie Kotze.«

»Haha, sehr witzig.« Feline rührt schneller. »Ich habe Knoblauch hineingetan. Und Tomatenstückchen. Sonst koch eben selbst.«

»Hmmm.« Pippa wühlt eine Handvoll Chips aus einer Tüte. »Morgen vielleicht. Weißt du, plötzlich riecht das Käsefondue wirklich wunderbar. Ich bin ganz verrückt auf Schweißsocken.«

Hinter Felines Rücken verzieht sie angeekelt das Gesicht.

Abby kichert.

»Kim, machst du den Salat?«, fragt Feline ausdruckslos. Sie rührt jetzt wie besessen im Topf.

»Klar.« Sie tut mir leid. Ich weiß, wie es sich anfühlt, wenn man Zielscheibe für Pippas dämliche Bemerkungen ist.

Aus dem Kühlschrank nehme ich Tomaten und eine Salatgurke, stelle mich an die Anrichte und greife nach einem scharfen Messer.

»Soll ich dir helfen?«, fragt Abby. Sie stellt sich dicht neben mich und lächelt.

»Nein danke, nicht nötig.«

Mir wird bewusst, dass dies das Erste ist, was wir zueinander sagen, seit wir von den Schlafzimmern wieder nach unten gegangen sind.

»Dann hilf mir«, sagt Pippa. »Ich decke den Tisch.«

Abby zögert und zuckt dann die Schultern. »Okay.«

Sie geht zum Wohnzimmer, aber auf der Schwelle dreht sie sich um. »Weißt du, Kim ...«

»Was?«

»Im Kühlschrank liegt auch noch Feta für den Salat.«

»Ich werde dran denken.«

»Gut.« Abby verschwindet durch die Tür.

Ich schneide die Tomaten in Würfel und gebe sie in eine Schüssel. Mit einem Käsehobel reibe ich die Gurke in hauchdünne Scheiben. In einer Küchenschublade finde ich eine Honig-Senf-Fertigsauce. Vorsichtig rühre ich alles unter. Den Feta lasse ich im Kühlschrank. Absichtlich.

»Kommst du mit? Essen ist fertig«, sagt Feline. Sie nimmt den Topf mit dem Käsefondue vom Herd und geht zum Wohnzimmer.

»Ja, ich komme. Noch schnell Hände waschen.« Ich drehe den Hahn auf.

Abby kommt in die Küche. Sie kramt in der Besteckschublade. »Messer, ich brauche Messer.«

»Links.«

»Oh ja, da.« Sie schiebt die Schublade zu und sieht mich lange an. »Bist du vielleicht sauer auf mich?«

»Sauer?« Meine Stimme klingt hoch. Ich räuspere mich und rede auf normaler Tonhöhe weiter. »Warum sollte ich sauer sein?«

»Findest du es denn nicht seltsam, dass ich mit Pippa in einem Zimmer schlafe?« Abby legt einen Arm um mich.

Ich weiß nicht, wie ich mich verhalten soll, und trockne meine Hände übertrieben lange an einem Geschirrtuch ab. »Ach Unsinn.«

»Aber du guckst so komisch.«

»Findest du?«

»Weißt du, Kim ...« Sie beißt sich auf die Lippe und seufzt.

Ich möchte so ungeheuer gern, dass sie jetzt sagt: »Weißt du, Kim, ich wäre so viel lieber mit dir in dem Zimmer, aber dann wäre Pippa böse geworden. Und sie kann so ungerecht sein. Also habe ich sie eben gefragt, ob sie bei mir schlafen will.«

Aber Abby sagt: »Weißt du, ich fand es einfach auch nett, einmal mit Pippa in einem Zimmer zu sein. Du brauchst dir nichts dabei zu denken. Das machst du doch auch nicht, oder?«

»Natürlich nicht.« Im hohen Bogen werfe ich das Geschirrtuch auf die Anrichte.

Abby lässt mich los. »Nächstes Mal schlafen wir beide wieder in einem Zimmer, okay?«

»Okay.«

Sie schweigt und ich auch.

»He, wo bleibt ihr denn?«, ruft Pippa aus dem Wohnzimmer. »Das Essen wird kalt. Beeilt euch doch mal, ihr lahmen Hühner.«

»Wir kommen!«, ruft Abby zurück.

»Denkst du an den Salat?«, fragt sie mich. Sie lächelt, als würde sie mich um einen riesigen Gefallen bitten. Wahrscheinlich ist sie erleichtert, dass das Gespräch vorbei ist.

Kapitel 6

»Auf die Weihnachtsferien!« Pippa hebt ihr Glas mit Weißwein und nimmt einen Schluck.

Ich nippe an meinem Glas. Der Wein prickelt in meiner Kehle. Ich hätte lieber Cola light getrunken, aber es kam mir zu blöd vor, mich zu weigern.

»Warte, ich will auch noch auf etwas anstoßen.« Abby schaut uns eindringlich an. »Auf unsere Freundschaft«, sagt sie, »die Eltern, Schule, Liebeskummer und Hausaufgaben immer besiegt hat. Ich bin froh, dass ich so liebe Freundinnen habe. Wir werden uns auch im nächsten Jahr weiterhin sehen, egal wo wir studieren. Versprochen?«

»Versprochen«, murmele ich.

Wir schauen uns alle vier an und lächeln. Ich finde Abbys Blick. Ihr Lachen wird breiter. Im Kerzenlicht scheint ihr Gesicht zu strahlen. Es ist, als gäbe es Feline und Pippa nicht mehr. Das Gespräch in der Küche ist plötzlich vollkommen unwichtig geworden. So müsste es immer sein: Abby und ich zusammen, und keiner, der zwischen uns kommen kann. Ich fange leise an zu lachen.

»Das hast du schön gesagt«, höre ich Feline sagen.

Abbys Blick löst sich von meinem.

Feline nimmt ein paar große Schlucke von ihrem Wein. »Und auch sehr lieb, dass wir hier sein dürfen, vielen Dank.«

»Nichts zu danken.« Abby blinzelt.

»Verflixt, Ab, du hast mich zum Heulen gebracht mit deiner Ansprache.« Pippa wischt sich eine imaginäre Träne aus dem Augenwinkel. »Auf unsere Freundschaft. *We'll be friends forever.*«

Sie sieht nur Abby an.

Der Augenblick der Verbundenheit zwischen Abby und mir ist vorüber. Wieder fühle ich mich als fünftes Rad. »Lass dich nicht von ihrem schönen Geschwätz einwickeln. Ich bin deine beste Freundin«, möchte ich am liebsten rufen. Aber ich schweige, und Abby legt ihre Hand in die von Pippa.

Ich pikse ein Stück Brot auf und tunke es in das Käsefondue. Das Brot kommt mit einer langen Käseschliere aus dem Topf. Verbissen kaue ich auf der zähen Substanz.

»Der warme Schmierkäse ist essbar«, sagt Pippa mir gegenüber mit vollem Mund.

Eigentlich hoffe ich, dass sie daran erstickt. Verflucht, warum ist Pippa je in mein Leben getreten?

»Haha«, sagt Feline. »Ist das deine Art, Komplimente zu verteilen?«

Pippa zieht ein weiteres Stück Brot durch den Topf. »Oh, na dann los: Dieses Käsefondue ist das allerleckerste, das ich je gegessen habe. Es tut mir leid, dass ich an deinen kulinarischen Talenten gezweifelt habe. So gut?«

Feline nickt. »Besser. Gib mir noch ein wenig Wein zum Dank.«

»Wow, hast du dein Glas vielleicht in einem Zug geleert? *Party Girl*, das gefällt mir. Nicht sülzen, sondern süffeln!« Pippa schenkt Felines Glas voll. »Sonst noch jemand Wein? Abby?«

»Leg ruhig noch nach.«

»Und du, Kim?«, fragt Pippa, während sie Abbys Glas nachfüllt.

»Äh, ich habe noch.«

Pippa starrt auf mein Glas und zieht eine Augenbraue hoch. »Du meinst: Ich habe noch gar nichts getrunken. Sei doch mal ein bisschen lustig.« Sie sagt es in einem Ton wie: Was bist du doch für eine trübe Tasse.

»Ich ... äh ... ich wollte ... der Wein ... äh.«

Ich suche nach einer Entschuldigung, die ich nicht finden kann. Schnell trinke ich noch einmal. Ohne etwas zu schmecken, schlucke ich den Wein hinunter.

»Hm-m«, sagt Pippa. Sie schenkt mir sofort wieder nach.

»Gibst du mir mal die Cherrytomaten?«, fragt Feline.

»Hier.« Abby reicht das Schälchen weiter.

»Jaaaaaa, da schwimmt ein Stück Brot im Topf!«, ruft Pippa plötzlich. »Wer ist der Unglücksvogel?«

Feline zieht ihre Gabel mit Brot aus dem Topf. »Ich nicht.«

»Ich auch nicht.« Erleichtert betrachte ich meine Gabel.

»Ups, ich glaube, ich bin die Schuldige«, sagt Abby. »Was muss ich tun? Die Küche aufräumen oder so?«

»Nein.« Pippa senkt die Stimme. »Du musst eine Frage beantworten.«

»Hä, was? Eine Frage?«, wiederholt Abby.

»Ja. Wer ein Stück Brot in den Käse fallen lässt, muss ehrlich antworten. Wir dürfen alles fragen. Du musst ehrlich antworten. Lügen ist nicht erlaubt. Leicht, oder?« Sie sieht uns triumphierend an.

»Hast du dir das ausgedacht?«, fragt Feline und seufzt. »Was für ein idiotisches Spiel.«

Pippa legt die Handflächen flach auf den Tisch. »Was ist das denn für eine Bemerkung? Mach doch nicht immer so ein Problem aus allem.«

Es wird still. Pippa und Feline sehen sich starr an.

»Kleiner Scherz«, sagt Feline. »Es war ein Scherz. Das ist bestimmt ein sehr nettes Spiel.«

»Ja, ja, bestimmt.«

»Wirklich.«

Ich glaube auch nicht, dass Feline gescherzt hat, aber ich halte den Mund.

»Wo ist der Wein?«, brummt Feline. Sie schnappt sich die Flasche von der anderen Tischseite. »Wer will noch was?«

Bevor ich es mitkriege, ist mein Glas nachgefüllt, und der Wein schwappt über.

»Los, her mit der Frage«, sagt Abby. »Ich füge mich meinem Schicksal.«

»Ich will wissen ...« Pippa schnalzt mit der Zunge. »Ich will wissen, welches der verrückteste Ort ist, an dem du jemals Sex hattest.«

»Oh nein, bitte ...«, fleht Abby.

Fast unhörbar flüstert Feline mir zu: »Siehst du? Was für ein kindisches Spiel. Warum muss es bei Pippa immer um Sex gehen?«

Ich nicke und beiße mir auf die Innenseite meiner Wange. Pippa hat es tatsächlich wieder geschafft. Von jetzt an werden nur noch Fragen über Jungen und Sex kommen. Nicht gerade mein Lieblingsthema.

»Der verrückteste Ort, an dem ich jemals Sex hatte«, setzt Abby an, »ist draußen in einer alten Scheune. Auf einem Heuballen.«

Pippa schüttelt sich. »Auf einem Heuballen, igitt, das will ich mir gar nicht vorstellen. War das vielleicht in einem früheren Leben als Bäuerin?«

»Nein, du Hirni, das war in den Herbstferien. Als ich ein paar Tage mit Casper hier war. Habe ich dir das nicht erzählt?«

»Nein. Ich wusste, dass du einen *Love Trip* mit Casper hattest. Aber an diesen Heuballen kann ich mich echt nicht erinnern.« Sie klingt beleidigt. »Schieß los, würde ich sagen.«

»Okay. Einmal sind wir nachmittags spazieren gegangen. Gar nicht so weit von hier fanden wir eine verfallene Scheune. Die Tür war von außen verriegelt.« Abby lacht. »Casper hatte sie innerhalb weniger Sekunden offen. Er begann mich zu küssen und dann, na ja, dann haben wir es dort gemacht. Es war echt superromantisch. Und spannend.«

»Du hast es dort getan?« Pippa macht ein Gesicht, als könne sie es nicht glauben.

»So schlimm ist das doch nicht?«

»Nicht, wenn man piksende Strohhalme im Hintern mag.«

»Jetzt aber.« Abby schnaubt. »Du wolltest es wissen.«

Pippa fängt an zu lachen. »Du musst nicht gleich einschnappen. Ich finde, das ist eine fantastische Geschichte. Schön wild und tierisch, ganz mein Stil.«

»Jaja, versuch dich nur herauszureden.« Abby tunkt ihre Gabel neben Pippas in den Topf. »Was du dir auch immer für einen Unsinn ausdenkst.«

»It's a gift from God.« Pippa schlägt die Augen nieder.

»Das müsst ihr sehen«, sagt Abby und zeigt zur Decke. Wir schauen alle nach oben.

»Hä, was ist denn?«, fragt Pippa.

»Dein Brot ist abgefallen«, höre ich Abby sagen.

Pippas Kopf schießt nach unten. »Ooooooh, du spielst falsch! Du hast mein Brot abgestreift, Miststück.«

»Das hast du verdient.«

»Völlig einverstanden«, sagt Feline und klatscht in die Hände. »Gut gemacht, Abby.«

»Okay, ich gebe mich geschlagen. Schießt ruhig los.« Pippa tut so, als würde es sie nicht interessieren. »Ich habe keine Geheimnisse vor euch.«

Abby legt ihre Stirn in angestrengte Falten. »Ich will wissen ... Ich will wissen, mit wie vielen Jungen du in deinem Leben Sex gehabt hast!«

»Echten Sex oder zählt Küssen auch?«

»Echten Sex natürlich. So leicht kommst du mir nicht davon.«

»Fünf.«

»Was?«, ruft Feline. »Du bist mit fünf Jungen im Bett gewesen?«

»Ja.« Pippa schaut gelangweilt. »Euer Leben ist so öde.«

»Aber wer denn?« Die Denkfalte in Abbys Stirn ist wieder da. »Ich komme nicht weiter als drei ... oh, nein, vier, wenn ich Gijs mitzähle. Wer ist dann Nummer fünf? War das ein Junge von deiner alten Schule?«

»Nein. Nummer fünf ist meine letzte Eroberung.«

»Hä?«, ruft Abby. »Das kann nicht sein.«

»Das war in den Herbstferien. Habe ich dir das nicht erzählt?« Sie klingt exakt wie Abby vor ein paar Minuten.

Abby hat es auch kapiert. »Du lügst. Es gibt gar keinen fünften Jungen.«

»Vielleicht.« Pippa feixt gemein. »Tut mir leid, aber du bist nicht mehr dran. Nächstes Mal vielleicht.«

»Wein?« Feline hält ihr leeres Glas hoch.

»Himmel, Fee«, sagt Pippa. »Wenn du in dem Tempo weitertrinkst, haben wir unseren Weinvorrat in zwei Tagen aufgebraucht. Lässt du uns auch noch was übrig?«

»Vielleicht.«

Die Flasche geht herum. Mein Glas wackelt gefährlich in meiner Hand, als es gefüllt wird. Ich nehme noch einen Schluck. Irgendwie schmeckt er jetzt weniger sauer.

Feline stupst mich mit dem Ellenbogen an. »Dein Brot ist ins Fondue gefallen.«

»Oh.«

Ich stelle mein Glas ab und starre eine Ewigkeit auf meine leere Gabel. Wie konnte ich nur so dumm sein?

Pippa jubelt: »Brotstück drin, Brotstück drin, lalalala!«

»Entspann dich. Ich kriege Kopfschmerzen von diesem hysterischen Getue.« Felines Augenlider hängen ein wenig. »Was soll ich Kimmie fragen? Ich ...«

»Ich weiß schon eine nette Frage«, übertönt Pippa sie. »Wer hat Kim entjungfert?«

Plötzlich ist es mucksmäuschenstill. Alle drei schauen mich an. Mein Herz klopft heftig. Wie kann ich mich bloß drücken? Ich kippe die Hälfte meines Weins hinunter.

»Wir warten«, sagt Pippa zuckersüß. »Hat Aschenputtel noch vor, ihr Geheimnis zu lüften?«

Ich räuspere mich. »Ich, äh, ich habe diesen Sommer etwas mit einem Jungen gehabt.«

Pippa nickt. »Ja, das weiß ich. In den Ferien, oder?«

»Ja. Mit Jonathan.«

»Interessant, ich dachte, du hättest ihn nur geküsst. Aber du hast also auch mit ihm geschlafen?«

»Äh, halb.«

»Halb? Das musst du mir aber mal näher erklären.«

Mein Blick schießt zur gegenüberliegenden Tischseite. Abby studiert intensiv ihre Nägel und tut, als würde sie mich nicht sehen. Sie weiß, was passiert ist. Sie weiß alles von mir. Trotzdem lässt sie mich hier so zappeln.

Mit feuerroten Wangen sage ich: »Er ... ich ... er wollte schon, aber ich nicht ... also dann ... dann haben wir aufgehört.«

»Aufgehört? Tut mir leid, vielleicht verstehe ich es bloß nicht. Eigentlich ist also nichts passiert zwischen euch?«

Mir ist elend. »Wenn du es so siehst ...«

»Und es hat auch keine anderen Jungen gegeben?«

Ich schweige. In der Stille sehe ich, wie sich Pippas Gesichtsausdruck verändert: von fragend zu erstaunt bis völlig verblüfft. Sie macht sich nicht einmal die Mühe, es zu verbergen. »Du bist noch Jungfrau! Halleluja! Bist du vielleicht streng gläubig?«

»Was ist das denn für eine dämliche Bemerkung?«, fragt Feline.

»Wieso?« Pippa schüttelt ihre langen Haare nach hinten. »Ich kenne keine, die noch Jungfrau ist, außer Kim. Boah, Mensch, das ist was Besonderes!«

Ich trinke meinen restlichen Wein auf einmal aus. Pippa gibt mir das Gefühl, ich sei ein Fossil. Am liebsten würde ich aufstehen und nach Amsterdam zurückrennen.

»Vielleicht wartet Kim auf den Wahren?«, sagt Feline. »Das ist doch prima? Wir brauchen nicht alle mit vierzehn entjungfert zu werden wie du.«

»Holla, das musst du gerade sagen. Warst du nicht fünfzehn, als du heimlich mit deinem Nachbarjungen auf dem Speicher rumgemacht hast?«

»Oh, ich bitte dich, das war doch nichts.«

»Mädels.« Abby hebt die Hände. »Er reicht. Auf diese Zankereien hab ich keine Lust.«

»Wie du willst.« Pippa fummelt ein Päckchen Zigaretten aus ihrer Jeans. »Ich darf hier doch wohl rauchen, oder?«

Sie wartet die Antwort nicht ab und hält ihre Zigarette in eine Kerzenflamme.

»Bekomme ich auch eine?«, fragt Feline.

Pippa inhaliert tief. »Hattest du nicht aufgehört?«

»Ja, ich rauche nur noch, wenn es besonders gemütlich ist.«

»Findest du es jetzt gemütlich?«

»Nerv nicht.«

»Du hast zu viel getrunken.«

»Auch. Jetzt gib mir die Kippe.«

»Hier.«

Pippa wirft eine Zigarette über den Tisch.

»Thanks.« Feline steckt die Zigarette zwischen ihre Lippen.

»Wissen deine Eltern, dass du wieder rauchst?«

Feline gibt ein leises schnaubendes Geräusch von sich. »Seit wann geht es dich etwas an, ob meine Eltern mir das erlauben?«

»Einen Dreck natürlich. Aber dein Vater hat dir zu deinem 18.

doch einen Scooter versprochen, wenn du aufhörst? Er wird sicher enttäuscht sein.«

Es ist passiert, bevor ich es auch nur ahne. Feline springt auf. Ihre Augen funkeln. »Du ... du ...« Sie hebt die Hand.

Einen Moment glaube ich, dass sie Pippa schlagen will, aber das macht sie nicht. Sie zieht die Zigarette aus ihrem Mund und wirft sie auf den Tisch.

»Ich gehe schlafen. Bis morgen.«

Mit großen Schritten geht sie zur Tür und verschwindet auf dem Flur.

»Tssss.« Pippa atmet aus. »Was ist denn mit der los? Hab ich was Falsches gesagt?«

Abby schüttelt den Kopf. »Nicht, dass ich wüsste. Wahrscheinlich meinte sie es nicht so.«

»Vielleicht hat sie zu viel getrunken?«, bringe ich vor, im Versuch, Felines Verhalten zu entschuldigen. »Das hatte sicher nichts zu bedeuten.«

Pippa seufzt tief, als fände sie das, was ich gesagt habe, unglaublich dumm. »Wir haben alle zu viel getrunken. Aber ich verhalte mich doch auch normal?«

Mir fällt keine passende Antwort ein.

Kapitel 7

Das Licht brennt, als ich auf nackten Füßen ins Zimmer schlüpfe. Unter Felines Decke liegt ein Hubbel.

»Fee?«, flüstere ich.

Ganz langsam richtet sich der Hubbel auf und Felines Gesicht erscheint über der Bettdecke. Die Haare stehen nach allen Seiten ab und auf ihren Wangen sind Knitter.

»He, Kim, ich habe dich nicht reinkommen hören.«

»Hast du noch nicht geschlafen?«

»Nein.« Sie wedelt mit einem schwarzen Heft. »Ich habe etwas hier hineingeschrieben.«

»Was ist das?«

»Oh, eine Art Tagebuch. Ich schreibe jeden Abend ein Stück. Besoffen oder nüchtern, das ist egal.«

Sie grinst und pfeffert das Heft in die Tasche, die neben ihrem Bett steht. Für mich ist es ein Wunder, dass sie trifft. Ich könnte jetzt nicht einmal einen Tischtennisball in ein Fußballtor schießen.

»War es noch nett ohne mich?«, fragt sie.

»Wir haben die Flasche geleert und ein bisschen geredet.«

Ich erzähle nicht, dass Pippa und Abby vor allem über sie gelästert haben.

»Wo sind Abby und Pippa jetzt?«

»Unten, sie räumen die Küche auf.«

Vorsichtig setze ich mich auf die Bettkante und zerre mein Nachthemd aus meiner Tasche. Das Zimmer schwankt, als wäre ich auf einem Schiff.

»Fee?«

»Ja?«

»Warum bist du denn so wütend geworden auf Pippa?«

Feline zuckt die Schultern. »Sie soll ihre Nase nicht überall reinstecken.«

»Nein.«

»Pippa lässt schon den ganzen Tag nichts aus. Da ist mir einfach eine Sicherung durchgeknallt.«

Ich nicke und versuche sie anzuschauen. Aber Felines Gesicht ist verschwommen, als wären wir beide unter Wasser.

»Schönes Sleepshirt«, sagt sie.

Felines Gesicht kommt wieder scharf ins Bild. Sie feixt.

Ich betrachte mein knallrosa Hello-Kitty-Nachthemd mit Herzchen. »Das hat meine Mutter für mich gekauft.«

»Oh.« Sie nickt verstehend, als würde das alles erklären.

»Nicht so toll, was?«

»Nein. Sag mal, sollen wir schlafen?« Feline gähnt hinter vorgehaltener Hand. »Ich bin total kaputt.«

»Ich auch.«

»Schnarchst du?«

»Zum Glück nicht. Du vielleicht?«

»Haha, nein, aber ...« Feline hält abrupt inne. »Hast du das auch gehört?«

»Äh, was?«

»Ein Geräusch«, sagt Feline. »Ich glaube, es kam von draußen.«

Ich spitze die Ohren, höre aber nichts. »Vielleicht ein Fuchs? Oder ...«

»Psst.« Feline kneift die Augen zu Schlitzen zusammen. »Da ist es wieder. Es klingt wie Schritte. Hörst du wirklich nichts?«

»Nein.«

Feline hat die Bettdecke bis zum Kinn hochgezogen und sieht mich mit großen, ängstlichen Augen an. »Vielleicht schleicht wirklich jemand ums Haus.«

»Natürlich nicht. Aber ich kann nachschauen, wenn dich das beruhigt.«

»Ja, ja, bitte.«

Langsam gehe ich zum Fenster. Ich muss mich an den Gitterstäben vom Bett festhalten, damit ich nicht falle. Mit pochendem Kopf schaue ich nach draußen. Der Garten wirkt noch dunkler als vorhin. Ich starre eine Ewigkeit darauf. Das Schwarz fängt an, sich zu bewegen. Mir wird übel. Schnell wende ich den Blick ab.

»Ich sehe nichts.«

»Was war es denn dann? So traue ich mich nicht einzuschlafen.«

Felines panisches Getue macht mich ganz nervös.

»Guck doch bitte noch mal«, fleht sie.

»Das ist Unsinn.«

Aber ich mache, was sie sagt, und spähe erneut in das dunkle Loch. Plötzlich überfällt mich eine dumpfe Angst. Angenommen, da draußen steht wirklich jemand. Ich würde diese Person nicht sehen. Aber sie mich im hell erleuchteten Fenster. Ein Schauder zieht über meinen Rücken. In dem Moment tickt etwas gegen die Scheibe.

Schreiend tauche ich ab.

Dann höre ich etwas anderes. Felines wieherndes Lachen.

»W-was?«, stammele ich.

Sie liegt gekrümmt auf dem Bett, die Schultern zucken vor Lachen. »Guck«, sagt sie noch immer wiehernd. »Guck doch. Ah-ha, was für ein Scherz. Da ist unser Eindringling.«

Am Fenster schabt ein Zweig. Tick. Tick. Er schwingt wieder außer Sicht.

Ich fange auch an zu lachen. »War das dein Geräusch?«

»Ja, ich glaube schon.« Sie kichert. »Sorry, Stress wegen nichts.«
Der Zweig schabt noch einmal am Fenster.

Ich schließe die Vorhänge. »Würdest du das bitte nie mehr machen? Ich bin vor Schreck fast gestorben.«

»Na, ich aber auch. Ich dachte, wir wären mitten in *Scream* gelandet. Du weißt schon, dieser Horrorfilm, bei dem das Mädchen allein zu Hause ist und ...«

»Ja, ja, ich weiß schon«, unterbreche ich sie. »Und dann kommt ein Psychopath, der sie umbringen will. Jetzt hör aber auf, gleich trau ich mich auch nicht mehr zu schlafen.«

Ich schwanke zu meinem Bett zurück und krieche unter die kalte Decke. Dann geschieht etwas Verrücktes: Das Zimmer fängt an sich zu drehen.

»Morgen schlafen wir schön aus«, sagt Feline.

Das Zimmer dreht sich immer schneller.

»Kim?«

»Ja?«

»Hörst du überhaupt zu?«

»Mir ist schlecht.«

Feline stützt sich auf ihren Ellenbogen und schaut mich besorgt an. »Musst du dich übergeben?«

»Nein, ich glaube nicht.«

Ich starre mit weit aufgerissenen Augen zur Decke und suche einen Punkt, auf den ich mich konzentrieren kann.

»Du hast zu viel getrunken.«

»Ja.«

Die Lampe. Ein Kronleuchter mit funkelnden Steinchen. Ich wage es nicht, noch etwas anderes anzuschauen. Das Zimmer dreht sich jetzt etwas weniger heftig.

»Wo ich gerade darüber nachdenke – ich habe dich eigentlich noch nie betrunken erlebt«, sagt Feline.

»Ich habe aber durchaus schon früher mal zu viel getrunken.«

Angestrengt zähle ich die Steinchen des Kronleuchters. Weiter als fünf komme ich nicht.

»Vor mir brauchst du dich nicht cooler zu geben, als du bist.«

»Das weiß ich.«

Feline seufzt. »Wasser trinken hilft. Soll ich dir ein Glas Wasser holen?«

Mein Magen protestiert bei der Idee. »Nein, nein, bitte nicht.«

»Dann kriegst du morgen ein paar Advil-Tabletten von mir. Die helfen immer gegen einen Kater.« Sie gähnt. »Wir schlafen jetzt. Weck mich, wenn etwas ist, ja?«

»Okay.«

Feline knipst das Licht aus. Der Kronleuchter verschwindet. Das Drehen beginnt wieder. Stöhnend suche ich nach einem neuen Fixpunkt, aber das Zimmer ist pechschwarz. Von unten höre ich undeutliche Geräusche: Absätze klackern auf dem Küchenfußboden, Teller klirren, der Kühlschrank brummt. Meinem Gefühl nach dauert es Stunden, bevor Pippa und Abby nach oben kommen. Sie gehen zu ihrem Zimmer. Ihre Stimmen klingen gedämpft durch die Tür. Abby lacht über etwas, das Pippa sagt. Es hört sich an, als hätten sie jede Menge Spaß. Ich vergrabe mein Gesicht im Kissen. Hinten im Hals wallt Galle auf. Ich muss ein paarmal schlucken, um mich nicht zu übergeben.

Kapitel 8

Sobald ich die Augen aufschlage, weiß ich, dass es ein Scheißtag wird. Das Nachthemd klebt an meinem Rücken und mir geht es noch schlechter als am Abend vorher. Ich will aufstehen, aber meine Beine stecken in der verdrehten Bettdecke. Wütend strampele ich mich frei und setze mich auf. Eine Steinlawine rollt durch meinen Kopf. Au! Au! Au! Ein paar Sekunden lang wage ich es nicht, mich zu bewegen. Ganz vorsichtig schiebe ich mich aus dem Bett. Ich schlurfe zum Fenster und ziehe den Vorhang halb auf. Das Tageslicht trifft meine Augen, und es fühlt sich an, als wären zehn Scheinwerfer auf mich gerichtet. Durch die Wimpern spähe ich nach draußen. Dunkelgraue Wolken bedecken den Himmel. Sie hängen so tief, dass sie fast die Baumwipfel berühren.

»Mach den Vorhang zu. Das Licht tut meinen Augen weh!«, sagt Feline stöhnend unter ihrer Bettdecke. »Wie spät ist es?«

Mühsam entziffere ich die Uhrzeit.

»Halb zwölf.«

»Himmel, schon so spät?«

Feline richtet sich auf. Ihr Gesicht ist grau und sie hat Ringe unter den Augen.

»Wie geht's?«

Sie starrt mich glasig an, als wäre sie in Gedanken ganz woanders.

»Fee?«
»Oh, sorry. Was ist?«
»Geht es denn?«
»Ja.«
»So siehst du aber nicht aus.«
Sie schlägt die Arme um sich, als wäre ihr kalt. »Ich habe wieder Halsschmerzen.«
»Ach, Elend. Kann ich etwas für dich tun?« Feline tut mir leid. Ein Kater mit Halsschmerzen scheint mir eine tödliche Kombination.
»Mach dir keine Sorgen. Wird schon wieder. Gleich eine Tablette einwerfen und fertig. Geh du ruhig zuerst duschen.« Sie lächelt.
»Okay.«
Ich gehe zu meiner Tasche und halte mir dabei den Kopf mit beiden Händen. Auf Knien suche ich meine Kleidungsstücke zusammen. Als ich aufstehe, sehe ich Felines Gesicht im Spiegel an der Schranktür. Das Lächeln ist verschwunden. Niedergeschlagen schaut sie vor sich hin.
»Soll ich dich rufen, wenn ich fertig bin?« Ich drehe mich zu ihr um.
Das Lächeln kehrt zurück. »Ja, gern. Ich leg mich noch ein bisschen hin.«
Leise ziehe ich die Zimmertür hinter mir zu. Das Badezimmer ist frei und ich schlüpfe hinein. Ich fülle ein Glas mit Wasser. Mein Mund ist knochentrocken und meine Zunge klebt am Gaumen. Gierig trinke ich das Glas leer. Das Wasser mischt sich im Magen mit dem Wein und dem Käsefondue vom Abend. Würgend stürze ich zur Toilette. Alles kommt in Wellen nach oben, Spritzer landen auf der WC-Brille und meinen Händen. Zitternd setze ich mich auf den Boden. Warum habe ich bloß so viel getrunken? Ich bin ganz sicher, dass ich nie wieder einen Tropfen Alkohol anrühre.
Nach dem Duschen fühle ich mich etwas besser.

»Fee, ich bin fertig. Du bist dran!«, rufe ich durch unsere geschlossene Zimmertür.

Auf der anderen Seite der Tür murmelt Feline etwas Unverständliches zurück.

»Sehe ich dich gleich unten?«

»Ja«, klingt es gedämpft.

Ein wenig wackelig gehe ich die Treppe hinunter. In der Küche finde ich Abby und Pippa, die nebeneinander am Tisch sitzen.

»He, Kimmie, gut geschlafen?«, fragt Abby.

»Mja, geht so. Bisschen Kopfschmerzen.«

»Du hast auch eine ganze Menge getrunken.«

»Echt? So viel haben wir doch gar nicht gesoffen?«, meint Pippa. »Es waren nur zwei Flaschen Wein.«

Ich schaue ihr ins Gesicht und empfinde etwas zwischen Widerwillen und Neid. Sie sieht tadellos aus: frisch, ausgeschlafen und sorgfältig geschminkt.

»Kaffee?«

Pippa hält mir die Tasse unter die Nase. Der Duft verursacht mir Übelkeit.

»Nachher vielleicht.« Seufzend setze ich mich Abby und Pippa gegenüber.

Abby nimmt einen Bissen von ihrem Croissant. »Bist du gestern Abend noch nach draußen gegangen?«

»Nein, wieso?«

»Die Haustür stand heute Morgen einen Spalt offen. Ich bin fast sicher, dass ich sie heute Nacht abgeschlossen habe.«

»Merkwürdig.«

»Mit deinem angedüdelten Kopf hast du die Tür bestimmt nur vergessen«, sagt Pippa. »Was soll's? Es wurde nichts geklaut.«

»Trotzdem ist es merkwürdig«, beharrt Abby.

Ich lege eine Scheibe Brot auf meinen Teller. »Pippa, gibst du mir die Marmelade?«

Sie hört nicht hin und dreht mir den Rücken zu. »Was machen wir heute?«, fragt sie Abby.

»Sollen wir spazieren gehen? Ich bin ziemlich dösig und schlapp.« Abby nimmt einen Schluck Kaffee.

»Gute Idee.«

»Kim?«, fragt Abby.

»Ich weiß nicht ... Vielleicht bleibe ich hier und lese ein Buch.«

»Wie ungesellig.« Abby lächelt. »Komm doch mit.«

»Lass Kim ruhig zu Hause«, brummt Pippa. »Sie ist verrückt auf Lesen.«

Ich weiß, was sie denkt. Sie denkt: Dann habe ich Abby für mich allein.

»Okay«, sage ich. »Ich komme mit.«

»Schön.« Abby lächelt wieder.

Pippa säubert ihren Teller mit einem Finger. »Du weißt auch nicht, was du willst, Kim.«

Ich ignoriere ihre Bemerkung und nehme die Schokostreusel.

»Gehen wir gleich?«, fragt Abby.

»In zehn Minuten.« Pippa schiebt ihren Stuhl zurück. »Ich muss noch was aus meiner Tasche holen. Wo ist denn eigentlich Fee?«

»Oben.« Ich schneide mein Streuselbrot in kleine Quadrate.

»Liegt sie etwa noch in der Kiste?«

»Nein, sie duscht«, sage ich. »Sie hat Halsschmerzen.«

»Ach. Gestern Abend tat ihr aber nichts weh. Sind schon besondere Halsschmerzen.«

Es klingt unfreundlich. Und ihrem Gesicht nach meint sie es auch so. Schnaubend verschwindet sie im Flur.

»Ich denke, es wird gleich schneien«, sagt Abby. »Der Himmel ist so dunkel. Hast du gute Wanderschuhe mitgenommen? Ich habe nur Stiefel und Turnschuhe mit.«

»Ich auch.« Langsam kaue ich auf einem Stück Brot. Ich muss mir große Mühe geben, nicht zu würgen.

Abby lacht. »Bisschen dumm von uns.«

»Das kannst du laut sagen«, antworte ich feixend.

Pippa kommt in die Küche zurück, um den Hals eine große, schwarze Kamera.

»Was ist das?«, fragt Abby.

»Eine Fotokamera.«

»Haha, das sehe ich auch. Aber wie kommst du daran?«

»Hab ich von meinem Vater bekommen. Es ist das neueste Spiegelreflex-Modell von Canon.«

»Hm, das sagt mir nichts. Aber sie sieht megaprofessionell aus. Nett von deinem Vater.«

»Er hat sie auf Geschäftsreise in Hongkong gekauft.«

»Gab's was zu feiern?«

Pippa lacht abfällig. »Unsinn. Er fühlt sich wahrscheinlich schuldig, weil er fast nie zu Hause ist. Und Geld hat er genug.«

Das stimmt. Pippas Vater ist im Immobiliensektor tätig und dabei sehr reich geworden. Pippa wohnt mit ihren Eltern in einer Neubauvilla in Amstelveen, einem Vorort von Amsterdam. Ich bin ein paar Mal dort gewesen und konnte mich kaum sattsehen: Alles ist weiß, Design und groß.

»*Say Cheese!*«, ruft Pippa jetzt und schaut durch den Sucher.

Abby und ich lachen auf Kommando.

Blitz.

»Ich maile es euch zu. Schön fürs Album.«

Die Tür geht auf und Feline kommt herein. Geschminkt hat sie jetzt etwas mehr Farbe im Gesicht. Aber ihr Blick ist immer noch stumpf.

»Da bist du ja endlich«, sagt Abby freundlich. »Setz dich und iss schnell ein Brot. Wir gehen gleich spazieren. Du kommst doch mit, oder?«

Feline sieht aus, als würde sie sich lieber weigern, aber sie sagt: »Klar, gebt mir zehn Minuten.«

»Mach fünf daraus«, sagt Pippa grob. »Wir warten schon seit Stunden auf dich.«

Mit ganz schmalen Augen sieht Feline sie an. Dann antwortet sie: »In zwei Minuten stehe ich draußen. Ich wusste ja gar nicht, dass du eine neue Kamera hast. Teuer?«

Ausnahmsweise hält Pippa den Mund.

Kapitel 9

Es ist hier so still, dass es fast unwirklich ist. In der Stadt hört man immer etwas, selbst an den ruhigsten Orten. Ein Moped, Stimmen, das Klingeln der Straßenbahn. Aber hier ist es still. Totenstill. Ich höre nicht einmal einen Vogel zwitschern. Wir laufen bestimmt schon eine halbe Stunde. Erst durch einen Wald und jetzt an einem offenen Feld entlang. Der gefrorene Weg führt im Zickzack nach oben. Ich keuche leicht und spüre ein Stechen in der Seite.

»Wartet mal«, murmelt Abby und bückt sich. »Mein Schnürsenkel ist offen.«

Pippa und Feline gehen weiter, ich bleibe bei Abby, froh, einen Grund zu haben, um mal stehen zu bleiben.

»Herrje, wie umständlich mit diesen Handschuhen«, murrt sie. »Ich komme mir vor wie ein Riese, der Zwergenschuhe schnürt.«

»Lass dir Zeit. Wir holen sie noch ein.«

»So, fertig.« Sie richtet sich auf. »Lieb, dass du gewartet hast.«

»Na klar, ich lass dich doch nicht allein, du Huhn.«

»Das kann man nicht von allen behaupten. Es würde mich wundern, wenn es Pippa überhaupt auffallen würde, dass wir nicht mehr hinter ihr laufen.«

»Mich auch.«

»Manchmal hat sie echt ein Riesenbrett vorm Kopf.«

»Das kannst du laut sagen.«

Wir kichern. Es ist wie früher: das Gefühl, den anderen ohne viele Worte zu verstehen. Ich suche Abbys Hand. Ihre Finger schließen sich um meine.

»Wie geht es deinem Kater?«

»Ich habe keinen Kater.«

»Hm, das klingt wie ein ernster Fall der Schrecklichen-Ignorier-Krankheit.« Der Wind zerzaust Abbys rote Locken und sie sieht mich lachend an.

»Na ja, vielleicht habe ich einen Minikater«, gebe ich zu.

»Ich aber auch«, gibt sie zu. »Dieser Wein hat ganz schön reingehauen gestern Abend. Du bist wirklich nicht die Einzige.«

»Zum Glück. Pippa tat vorhin gerade so, als wäre ich ein totaler Sonderling.«

»Mach dir nichts draus. Sie trinkt mich auch unter den Tisch.«

Wir nähern uns Pippa und Feline. Ihre Stimmen treiben durch die kalte, dünne Luft zu uns. Ich kann die Worte nicht verstehen, aber es klingt lebhaft. Wahrscheinlich kabbeln sie sich wieder. Absichtlich gehe ich etwas langsamer.

»Willst du ein Geheimnis wissen?«, fragt Abby.

Ich nicke.

»Versprichst du, es niemandem zu erzählen?«

»Ehrenwort.«

»Ich habe heute Morgen unter der Dusche geweint.«

»Huch, warum denn?«

»Ich hab Casper vermisst. Blöd, oder?«

»Unsinn. Du bist eben verliebt.«

»Ich bin einfach eine dumme Nudel«, sagt sie seufzend. »Gib mir ein wenig Alkohol und die Tränen kommen von ganz allein. Es ist so nervig, dass mein Smartphone hier keinen Empfang hat.«

»Sonst ruf ihn doch einfach über das Festnetztelefon an?«

»Ist das nicht zu spießig?«

»Nein, gar nicht. Wenn ich einen Freund hätte, würde ich ihn auch anrufen.«

»Weißt du«, ihre Augen fangen an zu strahlen, »wenn wir zurückkommen, gehe ich gleich zu Casper. Und dann übernachte ich bei ihm.«

»Und deine Eltern erlauben das?«

»No way. Aber das interessiert mich nicht die Bohne, ich mache es trotzdem!«

Sanft drücke ich ihre Hand. »Noch ein halbes Jahr und dann ziehst du aus.«

»Zum Glück. Manchmal macht mich das Gezanke mit meinen Eltern so mutlos. Es ist, als ...«

Bäng! Ein lauter Knall. Mir sausen die Ohren. Das Echo rollt zwischen den Bäumen und Hügeln hin und her und erstirbt dann.

»Himmel, was war das denn?« Erschrocken schaue ich mich um.

»Oh, bestimmt ein Jäger«, sagt Abby achtlos. »Die Jagdsaison ist seit Oktober eröffnet.«

»Ist das nicht gefährlich?«

»Aber nein. Sie dürfen nur in einem abgegrenzten Waldstück jagen, ein paar Kilometer weiter.«

Vor uns auf dem Weg sind auch Pippa und Feline stehen geblieben.

»Beeilt euch doch mal!«, schreit Pippa. »Ich friere fest.«

»Wir kommen!«, brüllt Abby zurück.

Sie lässt mich los und fängt an zu rennen. Die Wärme meiner Hand verdampft in der kalten Luft. Ich schaue auf ihren Rücken und habe das merkwürdige Gefühl, Abby verloren zu haben. Langsam folge ich ihr.

»Zeit zum Umkehren, meine Damen«, sagt Pippa. »Da zieht ein gigantischer Schneeschauer auf.« Sie zeigt zum Himmel, der eine seltsame Färbung angenommen hat: Giftgrün mit Schwarz.

»Hm, das sieht wirklich nicht gut aus«, brummt Abby.

Ich schaue zu Feline. Sie starrt unverwandt auf die Erde und hat rote Flecken auf den Wangen.

»Ist alles okay, Fee?«, frage ich.

»Jaja.« Sie zieht ihre Jacke fester um sich. »Mir ist kalt und mein Hals tut weh. Lasst uns bitte zum Haus zurückgehen.«

»Okidoki.«

Ich habe mich schon halb umgedreht, als ich Pippa sagen höre: »Wer ist das?«

Mit den Augen folge ich Pippas Blick. Am Horizont erscheinen drei schwarze Punkte. Sie bewegen sich und kommen auf uns zu.

»Keine Ahnung«, sagt Abby.

Als die Punkte näher kommen, sehe ich, dass es drei junge Männer sind, gut aussehend und Anfang zwanzig.

»Weg hier«, flüstert Feline. »Darauf habe ich keine Lust.«

Aber Pippa hat es plötzlich gar nicht mehr eilig. Sie lächelt und wartet, bis die Männer in Hörweite sind. Dann sagt sie: »Nein, so eine Überraschung aber auch. Was führt euch hierher?«

Mit viel Lärm bauen sich die drei vor uns auf. Zigarettenpäckchen werden aus Jackentaschen geholt, Handschuhe ausgezogen, Hände geschüttelt. Jeroen, Daan und Stijn heißen sie und sie studieren Jura in Amsterdam.

»Zigarette?«, fragt Stijn. Mit seinen blonden Haaren und eisblauen Augen ist er eine auffällige Erscheinung.

»Gern«, sagt Pippa.

»He, hallo«, seufzt Feline. »Du wolltest doch zurückgehen, weil es gleich anfängt zu schneien?«

Pippa wedelt mit der Hand, als wollte sie eine lästige Fliege verscheuchen. »Relax, Feelein. Die fünf Minuten machen es jetzt auch nicht mehr.«

Stijn gibt ihr Feuer. Er schirmt die Flamme mit dem Arm ab.

Pippa bleibt genau eine Sekunde zu lang in seiner Ellenbogenbeuge.

»Übernachtet ihr hier irgendwo in der Nähe?«, fragt er.

»Ja, wir haben ein Häuschen im Tal«, antwortet Abby.

»Welches Haus denn?«

»Das weiße mit den grünen Läden.«

»Und dem Eisenzaun?«, fragt Jeroen.

»Genau! Woher weißt du das?« Abby sieht ihn überrascht an.

»Ich komme schon seit Jahren hierher«, sagt Jeroen. Er fährt sich mit der Hand durch die blonden Haare. »Ist das Haus nicht das von den Laakmans?«

»Ja, ja, von meinem Vater. Was ...?«

»Wo wohnt ihr denn?«, unterbricht Pippa.

»Ein Stückchen weiter hoch, mehr Richtung Dorf. In einem Holzhaus«, sagt Stijn.

»Witzig, auf dem Hinweg sind wir daran vorbeigefahren. Habt ihr das gemietet?«

Jeroen fängt an zu lachen. »Mieten? Bestimmt nicht. Es gehört meinem Vater. Ab und zu lässt er sich erweichen und ich darf mit ein paar Freunden dort übernachten.«

»Korrektur: Dann darfst du dort mit deinen besten Freunden übernachten.«

Stijn stupst ihn gegen die Schulter. Jeroen knufft ihn gegen den Arm. Feixend schlagen sie die Hände in einem *High Five* zusammen.

Pippa lacht mit, ziemlich übertrieben, wie ich finde.

Ich schrecke zusammen, als Daan eine Hand auf meinen Ellenbogen legt.

»Lass mich raten. Du bist die Stillste der Truppe.«

»Äh ...«, stammele ich. »Wie kommst du darauf?«

»Das sehe ich am Blick in deinen Augen.« Daan zwinkert mir zu und weist mit seinem Zeigefinger auf mich.

Er erinnert mich an einen zweitklassigen Schauspieler in einem schlechten Film. Unbehaglich wippe ich von einem Fuß auf den anderen.

»Ha, also sind wir fast Nachbarn!«, ruft Pippa. »Wie heißt das Sprichwort noch mal? Besser ein guter Nachbar als ein ferner Freund?«

Sie legt den Kopf schräg und lächelt Stijn an. Pippa flirtet so offensichtlich, dass ich mich fast dafür schäme. Kann sie denn nie mit einem männlichen Wesen reden, ohne es gleich anzumachen?

»Gehen wir jetzt endlich?«, fragt Feline.

»Fast«, sagt Pippa. »Hört mal, ich habe plötzlich einen megaguten Plan.«

»Oh nein, verschon uns.«

Pippa wendet sich Stijn zu. »Warum kommt ihr nicht heute Abend zu uns? Dann machen wir eine richtige Cocktailparty daraus. Mit Mojitos, Wodka-Orange, Sunrises. Na, was haltet ihr davon?«

»Cool«, sagt Stijn. »Hier gibt's ja sonst eh nichts zu erleben. Und mir reicht es auch allmählich damit, jeden Abend zu pokern.« Er lächelt Pippa zu. Nur ihr.

»Haha, weil du immer verlierst«, sagt Jeroen. »Ich kriege noch hundert Euro von dir, Mann.«

Daan flüstert mir ins Ohr: »Ich fände es sehr gemütlich, heute Abend neben dir zu sitzen.«

Weil ich nicht weiß, was ich antworten soll, fange ich an zu lachen. Was für ein Albtraum: Einen Abend mit diesen Typen zu trinken ist echt das Letzte, was ich gebrauchen kann, und an Felines vernichtendem Blick sehe ich, dass sie genauso denkt.

»Ich gehe jetzt zum Haus«, schnauzt Feline. Mit großen Schritten läuft sie davon.

Stijn pfeift. »Wow, was ist denn mit der los? Haben wir was Falsches gesagt?«

»Mach dir nichts draus. Sie hat schon seit Tagen schlechte Laune.« Pippa wirft ihre Zigarette auf den Boden und tritt sie aus.

»Wir können es auch lassen«, sagt Jeroen. »Ich meine, ihr sollt euch nicht deswegen streiten.«

»Bist du irre?« Pippa verdreht die Augen. »Sie kriegt sich schon wieder ein.«

»Wann sehen wir uns?«, fragt Stijn.

»So gegen neun?«

Ein träges Lächeln spielt um seine Mundwinkel. »Ich kann es kaum erwarten.«

Kapitel 10

In der Küche herrscht Schweigen, der Sekundenzeiger der Uhr tickt laut vor sich hin. Ich habe nicht mitgezählt, aber ich glaube, Pippa und Feline schweigen sich bestimmt schon fünf Minuten an, eigentlich seit dem Moment, als wir nach Hause gekommen sind. Abby kocht hochkonzentriert Tee, ich blättere in einer Zeitschrift, ohne etwas zu lesen. Als ginge es um ein Spiel nach dem Motto, wer am längsten den Mund halten kann.

Pippa verliert. »Können wir endlich mit diesem kindischen Getue aufhören? Das geht mir total auf die Nerven.«

Feline schießt hoch. »Oh, bin ich auf einmal kindisch? Schau dich doch selbst mal an!«

»Das tue ich lieber, als mir dein schlecht gelauntes Gesicht anzusehen. Wo liegt dein Problem?«

»Das weißt du ganz genau. Man lädt doch nicht einfach drei wildfremde Typen ein?«

»Ach, hör doch auf. Was ist denn daran falsch, wenn hier ein bisschen was los ist? Die anderen stellen sich auch nicht so an.«

Stille.

Ich schaue unbehaglich weg, aus Angst, einbezogen zu werden. Abby wühlt in einer Küchenschublade.

»Wenn du dabei bist, ist immer was mit Kerlen. Du bist wirklich armselig«, schnauzt Feline.

»Und du meckerst schon herum, seit wir aus Amsterdam weggefahren sind«, gibt Pippa bissig zurück.

»Halt doch die Klappe.«

»Nein, du solltest die Klappe halten.«

»Tee?«, mischt sich Abby ein. Sie stellt die Teekanne auf den Tisch.

»Hm«, sagt Pippa.

»Und du, Fee?«

Sie zuckt die Schultern.

»Kim?«

»Gern.«

»Komm schon, Fee«, sagt Abby und schenkt vier Tassen voll. »Es wird bestimmt ein netter Abend. Die Jungs sind sicher ganz okay.«

»Woher weißt du das denn?«, antwortet Feline wütend. »Vielleicht sind es ja totale Freaks. Wir wohnen hier ziemlich abgelegen. Wer weiß, was sie vorhaben.«

Pippa lacht, hoch und kurz. »Ich hoffe schon, dass sie was vorhaben. Ein bisschen Leben in der Bude kann ja nicht schaden.«

»Darf ich das vielleicht beim nächsten Mal selbst entscheiden?«

»Von mir aus.«

»Mensch, jetzt hört doch mal auf.« Abby macht ein strenges Gesicht. »Ihr verderbt die ganze Stimmung mit dieser Zankerei. Pippa, du besprichst solche Sachen in Zukunft erst mit uns.«

»Wenn du das sagst.« Pippa verschränkt die Arme.

»Ja, genau das sage ich.«

Pippa wirft die Arme in die Luft. »Okay, dann los, ich werde alles zuerst mit euch besprechen. Was ich esse, ob ich zur Toilette darf, welche Schuhe ich anziehe. Gut so?«

»Ja. Und du, Feline, du solltest das alles nicht so düster sehen. Wir haben ein bisschen Spaß mit den Jungs, schicken sie nach Hause und können anschließend noch drei Tage über sie lästern. So schlimm ist das doch nicht?«

Feline brummt etwas.

»Schön, dann möchte ich jetzt gern eine Entschuldigung hören.«

»Tut mir leid«, sagt Pippa, aber sie sieht nicht aus, als würde sie es ernst meinen.

»Entschuldigung«, murmelt Feline kaum hörbar.

»Brave Mädchen.« Abby hält eine Rolle Kekse hoch. »Wer will einen Schokoprinzen?«

Der restliche Nachmittag verläuft ruhig. Abby hat ein Spiel hervorgezaubert: die Siedler von Catan. Wir liegen im Wohnzimmer auf dem Bauch und kämpfen um Land, Dörfer und Rohstoffe. Abby hat Teelichter angezündet und eine CD mit Weihnachtsliedern aufgelegt. Texte über den Frieden auf Erden füllen den Raum. Sie scheinen ansteckend zu wirken: Feline und Pippa sind ausgesprochen freundlich zueinander. Feline muss sogar ein wenig lächeln, als Pippa erzählt, dass sie früher bei Monopoly immer geschummelt hat. Und Pippa gönnt Feline den letzten Schokokeks.

Nach zwei Stunden gewinnt Abby.

Pippa applaudiert. »Himmel, was bist du gut in diesem Spiel. Du übst wohl jeden Tag?«

»Nein, ich bin einfach nur sehr klug«, prahlt Abby. »*Beauty and Brains*, die goldene Kombination.«

»*Yes, sure.* Deswegen hast du ja auch meistens eine Vier in Mathe.«

»Miststück.« Lachend wirft Abby Pippa einen Würfel an den Kopf. »Sollen wir noch eine Runde spielen?«

»Uff, nein.« Feline streckt sich und setzt sich auf. »Ich hab schon fast eine Überdosis Catan.«

»Schaut mal!«, ruft Abby plötzlich. »Es schneit.«

Wir schauen alle vier zum Fenster. Große Flocken trudeln zur Erde. Es muss schon vor einiger Zeit angefangen haben, denn auf den Bäumen liegt eine dünne weiße Schicht. Der Schnee macht die einbrechende Dämmerung transparent und märchenhaft.

»Wie schön«, sagt Abby. »Jetzt sind es erst richtige Weihnachtsferien.«

»Wie unpraktisch«, sagt Pippa. »Jetzt werden meine neuen Uggs nass und schmutzig.«

Abby streckt ihr die Zunge heraus. »Snob. Wer will Tee?«

»Ich habe eine bessere Idee.« Pippa rappelt sich auf. »Bleibt sitzen, in einer Minute bin ich wieder da.«

Wir räumen das Spiel auf.

Mit einer grünen Flasche in der einen und vier Gläsern in der anderen Hand kommt Pippa zurück.

»Tadadada, Perlchen! Der Prosecco war im Angebot.«

»Lecker. Aber was hast du oben gemacht?«, fragt Abby.

»Nichts«. Sie öffnet die Flasche. »Ich war im Keller.«

»Hm, seltsam. Ich dachte, ich hätte jemanden auf der Treppe gehört.«

»Ui, ui, spannend. Ich bin ganz verrückt nach Hausgespenstern«, sagt Pippa und grinst.

Abby erwidert ihr Lachen nicht. »Vielleicht haben wir ja Mäuse.«

»Igitt, ich hasse Mäuse.« Feline zieht die Beine unter sich, als hätte sie Angst, dass eine Maus darüberlaufen könnte.

»Schisser. Hier gibt es keine Mäuse.« Pippa füllt die Gläser und reicht Feline das erste Glas.

»Tut mir leid wegen vorhin, Fee.« Es klingt aufrichtig.

Feline nickt. »Mir auch.«

Ich bekomme auch ein Glas Prosecco in die Hand gedrückt. Mein Magen dreht sich schon bei seinem Geruch um. Möglichst unauffällig stelle ich das Glas zur Seite.

»Prost, Ladies«, sagt Pippa. »Wie sieht's aus, kommt ihr nächstes Jahr zu uns nach Aix-en-Provence?«

»Wieso? Fahrt ihr zusammen in Urlaub?« Feline nimmt einen großen Schluck.

»Nein, wir werden dort ein Jahr studieren.«

Es fühlt sich an, als bekäme ich einen Schlag ins Gesicht. Alles prickelt und glüht. Pippa und Abby gehen zusammen ein Jahr nach Aix-en-Provence? Ich sehe zu Abby hinüber. Sie schaut in eine andere Richtung.

»Das wusste ich nicht«, sagt Feline.

Ich auch nicht, denke ich.

»Wir haben es auch erst letzte Woche beschlossen«, sagt Pippa. »Das war schon eine ganze Weile im Gespräch. Aber es ist eben auch eine Menge zu regeln. Und meine Eltern wollten nicht, dass wir in einem billigen Studentenwohnheim landen.«

Ich beiße mir auf die Lippe und versuche zuzuhören. Pippa berichtet, dass sie ein Appartement gefunden haben ... etwas über die Stadt ... dass es viele ausländische Studenten gibt ... und noch mehr Feste. Es ist, als käme ihre Stimme aus einem alten Radio. Ich höre nur die Hälfte.

»Hallo Kim, wo bist du denn mit deinen Gedanken?« Pippa sieht mich ungeduldig an.

»Hä, entschuldige, was ist?«

»Ich habe gefragt, ob du noch Prosecco willst.«

»Nein, nein danke.« Ich lächele verkrampft. »Hört mal, ich bin ein wenig müde. Ist es für euch okay, wenn ich ein Nickerchen mache?«

»Natürlich«, antwortet Feline. »Aber ist auch alles in Ordnung? Du bist auf einmal so weiß.«

»Ja, klar.« Zwei leere Wörter. Warum hat mir Abby nichts gesagt?

»Soll ich dich gegen sieben wecken?«, fragt Feline.

»Okay.«

Ohne mich umzusehen, gehe ich in den Flur, setze einen Schritt vor den anderen, bis ich unser Zimmer erreicht habe.

Kerzengerade sitze ich auf meinem Bett und starre aus dem Fenster. Das Licht draußen wird immer schwächer, bis die

Schneeflocken endlich vom schwarzen Loch des Abends verschluckt werden. Ich schalte die Nachttischlampe ein. Von unten höre ich Gelächter. Die Musik wird lauter gedreht. Ich erkenne ein Lied vom Kinderchor *Kinder für Kinder*. Pippa brüllt den Text lauthals mit. Wie kindisch!

Meine Augen brennen. Ich denke ständig an den Tag, an dem ich Abby zum ersten Mal traf, vor jetzt fünfeinhalb Jahren. Sie setzte sich auf den freien Platz neben mir in der Klasse und von dem Moment an waren wir unzertrennlich. Ich unsicher und schüchtern, sie voller Selbstvertrauen und tatkräftig. Mit Abby an meiner Seite bekam ich Freundinnen. Mit Abby gehörte ich dazu. Ich half ihr bei den Hausaufgaben. Ich hörte ihr zu, wenn sie von Zuhause erzählte. Wir ergänzten uns so selbstverständlich, dass ich fast vergessen hatte, wie schüchtern ich eigentlich war.

Bis zu diesem einen Tag vor acht Monaten. Es war ein Mittwoch im April. In der ersten Stunde hatten wir Niederländisch. Ich suchte nach meinem Heft, als die Verdonk hereinkam, an ihrem Arm ein Mädchen.

»Hört mal zu, Leute«, sagte sie. »Das ist Pippa van Dam. Sie ist aus Hilversum hierhergezogen und geht ab jetzt in eure Klasse.«

Pippa stand neben unserer Lehrerin und grinste lässig. Alle Jungen sahen sie an. In ihrem Blick las ich unverhohlenes Interesse. Eigentlich starrte die ganze Klasse sie mit offenem Mund an. Mit ihren blonden Haaren, dem perfekten Make-up und einem fantastischen Körper schien Pippa geradewegs einer Modezeitschrift entsprungen.

»Neben wem kannst du sitzen?«, murmelte die Verdonk. »Mal sehen, ich glaube, wir müssen ein wenig rücken. Ah, ich habe eine Idee.«

Sie klatschte in die Hände. »Kim, du setzt dich neben Annemarie. Und dann kommt Pippa auf deinen Platz.«

Bum. Es war gesagt, bevor ich wusste, wie mir geschah.

Sprachlos starrte ich meine Lehrerin an, aber mir fiel kein Wort ein, mit dem ich mich hätte weigern können. Abby sagte auch nichts. Also packte ich meine Sachen und zog um zu dem Tisch neben Annemarie. Pippa und Abby waren sofort in einem lebhaften Gespräch. Und ich konnte nichts anderes machen, als zuzuschauen, wie Pippa meine beste Freundin um den Finger wickelte. Manchmal frage ich mich, ob es einen Unterschied gemacht hätte, wenn Pippa einen anderen Platz bekommen hätte. Vielleicht wären sie dann keine Freundinnen geworden. Aber wenn ich ganz ehrlich bin, glaube ich das nicht.

Ich fange an zu weinen. Lautlos, mit großen Tränen. Könnte ich Pippa nur verschwinden lassen. Ich würde sie in ein anderes Land zaubern. Oder noch besser: an einen Ort, an dem niemand sie finden kann. Ich kann einfach nicht glauben, dass Abby mit ihr nach Frankreich geht. Und ich kann erst recht nicht glauben, dass Abby mir nichts erzählt hat. Noch nie habe ich Pippa so gehasst wie jetzt.

Kapitel 11

Punkt neun klingen laute männliche Stimmen im Garten. Es klopft an der Haustür.

»Wir sind's!«, höre ich Stijn rufen.

Pippa rennt zur Tür. Sie trägt ein rotes Wickelkleid mit einem tiefen Ausschnitt. Ich glaube, sie hat eine gute halbe Stunde vor dem Spiegel gestanden, um sich zu schminken. Abby folgt ihr. Ich bleibe auf halbem Weg im Flur stehen. Seit ich nach unten gekommen bin, hat Abby noch kein Wort zu mir gesagt, als wäre ich Luft für sie geworden. Ich schaue auf ihren Rücken, über den sich ein Wasserfall aus roten Locken ergießt. Auf einmal habe ich Lust, ihr wehzutun.

Lachend treten die Jungs ein. Die Diele füllt sich mit Daunenjacken, Schnee und Kälte. Stijn küsst als Erstes Pippa dreimal auf die Wangen. Sie lächelt. Sein Blick gleitet über ihre langen Haare und den Nacken nach unten.

»Wow.« Er pfeift bewundernd.

»Danke schön.« Pippas Lachen wird herausfordernder.

Jeroen geht zu Abby und gibt ihr eine Flasche Hochprozentiges. »Für die Frau des Hauses.«

»Wodka, klasse«, sagt sie. »Wir haben Saft und Cola zum Mixen. Gut, dass ihr da seid.«

»Na, das war auch eine ziemlich heftige Wanderung«, sagt

Jeroen. »Es liegen bestimmt zehn Zentimeter Schnee. Wir haben fast eine Stunde gebraucht.«

»Es schneit wie verrückt«, sagt Stijn.

Jeroen zieht seine Jacke aus. »Ich hatte gerade meinen Vater an der Strippe. Es soll noch mehr schneien in dieser Region. Wir fahren morgen Abend. Ich hoffe nicht, dass wir irgendwo mit dem Auto liegen bleiben.«

»Ihr fahrt morgen schon? So früh!« Pippa schmollt.

»Wir haben übermorgen eine kleine Weihnachtsfeier im Studentenheim.« Stijn legt einen Arm um sie. »Komm doch mit, auf der Rückbank ist noch ein Platz frei. Neben mir.«

Pippa lacht laut. »Wer weiß, vielleicht mache ich das ja. Pass nur auf.«

»Schlag dir das mal aus dem Kopf«, sagt Abby.

»Ha, da bist du!« Daan zwängt sich zwischen Stijn und Pippa durch.

Bevor ich weiß, wie mir geschieht, hat er mir einen Kuss auf die Wange gedrückt. Sein Atem riecht nach abgestandenem Aschenbecher.

»Hübsches schwarzes Kleidchen«, sagt er.

»Äh, danke.«

Ich habe – unter Pippas Druck – das einzige Kleid angezogen, das in meiner Tasche steckte. Sie fand, eine Jeans ginge gar nicht. Meine aschblonden Haare habe ich hochgesteckt. Trotzdem bin ich neben meinen Freundinnen noch immer das hässliche Entlein.

Daan rückt noch ein wenig näher. Er ist groß, mein Scheitel reicht gerade mal bis zu seiner Schulter. Und er sieht nicht schlecht aus. Schöne Zähne, dunkelbraune Locken. Aber der Blick in seinen Augen gefällt mir nicht. Er guckt wie ein Fußballspieler, der gleich ein Tor schießt. Und ich fürchte, ich bin heute Abend sein Fußball.

»Alles in Ordnung?«, fragt er.
»Ja sicher.«
»Fein.« Er lächelt.
Mit viel Mühe erwidere ich das Lächeln. Ich bin nicht gut in so oberflächlichem Blubbern.
»Hier seid ihr.« Feline kommt aus dem Wohnzimmer in den Flur. Sie tut so, als wäre am Nachmittag nichts vorgefallen. »Die Cocktailbar ist eröffnet.«
Im Gänsemarsch gehen wir ins Wohnzimmer. Auf dem Tisch stehen Flaschen und Gläser. Pippa wollte unbedingt eine Bar daraus machen. »Sonst setzen sich alle in die Küche, das ist so ungemütlich«, hatte sie behauptet.
»Zigarette?« Stijn schwenkt sein Päckchen.
Daan und Pippa nicken. Ein Feuerzeug macht die Runde und blaue Rauchschwaden kringeln sich zur Decke.
Jeroen geht zu dem Tisch mit den Getränken. Er streift die Ärmel hoch und fragt Abby: »Was kann ich für dich mixen? Wodka-Cola oder Gin-Cola?«
»Ich lasse mich überraschen.«
»Okay.« Er zwinkert ihr zu.
Jeroen findet Abby offensichtlich nett, fällt mir plötzlich auf. Er gibt sich alle Mühe mit einer Flasche Cola und Wodka. Seine blonden Haare krausen sich über seiner Stirn. Als Abby ihm etwas ins Ohr flüstert, bekommt er Grübchen in die Wangen. Hoffentlich macht sie ihm bald klar, dass sie einen Freund hat.
»Was haltet ihr von Lady Gaga?«, fragt Feline am CD-Spieler.
»Klasse Frau«, sagt Stijn.
»Klar«, seufzt Feline, »aber was hältst du von ihrer Musik?«
»Prima.« Er zuckt die Schultern.
Can't read my, can't read my, no he can't read my pokerface, tönt es durch den Raum.
»Lauter!«, ruft Pippa. »Das ist so ein megafetter Song.«

Feline dreht am Lautstärkeregler. Der Bass dröhnt in meinen Ohren. Ich bin froh, dass wir keine Nachbarn haben.

»*I wanna roll with him a hard pair we will be. A little gambling is fun when you're with me*«, macht Pippa das Playback.

»Herkommen, Leute.« Jeroen pfeift auf den Fingern. »Der Willkommenstrunk ist fertig.«

Jeder bekommt ein Glas mit einem Bodensatz farbloser Flüssigkeit.

Stijn schnüffelt. »Ist es das, wofür ich es halte?«

»Yep.« Jeroen grinst. »Wodka pur.«

»Heftig.«

»Gut begonnen ist halb gewonnen.« Er hebt sein Glas. »*Cheers, Ladies*. Vielen Dank für die Einladung. Das nächste Mal dann bei uns in Amsterdam.«

Er kippt sein Glas in einem Schluck. Die anderen machen es ihm nach.

Ich hole tief Luft und schaue in mein Glas. Ich trinke zum ersten Mal Wodka.

Es ist still geworden. Alle starren mich an. Pippa schaut ein wenig spöttisch. Feline schüttelt den Kopf, als wolle sie mir sagen, ich müsse das nicht austrinken. Abbys Blick gibt den Ausschlag. Ihre Augen signalisieren Desinteresse. Ich nehme einen Schluck von meinem Wodka und spüre, wie das Zeug in meiner Kehle brennt. Schnell trinke ich den Rest.

Mit dem Handrücken wische ich mir über den Mund. »Lecker. Nur zu, auf zur zweiten Runde.«

Daan grinst. »Eine Frau nach meinem Herzen.«

Die anderen lachen auch.

Jemand drückt mir ein Longdrinkglas mit Wodka-Orange in die Hand.

Eine Stimme ganz tief in mir warnt: ›Kim, nicht so viel, das bist du nicht gewöhnt.‹ Aber dieses Mal habe ich keine Lust, darauf zu hören. Leichtsinn überkommt mich. Ich werde es Abby schon zeigen, wen sie für Pippa hat gehen lassen!

Mein Glas bewegt sich zu meinen Lippen und ich nehme einen großen Schluck. Und noch einen. Und noch einen letzten, damit es auch jeder mitkriegt.

»Eins zu null für Kim«, sagt Jeroen mit einem schiefen Lächeln.

»Wer will noch einen Wodka-Orange?«

Es erklingt Gejohle. Daan schlägt mir lachend auf die Schulter. Ist Dazugehören wirklich so leicht?

»Oh, warte mal.« Pippa geht hüftschwingend zum Schrank und bückt sich. Sie muss wissen, dass ihr Kleid so kurz ist, dass man ein Stück ihres Slips sehen kann.

Als sie sich wieder aufrichtet, hat sie die Kamera in der Hand.

»Zeit für ein kleines Shooting. Bringt ihr euch schon mal in Stellung? Dann schalte ich den Selbstauslöser ein.«

Es ist wie ein Ameisenhaufen: Alle wimmeln durcheinander. Plötzlich stehe ich neben Daan, der einen Arm um meine Taille gelegt hat. Und Abby ist zur anderen Tischseite verschwunden. Weiter weg von mir geht nicht.

Pippa schaut durch den Sucher. »Ich zähle bis drei und dann komme ich.«

»Jetzt.« Sie läuft zu uns.

An der Kamera blinkt ein rotes Licht.

Pippa zwängt sich zwischen Stijn und Daan und lehnt sich ein wenig vor, wodurch ihr Ausschnitt noch etwas tiefer rutscht.

Das rote Lämpchen blinkt schneller.

»Lächeln!«, ruft Pippa.

Ich sehe Stijns Blick in ihr Dekolleté.

Blitz.

»Nicht wegrennen!«, schreit Pippa. »Sie macht noch eine zweite Aufnahme.«

Blitz.

»Das war's«, sagt Pippa.

Der Ameisenhaufen kommt wieder in Bewegung. Erleichtert befreie ich mich aus Daans Griff.

»Hoho«, sagt Stijn. »Nicht so schnell. Ich will noch ein Foto von den Damen allein.«

Er nimmt die Kamera und schaut durch den Sucher. Wie ein professioneller Fotograf dreht er am Objektiv.

»Etwas näher zusammen«, kommandiert er. »Pippa muss neben Kim. Feline nach vorn. Und Abby ein Stück nach links.«

Pippa presst mir ihren Ellenbogen in die Seite, Felines Haare kribbeln in meiner Nase. Ich kann Stijn kaum noch sehen.

»Hände in die Luft!«, ruft er. »Smile!«

»Muss das wirklich sein?«, flüstert mir Feline ins Ohr.

Blitz.

»Schön.« Stijn klingt zufrieden.

»Hört ihr mir mal eben zu?« Jeroen ist auf einen Stuhl gestiegen. »Ich möchte etwas sehr Wichtiges sagen.«

Er lässt eine Stille eintreten. Wir schauen uns erstaunt an. Dann stößt Jeroen einen Freudenschrei aus. »Eine neue Cocktailrunde steht bereit. Drink till you drop!«

Kapitel 12

Es ist ein unglaublicher Saustall. Überall Gläser, leere Flaschen und Chipstüten. Der Aschenbecher quillt über vor lauter Kippen. Innerhalb weniger Stunden hat sich das Wohnzimmer in eine verräucherte und stickige Kneipe verwandelt.

Pippa und Stijn sitzen zusammen in einem Ledersessel am Kamin. Stijn hält ihr Cocktailnüsse vor den Mund. Pippa schnappt die Nüsschen aus seiner Hand und biegt sich fast vor Lachen. Sie ist betrunken, genau wie Feline, die mit geschlossenen Augen im Sofa hängt. Ab und zu nimmt sie einen Schluck von ihrem Wodka-Orange oder zieht an ihrer Zigarette. Ich glaube, Feline hat am meisten von uns allen getrunken. Am Fenster stehen Abby und Jeroen. Sie sind in ein Gespräch vertieft. Nachdem Abby herausgefunden hat, dass Jeroens Vater manchmal mit ihrem Vater jagt, ist sie nicht mehr von seiner Seite gewichen.

»Hörst du überhaupt noch zu?«, höre ich Daan in klagendem Ton fragen. Mein Kopf dreht sich nach rechts. Ich muss mich sehr anstrengen, um sein Gesicht scharf zu kriegen.

»Ja klar«, sage ich.

Daans Mund beginnt sich wieder zu bewegen. Ich fange nur Fetzen von dem Gesagten auf. Es ist, als würde ich träumen: Bilder, Geräusche und Eindrücke haben sich zu einem dicken Brei verformt, der keine logische Reihenfolge mehr hat. Ich habe keine

Ahnung, wie lange ich schon mit Daan auf diesem Sofa sitze. Ich habe keine Ahnung, wie viel Alkohol ich getrunken habe. Ich weiß nur, dass Daan ständig von sich erzählt.

»Kim?« Er schaut mich fragend an, und ich merke, dass er auf eine Antwort wartet.

»Ja«, sage ich.

Offensichtlich ist es die richtige Antwort, denn er grinst. »Schön.«

»Ja«, sage ich nochmals.

Mit der Spitze seines Zeigefingers streichelt Daan meine Hüfte. Manchmal gleitet sein Finger unter den Saum meines Kleides. Ich habe seine Hand schon ein paarmal weggeschoben, aber er kommt immer wieder zurück wie eine lästige Mücke.

Pippa schält sich aus dem Sessel und macht eine Runde mit der Wodkaflasche: »Wem kann ich noch nachschenken? Fee?«

Feline streckt die Hand mit ihrem Glas aus. »Ja, gern.« Ihre Stimme klingt hohl, als würde sie durch eine Röhre reden.

»Willst du nicht lieber etwas anderes trinken?« Abby schaut sie zweifelnd an. »Ein Glas Wasser vielleicht? Oder eine Cola? Gestern hast du auch ziemlich viel getrunken.«

»Du bist nicht meine Mutter«, schnauzt Feline.

Pippa scheint Abbys Bemerkung auch nicht zu hören. Sie schenkt Felines Glas bis zum Rand voll.

»Ich muss mal«, murmele ich.

»Brauchst du Hilfe?«, fragt Daan.

»Nein.« Ich wurstele mich aus dem Sofa. Daans Zeigefinger hakt sich unter dem Kleid in den Bund meiner Leggings. Fast falle ich.

»Lass mich los.«

Er lächelt. Er denkt, er hat mich schon. Ich will, dass er aufhört zu lächeln. Sein Finger kreiselt über meinen Hintern. Ich schlage seine Hand weg und wanke in den Flur.

Mit Mühe schließe ich die WC-Tür und setze mich auf die Klobrille. In der Stille der Toilette klingt mein Pinkeln laut. Ich presse mein Gesicht in die Handflächen und starre zu Boden. Die Leggings hängt formlos um meine Knöchel. Die Fliesen des Toilettenbodens wackeln hin und her. Mir wird schlecht. Schnell stehe ich auf. Ohne mich abzuputzen, ziehe ich die Leggings hoch.

Als ich die Toilette verlasse, pralle ich fast gegen Abby. Ich hatte keine Ahnung, dass sie hinter der Tür wartete.

»Fertig?«, fragt sie.

»Ja.«

Sie will in die Toilette gehen. In einem Impuls halte ich ihren Arm fest.

Ich erschrecke. Abby auch, glaube ich.

»Hattest du vor, es mir irgendwann auch noch selbst zu erzählen?«, frage ich.

»Was meinst du?«

Ich sehe Abby an. Ich will wissen, was sie fühlt. Aber ihr Gesicht ist eine einzige starre Maske.

Meine Wangen glühen. »Das weißt du ganz genau. Von Aix-en-Provence.«

Die Tür des Wohnzimmers öffnet sich. Pippa und Stijn gehen innig umschlungen vorbei und verschwinden in der Küche. Durch den Türspalt sehe ich, dass Stijn anfängt, sie zu küssen.

»Nun?«, frage ich Abby.

Sie zuckt die Schultern. »Du weißt es doch jetzt?«

»Ja, weil Pippa zufällig davon angefangen hat.«

»Ist es wichtig, von wem du es hörst? Ich hätte dir bestimmt auch nichts anderes erzählt!«

Mit einem flauen Gefühl im Magen wird mir klar, dass sie nie vorgehabt hatte, es mir selbst zu erzählen. Hätte Pippa nichts gesagt, wäre ich vermutlich erst dahintergekommen, wenn sie schon ihre Sachen gepackt hätte.

»Du bist doch meine beste Freundin?« Ich höre selbst, wie flehend meine Stimme klingt.

Sie schweigt. Ich fasse sie noch fester.

»Abby?«

»Lass mich los«, schnauzt sie. »Du tust mir weh.«

Ich schaue auf meine Hand. Meine Knöchel sind weiß vom festen Griff, als wäre ich eine Ertrinkende, die sich im Meer an ein Stück Holz klammert.

»Es tut mir leid«, stammele ich.

»Das kannst du laut sagen.« Sie reibt sich über den Arm und sieht mich mit zusammengekniffenen Augen an. »Hättest du vielleicht mitgewollt nach Aix? Ist es das?«

»Nein«, sage ich heiser.

»Das dachte ich mir schon.«

»W-wie meinst du das?«

Sie lacht verächtlich. »Was hättest du dort auch machen sollen? Du wärst todunglücklich geworden. Feten, Alkohol, Männer. Mit Pippa kann ich mich wenigstens ein bisschen amüsieren.«

Wieder ist es wie ein Schlag ins Gesicht. Ich schaue in die andere Richtung, weg von ihrem harten Blick.

Ich kann in die Küche sehen, wo Pippa auf der Anrichte sitzt. Stijn steht zwischen ihren Beinen, seine Hände sind unter ihrem Kleid verschwunden. Pippas Kopf hängt nach hinten und ihre Augen sind geschlossen.

»Du darfst mich nicht immer so für dich beanspruchen.« Abby sieht mich kopfschüttelnd an, als wäre sie mein Verhalten schon seit Jahren leid. »Ich will auch mal meine eigenen Sachen machen. Ohne dich.«

Hör auf, hör auf, will ich sagen, aber sie fährt unerbittlich fort.

»Dinge ändern sich, Kim. Ich habe mich verändert. Vielleicht solltest du auch mal ein bisschen über den Tellerrand schauen.«

Meine Augen brennen. Ich muss mich anstrengen, um tief einzuatmen. Dieses Gespräch ist ein grässlicher Irrtum. Der ganze Urlaub hier ist ein grässlicher Irrtum.

Doch Abby ist noch nicht fertig. »Wir sind keine zwölf mehr«, sagt sie distanziert. »Ich kann nicht ewig mit dir Händchen halten. Kapierst du das?«

Für einen langen Moment starre ich sie an, nicht in der Lage, eine Antwort zu geben.

Sie dreht sich um und läuft weg. Die Wohnzimmertür knallt hinter ihr ins Schloss.

Ich warte. Zehn Sekunden. Zwanzig Sekunden. Eine Minute. Sie muss zurückkommen und sich entschuldigen. Sie muss sagen, dass sie es nicht so gemeint hat. Die Tür bleibt zu. Mit geschlossenen Augen lehne ich an der Wand. Alles dreht sich.

Die Wohnzimmertür geht quietschend auf. Na bitte, sagt eine Stimme in meinem Kopf, da ist sie. Alles wird wieder gut.

»Hallo, Kim«, erklingt Daans Stimme.

Ich blinzele und schaue geradewegs in sein grinsendes Gesicht.

»H-hallo.«

»Na, na, ein wenig mehr Begeisterung wäre schon toll.«

Meine Lippe zittert.

»Ist was? Du guckst, als wäre dir eine Laus über die Leber gelaufen.«

Ich ziehe die Nase hoch und zucke mit den Schultern.

Er zieht meinen Kopf an seine Brust. »Aber Kimmie, komm mal her.«

Leise beginne ich zu weinen.

Seine Hand streichelt über meine Wange. Er gibt mir kleine Küsse auf die Haare. »Alles wird gut«, murmelt er.

Ich kuschele mich an ihn. Die Tränen laufen mir in den Mund.

»Willst du mir erzählen, was passiert ist?« Seine Hand rutscht ein Stückchen tiefer, meinen Rücken hinunter.

»Nein«, flüstere ich.

»Brauchst du auch nicht. Ich bin jetzt für dich da.« Daans Lippen streifen sanft über meinen Mund.

»Lass mich dich trösten.« Seine Zunge gleitet hinein. Ich schmecke das Salz meiner Tränen. Und den bitteren Geschmack von Wodka.

Ich lasse ihn machen.

Die Wohnzimmertür geht auf. Ich spähe über seine Schulter. Es ist Feline, nicht Abby. Sie schaut zu uns, ohne uns wirklich wahrzunehmen, und stolpert die Treppe hinauf. Ich lehne mich noch schwerer an Daan.

Er stöhnt und seine Küsse werden inniger. Zwischen seinen Beinen spüre ich einen harten Hubbel.

Auf einmal erklingen die Stimmen von Stijn und Pippa im Flur. Ihre Schritte bleiben vor uns stehen.

»Na da schau her, Kim und Daan, wer hätte das gedacht«, sagt Pippa. In ihrer Stimme liegt so etwas wie Bewunderung.

Stijn zieht sie die Treppe hinauf. Sie kichert und ruft: »Mach nichts, was ich nicht auch machen würde.«

Oben höre ich eine Tür zuschlagen. Es wird wieder still.

Eine Hand verschwindet in meinem BH und kneift in meine Brust. Eine andere Hand gleitet unter mein Kleid und streift meine Leggings hinunter. Ich weiß nicht, was ich machen soll. Der Alkohol ist schuld. Der Streit mit Abby ist schuld.

»Das wird fantastisch«, sagt er mit rauer Stimme.

Seine Finger drehen Kreise um meinen Nabel, streicheln meine Hüfte und kitzeln über meinen Oberschenkel. Auf einmal schlüpft ein Finger zwischen meine Beine.

Ich schnappe nach Luft. Das hat noch nie jemand bei mir gemacht. Es ist, als würde ich aus einem Traum aufschrecken.

»Nein«, flüstere ich. Meine Stimme kommt von ganz weit weg.

»Ich bin ganz vorsichtig«, sagt Daan keuchend. »Vertrau mir.« Er öffnet den Reißverschluss seiner Jeans und drückt seinen Steifen gegen mein Bein.

»Nein«, sage ich lauter.

Daan umfasst meine Pobacken. »Mach doch mal mit, so klappt das nicht.«

»Nein, nein, nein!« Ich kämpfe mich aus seiner Umarmung.

»Was?« Er sieht mich mit dunklen Augen an.

»I-ich will das nicht.« Ich weiche ein paar Schritte zurück.

»Natürlich willst du das. Komm wieder her.«

»Nein.« Blitzschnell ziehe ich meine Leggings hoch.

»Das ist nicht dein Ernst.«

»S-sorry.« Ich gehe noch weiter von ihm weg.

»Sorry? Ist das alles, was du zu sagen hast?« Sein Gesicht ist voller Verachtung. »Ich mag es nicht, wenn Mädchen mit mir spielen.«

Er zieht den Reißverschluss hoch und kommt ein paar Schritte auf mich zu. »Jeroen und Stijn haben mich schon gewarnt, du wärst prüde und zimperlich.«

Die Garderobe sticht mir in den Rücken. Irgendwo in meinem verängstigten Kopf finde ich ein Schimpfwort: »Arschloch.«

»Du hast mich die ganze Zeit aufgegeilt, du blöde Zicke.« Er schlägt mit der Faust gegen die Wand. »Vielleicht sollte ich dir das mal austreiben.«

Ich reiße meine Jacke von der Garderobe. Mit drei Schritten stehe ich draußen. Die Haustür knallt hinter mir zu. Eine eiskalte Böe bläst mir Schneeflocken ins Gesicht. Meine Hände zittern so, dass ich kaum den Reißverschluss meiner Jacke zubekomme.

Ich bin wütend.
Habe Angst.
Bin betrunken.
Schmutzig.

Ich atme tief ein. Ganz allmählich wird das Zittern weniger. Eins weiß ich ganz sicher: Ich gehe erst wieder rein, wenn Daan weg ist. Bibbernd verkrieche ich mich in den Kragen meiner Jacke. Der Schnee reicht bis über meine Knöchel. Ich zertrample den Schnee unter meinen Stiefeln und gehe seitlich ums Haus. Überall Fußstapfen. Heute Abend sind wohl noch mehr Leute draußen gewesen.

Kssssssttt. Plötzlich höre ich etwas. Ganz leise. Als würde jemand mit seiner Jacke an der Hauswand entlangscheuern.

»Daan?«, rufe ich.

Angst durchfährt mich. Er kann mir hier durchaus etwas antun. Erschrocken schaue ich über meine Schulter. Die Welt ist weiß, verlassen und klein. Ich kann nur wenige Meter weit schauen. Große Schneeflocken trudeln lautlos zu Boden. Ich höre das kratzige Geräusch meines eigenen Atems und gedämpfte Musik aus dem Haus. »I Gotta Feeling« von den Black Eyed Peas.

»Daan?«, rufe ich noch einmal.

Keine Antwort.

Ich schüttele das unangenehme Gefühl von mir ab, dass Daan mir gefolgt sein könnte, und biege um die Ecke. Das Licht aus den Fenstern fällt in drei langen Streifen über die Schneedecke. Ich gehe zum ersten Fenster und spähe hinein. Es dauert ein paar Sekunden, bevor ich begreife, was ich sehe. Bestürzt drehe ich mich um.

FELINE

Kapitel 13

»Aufstehen!«, ruft eine Stimme von ganz weit weg.

»Kim?«, murmele ich.

»Nein, du Schlafmütze. Ich bin's, Abby.«

»Lass mich in Ruhe.« Ich stecke meinen Kopf unter die Decke, damit ich sie nicht hören muss.

Doch Abby zieht mir die Decke weg. »Es ist halb eins.«

Ich stöhne. Wach werden ist der schlimmste Augenblick des Tages. Dann überfällt mich alles Elend auf einmal. Und jeden Morgen frage ich mich, ob nicht alles ein schrecklicher Irrtum ist.

»Ich bin krank«, sage ich.

»Du bist nicht krank, du hast einen Kater. Los, aufstehen.«

Sie stemmt die Hände in die Hüften. Ich schaue in ihr Gesicht. Abbys rote Locken hängen struppig um ihre blassen Wangen herunter, ihr Blick ist stumpf. Ich bin offensichtlich nicht die Einzige, die sich schlecht fühlt.

»Auch zu viel getrunken?«, frage ich.

»Ja.« Sie seufzt.

Ich schaue zu Kims Bett. Es ist leer. »Wo ist Kim? Ich habe gar nicht gehört, wie sie aufgestanden ist.«

»Nein, logisch, du hast ja im Koma gelegen. Sie wird wohl unten sein. Ich komme gerade vom Duschen und habe sie auch noch nicht gesehen.« Abby geht zur Tür. »Beeilst du dich ein bisschen?«

»Ja.«

Ich warte, bis die Tür zufällt, und krieche wieder unter die Federn. Wenn ich ganz still liege, spüre ich die Kopfschmerzen nicht. Ich schaue zur Decke. Ein langer Staubfaden pendelt von links nach rechts in der warmen Luft, die von der Heizung aufsteigt. Von dieser Bewegung geht etwas Beruhigendes aus. Wäre das Leben doch auch bloß so einfach. Meine Augen brennen. Ich beiße mir auf die Lippe und halte die Luft an. Der Staubfaden tanzt weiterhin über meinem Kopf – wie hypnotisiert starre ich darauf. Der Druck auf meine Lungen wird größer. Ich presse die Lippen noch fester aufeinander.

»Feline!«, ruft Abby vom Fuß der Treppe.

Mein Mund öffnet sich und meine Lungen saugen sich mit Luft voll. »Ja-ha!«, rufe ich zurück. »Ich stehe ja schon auf.«

Ich schwinge die Beine über die Bettkante. *Bonk, bonk, bonk.* Eine Schmerzwelle rollt durch meinen Kopf. Ich massiere meine Schläfen. Oje, es geht mir so dreckig. Erst ist mir warm. Dann wieder kalt. Vielleicht bin ich ja doch richtig krank. Mit steifen Muskeln gehe ich zum Fenster. Ich ziehe den Vorhang auf und schaue hinaus. Überall ist Schnee. Am Himmel. Im Garten. Auf der Fensterbank. Es ist, als würde ich auf eine Weihnachtskarte starren.

Zitternd gehe ich ins Badezimmer, ziehe mein Nachthemd aus und stelle mich unter die Dusche. Den Thermostat stelle ich auf 42 Grad. Heiß prasselt das Wasser auf meinen Kopf. Ich stehe vollkommen reglos. Meine Haut wird rot und fängt an zu prickeln. Obwohl ich in dem Dampf kaum atmen kann, rühre ich mich nicht, bis ich fast ohnmächtig werde vor Hitze. Als mir schwindelig wird, drehe ich den Hahn zu. Mit zwei Schritten stehe ich am Waschbecken, stütze mich mit den Ellenbogen auf dem Porzellan ab und lasse den Kopf hängen. Langsam ziehen die schwarzen Flecken vor meinen Augen weg.

Ich wische einen Kreis in den beschlagenen Spiegel. Meine

Haare kleben an der Stirn. Vorsichtig gehe ich mit dem Kamm durch. Auf meine durchscheinend weiße Haut schmiere ich eine getönte Tagescreme und unter die Augen male ich einen schwarzen Kajalstrich. Es hilft nichts – ich sehe immer noch aus, als wäre ich schwer krank. Vielleicht sollte ich nicht mehr so viel trinken. Aber das habe ich mir gestern auch schon vorgenommen. Ob Papa sich das auch jeden Morgen sagt? Ich schiebe den Gedanken so weit wie möglich von mir.

In meinem Kulturbeutel finde ich eine Schachtel mit Kopfschmerztabletten. Ich ignoriere, dass man höchstens zwei Tabletten nehmen soll, und drücke drei blaue Kapseln aus dem Blisterstreifen. Mit einem Schluck Wasser spüle ich sie hinunter. Zurück in unserem Zimmer ziehe ich einen cremefarbenen Rollkragenpulli an, eine beige Hose und meine hellbraunen Stiefel. In dieser Kleidung bin ich fast unsichtbar. Am liebsten würde ich ganz verschwinden.

»Ein Wunder«, sagt Pippa, als ich die Küche betrete. »Du bist wach und angezogen.«

Ich nicke und setze mich neben Abby.

»Wie geht es deinen Halsschmerzen?«, fragt Pippa.

Ich sehe sie an. Sie lächelt, aber das wirkt nicht aufrichtig. Ich wünschte, es wäre schon Donnerstag und ich müsste nicht mehr mit Pippa am Frühstückstisch sitzen.

»Es geht so, danke«, sage ich.

»Tja, nach einer Flasche Wodka braucht man nicht über Halsschmerzen zu jammern, meinst du nicht auch?« Sie streut eine dicke Schicht Schokostreusel auf einen Zwieback. »Du hattest gestern wieder gut einen sitzen.«

In ihrer Stimme liegt ein spöttischer Ton. Am liebsten würde ich eine blöde Bemerkung zurückgeben, aber ich halte mich zurück. Ich weiß, wie nervig Abby es findet, wenn wir uns zanken.

»Du aber auch«, sage ich.

Pippa grinst. »Das kannst du laut sagen.«

»Willst du ein Ei?«, fragt Abby. »Wir haben dir eins mitgekocht.«

Bei der Vorstellung, ich müsste etwas essen, wird mir speiübel. »Vielleicht nachher.«

Ich schenke mir eine große Tasse schwarzen Kaffee ein.

»Ratet mal, wie viele Flaschen wir gestern geköpft haben«, sagt Pippa.

»Drei«, schätze ich.

»Zwei«, sagt Abby.

»Uhhh, *wrong*!«, ruft Pippa. »Wir haben zwei Flaschen Wodka, eine Flasche Jenever und zwei Flaschen Wein geleert. Das ist ein Rekord, oder?«

»Ja, darauf kann man wirklich stolz sein«, sage ich und seufze. »Wann sind die Jungs gegangen?«

»Stijn ist erst heute Morgen um sechs los«, sagt Pippa.

»Hä?«

»Er hat bei mir geschlafen, du Schlauberger. Hast du nichts davon gemerkt?«

»Nein.« Zum Glück nicht, denke ich.

Pippa beißt ein großes Stück von ihrem Zwieback ab. Die Streusel fallen auf ihren Teller. »Wir sind *all the way* gegangen.«

»Boah, hattest du denn Kondome mit?«

»Nein.«

»Und er?«

»Auch nicht.«

»Himmel, wie kann man nur so dumm sein?«

Pippa zuckt die Schultern, als ginge es sie nichts an. »Das ist nicht das erste Mal ohne. Es ist noch nie was passiert.«

»Trotzdem ist es dumm.«

»Ach.«

Ich trinke einen Schluck von meinem Kaffee, der zu heiß und zu stark ist.

»Abby, gibst du mir mal die Milch?«

Keine Reaktion. Lustlos spielt sie mit einer Scheibe Brot auf ihrem Teller.

»Hallo?« Ich gebe ihr einen Schubs.

»He, was ist los?« Sie starrt mich erstaunt an.

»Wo bist du mit deinen Gedanken?«

»Nirgendwo.« Sie lächelt. »Ich bin ein wenig müde, entschuldige. Hast du was gefragt?«

»Ja. Gibst du mir bitte die Milch?«

»Natürlich, bitte schön.«

»Thanks.« Ich gebe einen kräftigen Schuss in meinen Kaffee. »Wo ist eigentlich Kim?«, frage ich, während ich mich umschaue, als würde ich erwarten, sie irgendwo zu sehen.

Pippa leckt einen Schokostreusel von ihrem Teller. »Keine Ahnung, das müsstest du doch wissen, sie schläft bei dir im Zimmer.«

»Ist sie denn nicht hier unten gewesen?«

»Nein. Ich habe heute noch nichts von ihr mitgekriegt.«

»Und du?«, frage ich Abby.

Sie schüttelt den Kopf.

Ich bekomme einen schalen Geschmack in den Mund. »Dann haben wir sie alle drei seit gestern Abend nicht mehr gesehen.«

Kapitel 14

»Kim?«, rufe ich in den Flur.
Es bleibt still.
»Kim? Wo bist du?«
Ich öffne alle Türen in der Diele: zum WC, zum Keller und zum Wohnzimmer. Aber so laut ich auch rufe, Kim antwortet nicht. Meine Unruhe wächst. Ich nehme immer zwei Stufen auf einmal die Treppe hinauf.
»Kim? Ich finde das nicht mehr witzig. Jetzt zeig dich.«
Ich klopfe an die Tür vom Arbeitszimmer und drücke vorsichtig die Klinke hinunter. Dort stehen ein Schreibtisch, ein Sofa und ein Schrank voller Bücher. Ich mache zwar nichts Verbotenes, aber trotzdem habe ich Angst, erwischt zu werden. Leise schließe ich die Tür und gehe ins Badezimmer, das genauso aussieht wie vor einer halben Stunde. Mein Nachthemd und mein Slip liegen in einer Ecke. Wasserspuren laufen über den beschlagenen Spiegel, als würde die runde Fläche, die ich freigeputzt habe, weinen. Hier ist Kim auch nicht gewesen. Schnell gehe ich ins Zimmer von Abby und Pippa. Die Vorhänge sind noch zu. Ich knipse das Licht an. Überall liegen Kleidungsstücke, Zeitschriften, Schuhe und Make-up-Utensilien herum. Es stinkt nach abgestandenem Rauch und Schweiß.
»Bist du hier, Kim?«

Niemand antwortet.

Mein Blick wandert zum Himmelbett. Die Bettdecke hängt halb auf dem Boden und die Laken sind zerwühlt. Hier hat Pippa heute Nacht mit Stijn geschlafen. Pfui Teufel. Ich drehe mich um und gehe zu unserem Zimmer. Graues Tageslicht fällt durch das Fenster.

»Kim?«, rufe ich wieder, während ich unter ihr Bett schaue. Ich sehe ihre Tasche und ziehe sie hervor. Der Reißverschluss ist offen. Schnell inspiziere ich den Inhalt, ohne wirklich zu wissen, was ich suche. Kims Kleidung ist ordentlich zusammengelegt. In einem Seitenfach ihres Kulturbeutels ertaste ich ein Buch. Als ich es herausziehe, muss ich lächeln: Biologie für die Oberstufe. Das ist typisch Kim. Wer nimmt denn schon ein Schulbuch mit in den Urlaub? Ich stecke das Buch zurück und schiebe ihre Tasche wieder unter das Bett.

Was jetzt? Kim kann unmöglich im Haus sein, sonst hätte ich sie gefunden. Aber wo ist sie dann? Draußen? Mit einem unguten, nervösen Gefühl im Magen öffne ich das Zimmerfenster. Schneeflocken wehen mir ins Gesicht. »Kim?«, rufe ich fröstelnd.

Ich lausche. Der Schnee scheint jedes Geräusch zu schlucken. Zwischen den Flocken mache ich vage die Konturen eines Strauchs aus. Die Sicht ist so schlecht, dass ich nicht einmal die Auffahrt sehen kann.

Aus dem Augenwinkel nehme ich eine Bewegung wahr. Mein Kopf schießt nach rechts.

»Hallo? Bist du das, Kim?«

Keine Reaktion. Alles ist eisig und still. Plötzlich erhebt sich eine Windböe. Die Schneeflocken wirbeln auf und trudeln wieder zu Boden. Habe ich gerade wirklich was gesehen? Ich spähe noch ein Weilchen in den dichten Schneevorhang, bevor ich grübelnd wieder nach unten gehe.

An der Garderobe bleibe ich stehen. Es dauert einen Moment, bevor ich begreife, was ich sehe: Kims rote Daunenjacke hängt nicht mehr am Haken! Warum fällt mir das jetzt erst auf? Ich bin bestimmt schon drei Mal an der Garderobe vorbeigekommen.

»Kim ist draußen!«, rufe ich und renne in die Küche. »Ihre Jacke ist weg.«

»Na bitte. Dann ist also nichts passiert«, antwortet Pippa in aller Ruhe. »Wahrscheinlich ist sie ein Stück spazieren gegangen oder so.«

»Spazieren?«, frage ich und erwarte, dass auch Pippa anfängt, sich Sorgen zu machen. »Kapierst du das denn nicht? Sie ist seit gestern Abend weg. Und sie war schwer angetrunken.«

»Ich verstehe es sehr gut«, sagt Pippa. »Aber Kim hat in ihrem Leben noch nie etwas Dummes oder Unverantwortliches getan. Also jetzt bestimmt auch nicht. Sie wird schon wieder auftauchen. Entspann dich und nimm dir einen Stuhl.«

Ich setze mich und frage Abby. »Und wie findest du das?«

Sie zuckt die Schultern. »Tja, es ist schon ein wenig seltsam.«

»Na ja, und?«, rufe ich. »Was ist denn mit euch los? Es geht hier nicht um ein paar verloren gegangene Fahrradschlüssel. Stellt euch vor, sie ist gestern Abend rausgegangen und hat sich verirrt. Was dann?«

Wir schauen alle drei zum Fenster. Der Schnee jagt in Böen durch den Garten.

»Ich weiß es nicht«, murmelt Abby.

»Aber ich!«, sagt Pippa plötzlich triumphierend. »Ich weiß, wo sie ist!«

Voller Hoffnung starre ich sie an. »Sag schon!«

»Sie hat bei Daan geschlafen! Dumm, dass ich nicht früher daran gedacht habe.«

Die Hoffnung verfliegt. »Bei Daan geschlafen? Wie kommst du denn darauf? Sie fand ihn total idiotisch!«

Pippa schenkt sich eine Tasse Kaffee ein. »Das sah gestern Nacht aber ganz anders aus.«

»Erzähl!«

»Ich habe gesehen, wie sie sich im Flur geküsst haben. Als ich mit Stijn vorbeiging, schleckte sie ihn gerade ab wie einen Lolli.«

Ein vages Bild steigt aus dem Nebel meiner Erinnerungen auf. Ich mit meinem bedüdelten Kopf auf der Treppe und Kim in Daans Armen.

»Oh ja«, murmele ich. »Ich habe auch gesehen, wie sie sich geküsst haben. Das hatte ich vergessen.«

Pippa lacht abfällig. »Vergessen? Du warst einfach sturzbetrunken.«

Ich zähle bis zehn. Dann gelingt es mir, in normalem Ton zu sagen: »Aber es passt überhaupt nicht zu Kim, einfach so mit einem Typen mitzugehen.«

»Tja, wie heißt es noch so schön: Stille Wasser sind tief? Unsere Kimmie ist vielleicht gar nicht so brav, wie wir alle immer denken.«

»Hat sie denn jemand mit Daan weggehen sehen?«, frage ich.

»Sorry, aber ich hatte heute Nacht wirklich was Besseres zum Angucken.« Grinsend lehnt Pippa sich im Sessel zurück.

Sie geht mir unglaublich auf die Nerven. Warum denkt Pippa bloß immer nur an sich selbst? Ich wende mich an Abby. »Und du?«

»Was?« Ihr Blick ist abwesend.

»Weißt du, ob Kim zusammen mit Daan weggegangen ist?«

»Nein, ich bin fast sofort nach dir schlafen gegangen. Ich habe keine Ahnung, was Jeroen, Kim und Daan noch gemacht haben.«

»Wo hast du eigentlich geschlafen?«

»Im Büro meines Vaters. Dort steht ein Schlafsofa.« Sie lächelt säuerlich. »Es war ein wenig ... voll in unserem Zimmer.«

Pippa wirft ihr eine Kusshand zu. »Thanks, *honey*.«

»Ich wusste, dass wir mit den Typen Probleme kriegen würden«, murmele ich.

Wie ein Raubtier schießt Pippa vor. Sie schaut mich mit zusammengekniffenen Augen an. »Herrje, Fee, geht das schon wieder los? Ich dachte, das hätten wir gestern Mittag geklärt. Gleich gibst du mir noch die Schuld an Kims Verschwinden.«

Am liebsten würde ich sie anschnauzen und ihr ins Gesicht schleudern, dass sie sich ruhig etwas schuldiger fühlen dürfe. Aber ich sage einfach nur: »Genug geredet. Ich rufe sie an.«

»Wen?« Pippa schaut mich dümmlich an.

»Kim natürlich.«

Ich gehe in die Diele und ziehe mein Smartphone aus der Jackentasche.

»Darf ich das Festnetz nutzen?«, frage ich, als ich wieder zurück in der Küche bin. »Ich habe immer noch keinen Empfang.«

»Nur zu«, sagt Abby. »Das Telefon steht auf der Ecke der Anrichte.«

Ich suche in meinem Smartphone nach Kims Nummer, tippe die Ziffern in das schnurlose Telefon und setze mich wieder.

Die Verbindung knistert, es rauscht und dann übernimmt Kims Voicemail. Ich lausche ihrer Stimme, die sagt, dass sie nicht erreichbar sei.

»Hi, Kim, ich bin's, Feline«, spreche ich nach dem Piep auf ihre Mailbox. »Wo bist du? Wir machen uns Sorgen. Kannst du uns auf der Festnetznummer hier vom Ferienhaus anrufen? Die Nummer ist …«

Fragend schaue ich Abby an. Sie grapscht einen Zettel von der Wand und drückt ihn mir in die Hand.

»Die Nummer ist 0032 33 25 48 489«, lese ich vor. »Ich hoffe, es ist nichts passiert.« Ich höre einen leichten Anflug von Panik in meiner Stimme. Ruhiger fahre ich fort. »Rufst du uns so schnell wie möglich an? Wir vermissen dich.«

Ich lege das Telefon wieder vor mich auf den Tisch.
»Und?«, fragt Pippa.
»Ihr Phone ist aus. Ich hatte nur die Voicemail dran.«
»Ja, aber hallo, was hast du denn gedacht? Ich hätte auch keine Lust, ans Telefon zu gehen, wenn ich mit so einem Leckerbissen beschäftigt wäre.«
»Vielleicht.« Ich zwinge mich zum Nachdenken. »Aber wenn sie wirklich bei Daan ist, dann können wir doch einen der anderen Jungs anrufen.«
»Hä?«, fragt Pippa. Sie scheint heute wirklich schwer von Begriff zu sein.
»Sie wohnen im selben Haus, Schätzchen.«
»Oh ja.« Das klingt wenig begeistert.
»Würdest du Stijn anrufen?«, frage ich.
Pippa trinkt einen Schluck Kaffee und dann noch einen. »Das würde ich gern, aber ich kann nicht.«
»Wie meinst du das?«
»Wir haben keine Nummern ausgetauscht.«
»Du bist mit ihm ins Bett gegangen und hast ihn nicht mal nach seiner Telefonnummer gefragt?«
»Yep.«
»Das ist nicht dein Ernst.«
»Warum sollte ich?«, fragt Pippa kühl. »Wir haben ein bisschen Spaß zusammen gehabt und das war's. Ich brauche ihn wirklich nicht noch einmal zu sehen.«
Verblüfft schüttle ich den Kopf. Das war's dann wohl mit meinem Plan.
Abby legt ihre Hand auf meinen Arm. »Jeroen hat seine Nummer hiergelassen. Willst du die vielleicht?«
Erleichtert schaue ich sie an. »Gern.«
Sie fischt eine Papierserviette aus ihrer Jeanstasche. »Hier.«
»Danke dir.« Ich tippe die Nummer ein.

Wie eben höre ich ein Summen und Rattern und werde dann mit der Voicemail verbunden. Dieses Mal von Jeroen.

»Ich kann nicht ans Telefon gehen«, klingt seine Stimme in meinem Ohr. »Hinterlasse keine Nachricht, ich rufe dich sowieso nicht zurück. Versuche es besser später noch einmal. Viel Glück!«

Ich hinterlasse trotzdem eine Nachricht. »Hi, Jeroen, hier spricht Feline. Du weißt schon, von gestern Abend. Entschuldige, dass ich dich anrufe, aber ich habe eine Frage. Ist Kim zufällig bei euch? Sie ist ... äh ... verschwunden, und wir wissen nicht, wo sie ist. Könntest du uns unter der folgenden Nummer anrufen?«

Wieder hinterlasse ich die Telefonnummer des Ferienhauses.

»Danke!« Ich unterbreche die Verbindung. »Leider geht er nicht dran.«

»Wahrscheinlich pennt er seinen Rausch aus. Was soll's? Kim steht bestimmt gleich vor der Tür.« Pippa trinkt von ihrem Kaffee. »Sonst noch wer eine Tasse?«

»Nein.« Meine Stimme klingt laut und rau.

»Wie bitte?«

»Nein«, fahre ich etwas leiser fort. »Ich will keinen Kaffee. Wir gehen zu dem Haus der Jungs. Ich will mich vergewissern, dass Kim dort ist.«

»Jetzt?«, fragt Pippa jammernd. »Es schneit total heftig.«

»Ja, und das wird so schnell bestimmt nicht aufhören. Hört zu, Kim ist verschwunden. Wir müssen etwas tun.«

»Sie hat recht, wir laufen hin.« Abby steht auf, plötzlich hellwach und aktiv. »Wir sollten los, immerhin brauchen wir zu Fuß fast eine Stunde.«

»Und eine Stunde zurück«, murrt Pippa.

»Wir können auch mit dem Auto fahren«, sagt Abby.

»Willst du die Räder ausgraben und die Schneeketten anlegen? Ich nicht. Das ist eine elende Arbeit.« Pippa verschränkt die Arme über der Brust.

»Du kannst auch hierbleiben«, sage ich.

»Pffff, und mich zwei Stunden lang zu Tode langweilen.« Sie verzieht empört das Gesicht. »Ich komm ja schon mit. Aber ich kapiere wirklich nicht, worüber ihr euch so aufregt.«

Kapitel 15

Es schneit so heftig, dass jeder Schritt hinter uns sofort von einer neuen Schneeschicht bedeckt wird. Vorsichtig gehen wir zum Ende der Auffahrt. Alles sieht ganz anders aus als gestern Nachmittag. Der Schnee nimmt dem Garten jede Form und Tiefe, weswegen ich schon nach wenigen Metern jegliche Orientierung verloren habe. Mein Atem gefriert in weißen Wölkchen und ich ziehe meine Mütze so weit es geht über die Ohren. Trotz der Kälte bin ich froh, dass wir Kim suchen. Wenn ich in Bewegung bin, brauche ich nicht über Zuhause nachzudenken.

»Wartet mal!«, ruft Pippa.

Wir bleiben stehen.

»Ich hab was vergessen, bin sofort wieder da«, sagt sie.

»Was denn ...?«, fragt Abby.

Pippa hat sich schon umgedreht. Sie rennt weg, ab und zu stolpert sie im tiefen Schnee. Innerhalb weniger Sekunden ist ihre Gestalt von den Schneeflocken verschluckt.

»Ich hoffe bloß, sie beeilt sich. Es ist gemein kalt hier«, brummt Abby.

»Hm«, antworte ich. Von mir aus kann sie für immer wegbleiben. Es ist ein Wunder, dass Pippa und ich heute noch keinen Streit angefangen haben. Vor Abby beherrsche ich mich, aber ich habe nicht vergessen, was Pippa gestern zu mir gesagt hat.

Seufzend denke ich an unseren Spaziergang zurück. Wir hatten auf Abby und Kim gewartet, die ein Stück hinter uns geblieben waren. Pippa machte Witze, über die Einrichtung des Ferienhauses und dieses blöde Hirschgeweih an der Wand. Sie war anscheinend bestens gelaunt. Das ist der richtige Moment, sie noch einmal zu fragen, dachte ich.

»Sag mal«, begann ich. »Könntest du mir diese Woche vielleicht das Geld zurückgeben, das du mir noch schuldest? Wenn wir wieder in Amsterdam sind?«

Das Lachen verschwand aus ihrem Gesicht. »Ich habe doch gesagt, dass ich pleite bin.«

»Ja, aber ich bin auch pleite«, sagte ich mit zunehmendem Ärger. »Hör mal, es ist jetzt drei Monate her, dass ich dir die 250 Euro geliehen habe. Ich brauche das Geld jetzt selbst.«

»Ich finde es wirklich unglaublich nervig, dass du jedes Mal wieder davon anfängst.« Sie stemmte die Hände in die Hüften. »Was glaubst du wohl, wie ich mich dabei fühle? Du tust ja so, als wäre ich kriminell. Du bekommst die paar Euro wirklich irgendwann wieder.«

Wütend starrte ich sie an. »Entschuldige, aber ich glaube, du verstehst da was nicht richtig. Es ist mein Geld. Ich darf davon anfangen, wann ich will. Du solltest die Dinge nicht verdrehen.«

Ein lauter Knall unterbrach unser Gespräch. Ich wartete, bis das Echo verhallt war.

»Ich will das Geld nach Weihnachten haben. Wie du das regelst, ist deine Sache«, sagte ich mühsam beherrscht.

»Wir werden sehen.«

»Was?«

»Wir werden sehen«, wiederholte Pippa eiskalt und ungerührt.

Und noch bevor ich reagieren konnte, rief sie Abby und Kim zu: »Beeilt euch doch mal, ich friere fest!«

Abby rannte los, Kim trottete hinter ihr her. Der Augenblick war vorbei. Ich war so was von sauer – und dann lud Pippa auch noch diese dämlichen Typen ein.

»Wo bleibt Pippa denn?«, höre ich Abby fragen. »Sie ist bestimmt schon fünf Minuten weg.«
Ich reiße mich aus den Erinnerungen und schaue Abby an. An ihrer Mütze und Jacke haften Schneeflocken.
»Ich weiß es nicht«, sage ich.
»Meine Füße sind eiskalt. Soll ich sie holen? Ich ...«
»Buh!«, ruft Pippa plötzlich.
Abby und ich schreien gleichzeitig auf.
Schemenhaft taucht Pippa hinter dem Schneevorhang auf.
»Meine Güte, ich hab mich zu Tode erschrocken«, sagt Abby. »Wir haben dich gar nicht kommen hören.«
»Nein, das habe ich gemerkt.« Pippa grinst.
»Warum hat das denn so lange gedauert?«, frage ich.
»Oh, ich hatte meine Zigaretten vergessen.« Pippa zieht ein Päckchen Marlboro aus der Tasche ihrer hellblauen Daunenjacke und zündet sich eine Zigarette an. »Und ich musste noch aufs Klo.«
»Können wir jetzt endlich los?«, fragt Abby.
»Ja.« Pippa geht zum Weg.
»Nein, nein, in die Richtung«, sagt Abby. Sie zeigt nach links, in den Wald. »Ich kenne einen Spazierweg, der viel kürzer ist.«

Der Pfad ist unter der weißen Schneedecke nicht zu erkennen, doch Abby tut so, als wüsste sie ganz genau, in welche Richtung wir müssen. Ich hoffe es, ich habe nämlich wirklich keine Ahnung mehr, wo wir sind. Hintereinander gehen wir zwischen den Bäumen durch, Abby voran, Pippa in der Mitte und ich als Schlusslicht. Eine Windböe fegt ab und zu durch den Wald und versteckt sich anschließend wieder hinter den dicken Stämmen. Es ist eine wundersame weiße Welt. Der Schnee schluckt alle Farben und Schatten.

»Verdammt!«, flucht Pippa plötzlich. Ihr Fuß hat sich hinter einer Baumwurzel verhakt, und sie kann sich gerade noch an einem Ast festhalten. »Hier ist es sauglatt.«

»Wir sind fast da«, sagt Abby.

»Das sagst du schon die ganze Zeit«, schnauzt Pippa.

»Es stimmt ja auch.«

»Ja, ja, wer's glaubt. Meiner Ansicht nach hätten wir besser die Straße nehmen sollen. Was meinst du, Fee?«

Der Gedanke ist mir auch durch den Kopf gegangen. Aber ich habe keine Lust, Pippa recht zu geben. »Warum? Es geht doch prima so.«

Pippa schnaubt.

Wir schweigen wieder und setzen unseren Weg nach oben fort. Unter dem Schnee versteckt liegen Steine, gefrorene Erhebungen und andere Dinge, die ich nicht sehe, über die ich aber ständig strauchele. Nur mit Mühe kann ich mich auf den Beinen halten. Hinter uns hat der Schnee unsere Spuren schon fast ausgelöscht. Zum ersten Mal verspüre ich so etwas wie Nervosität. Was, wenn wir uns verlaufen? Wie kommen wir dann je zurück?

Nach rund anderthalb Stunden sagt Abby: »Hier muss es sein.«

Der Abhang wird flacher, der Wald lichter. Unten, in einer Senke zwischen den Hügeln, erkenne ich vage die Umrisse eines Hauses.

»Endlich«, seufzt Pippa.

Wir steigen mit großen Schritten den Hügel herunter und lassen die letzten Bäume hinter uns. Jetzt, da es keinen Schutz mehr gibt, bläst mir der Wind den Schnee voll in Gesicht, Nase und Mund. Aber was soll's. Mit jedem Schritt werden die Einzelheiten deutlicher, die Wände aus Holz, der Schornstein, die grauen Dachpfannen. Das ist das Haus, das wir auch auf dem Hinweg gesehen haben. Wir sind da!

Keuchend bleiben wir an der Haustür stehen.

»Fuck, ich habe Blasen an den Füßen und meine Zehen sind Eiszapfen. Ich kann nicht mehr.« Pippa stöhnt.

»Sie sind nicht da«, sagt Abby leise.

»Hä, was?«, fragt Pippa.

»Sie sind nicht da«, wiederholt Abby lauter. Sie starrt auf das Haus.

Ich folge ihrem Blick. Die Fenster sind dunkel. Die Haustür ist mit einem dicken Stahlbalken verschlossen.

»Es sieht tatsächlich verlassen aus«, murmele ich und schaue mich um. »Und ihr Auto ist auch weg.«

»Oh nein, das gibt's doch nicht.« Abby birgt ihr Gesicht in den Handschuhen.

»Bevor wir anfangen zu heulen: Sollen wir vielleicht nicht erst einmal überprüfen, ob sie wirklich weg sind?«, fragt Pippa. Sie geht zur Tür und drückt auf die Klingel. Tief drinnen im Haus erklingt ein Türsummer.

Wir warten. Eine halbe Minute. Eine Minute. Keiner kommt.

»Leider, wir sind wirklich für die Katz hierhergelaufen«, sagt Pippa, der die Sache gewaltig stinkt. »Sie sind nach Amsterdam zurück.«

»Wie seltsam. Ich dachte, sie wollten erst gegen Abend fahren«, sage ich.

»Weiß ich's, ich bin schließlich nicht ihre Sekretärin.« Pippa zieht das Zigarettenpäckchen aus ihrer Jackentasche. »Wahrscheinlich sind sie früher los, weil es so heftig schneit. Ist das wichtig?«

Ich gehe zu der Stelle, die ich für die Auffahrt halte. Als ich die hauchdünne Schneeschicht wegfege, kommt eine frische platt gedrückte Reifenspur zum Vorschein. »Sie sind höchstens vor einer halben Stunde aufgebrochen«, sage ich.

»Vielen Dank für diese Information, Sherlock Holmes. Da fühle ich mich doch gleich besser«, sagt Pippa höhnisch. »Hätten wir nicht diese dumme Abkürzung genommen, wären wir rechtzeitig hier gewesen.«

»Vielleicht«, sagt Abby. Sie wirkt niedergeschlagen. Plötzlich bin ich auch schrecklich müde.

»Und jetzt?«, fragt Pippa.

»Ich weiß es nicht.« Abby scharrt mit den Füßen im Schnee. »Wir könnten ins Dorf gehen und fragen, ob Kim dort gewesen ist?«, schlage ich vor.

Pippa zündet sich im Schutz ihrer hohlen Hand eine Zigarette an und inhaliert tief. »Und wie lange läuft man ins Dorf?«

Ich zucke die Schultern.

»Abby?«, schnauzt Pippa.

»Äh, das Dorf?« Sie seufzt. »Von hier aus eine halbe Stunde. Aber ich fürchte, dass wir bei dem Schnee viel länger dafür brauchen. Rechnet mal anderthalb Stunden.«

»Es ist jetzt halb vier«, sagt Pippa nach einem Blick auf ihre Uhr. »Also sind wir um fünf im Dorf. Und dann müssen wir noch zwei Stunden zurücklaufen. Im Dunkeln. Fantastischer Plan. Fällt also flach.«

»Aber wir müssen wissen, wo Kim ist. Es kann ja auch was Schlimmes passiert sein«, sage ich. »Lasst uns vom Haus aus ihre Mutter anrufen und fragen, ob sie etwas von Kim gehört hat, okay?«

»Pfft, wieder so eine Schnapsidee«, spottet Pippa. »Die Frau macht sich doch schon ins Hemd, wenn Kim nur erkältet ist. Willst du ihr erzählen, dass ihre Tochter verschwunden ist? Ich nicht.«

Pippa sieht völlig desinteressiert aus, als sie das sagt. Und plötzlich wird mir klar, dass sie sich noch keine Sekunde Sorgen gemacht hat um Kim. Mit unterdrückter Wut entgegne ich: »Dann schlag doch was Besseres vor.«

»Ich hatte einen guten Plan: im Haus bleiben und auf Kim warten«, schnappt sie zurück. »Aber ihr wolltet sie ja unbedingt suchen gehen.«

Ich kann mich nicht länger beherrschen und sage böse: »Du denkst immer nur an dich.«

Es wird still. Pippa sieht mich mit zusammengekniffenen Augen an. Ich überlege gerade, was ich möglichst bissig noch sagen könnte, als plötzlich zwei Pieptöne erklingen. Dieses Geräusch habe ich schon seit ein paar Tagen nicht mehr gehört. Automatisch schießt meine Hand in meine Jackentasche, aber ich habe mein Smartphone im Haus liegen lassen. Auch Pippa sucht in ihrer Tasche. Aber es ist Abby, die ihr Phone herauszieht.

»He, wie kann das denn sein?«, sagt sie. »Ich habe eine Nachricht bekommen.«

»Wahrscheinlich ist der Empfang besser, weil hier keine Bäume stehen«, sagt Pippa. »So ein Mist, dass ich meins nicht mitgenommen habe. Dann hätte ich die Zeit wenigstens sinnvoll nutzen können.«

Abby klappt ihr Telefon auf und scrollt durch das Menü. Ihre Augen weiten sich. »Das kommt von Kim.«

»Was? Das ist nicht dein Ernst!«, sage ich. »Lies vor.«

»Oh ja.« Sie räuspert sich. »Sie schreibt: *Ich sitze mit Daan im Auto nach Amsterdam. Könnt ihr meine Sachen mitnehmen? Es hat zu heftig geschneit, um zurückzugehen. Erkläre euch alles zu Hause. Tut mir leid, aber es ging nicht anders. Liebe Grüße, Kim.*«

Wir starren uns an. Pippa triumphierend. Ich erstaunt. Und Abby nachdenklich.

»Wer hatte recht?«, sagt Pippa. »Diese ganze *fucking* Wanderung wäre nicht nötig gewesen, wenn ihr auf mich gehört hättet.« Arrogant streckt sie ihr Kinn vor und bläst eine Rauchwolke in unsere Richtung.

Ich seufze abgrundtief. »Ja, ja«, sage ich zu ihr, »du bist fantastisch.« Und zu Abby: »Ruf Kim mal an.«

Abby nickt und hält sich das Telefon ans Ohr. Sie runzelt die Stirn. »Voicemail«, sagt sie lautlos, um danach laut auf den Anrufbeantworter zu sprechen. »Kim, ich hab deine Nachricht gerade erst gelesen. Im Haus hatte ich keinen Empfang.« Sie zögert kurz. »Fein, dass alles in Ordnung ist. Wir haben uns ziemliche Sorgen gemacht.«

»Trotzdem ist es seltsam«, sage ich, als Abby ihr Telefon wieder eingesteckt hat. »Ich meine, Kim hat noch nie bei einem Jungen übernachtet. Und jetzt fährt sie einfach mit einem wildfremden Typen nach Amsterdam. Da stimmt was nicht.«

»Fängst du schon wieder an?« Verärgert bläst Pippa eine Rauchwolke durch die Schneeflocken. »Wie viel deutlicher sollte sie denn noch werden? Kim hat uns wegen eines Typen versetzt. Sie hat uns einfach fallen lassen. It hurts, I know.«

So wie Pippa das sagt, klingt es irgendwie ziemlich verkehrt. Aber ich habe wenig dagegen vorzubringen.

»Sollen wir zurückgehen?«, frage ich.

»Endlich mal ein vernünftiger Vorschlag«, sagt Pippa. Sie tritt ihre Zigarette im Schnee aus.

»Ja, lasst uns gehen«, stimmt Abby zu. »Gleich wird es dunkel.«

Ihr Kopf ist fast im Kragen ihrer Jacke verschwunden und sie hat einen traurigen Blick in den Augen.

Ich nehme ihre Hand. Sie sieht mich erstaunt an.

»Na komm schon, es ist nicht deine Schuld, dass Kim weg ist. Wir machen es uns einfach noch zwei Tage gemütlich«, sage ich munterer, als ich mich fühle. »Okay?«

Sie nickt niedergeschlagen. »Ich hoffe es.«

Kapitel 16

Mühsam folgen wir dem Weg, der sich nach oben windet. Hinter uns liegen das Haus und der Pfad, über den wir auf dem Hinweg gekommen sind. Keine von uns dreien hat Lust gehabt, durch den Wald zurückzugehen, aus Angst, wir würden uns verlaufen. Der Wind weht jetzt heftiger, Schneeflocken treiben in horizontalen Bahnen über den Boden. Ich kann höchstens ein paar Meter weit schauen. Oben, unten, links und rechts, alles ist weiß. Ich schirme meine Augen mit der Hand ab. Meine Fingerspitzen schmerzen vor Kälte.

Pippa meckert pausenlos. »Was für ein Dreckszeug. Meine Uggs sind völlig durchweicht. Und mir tun die Beine weh. Ich hätte jetzt auch mit einem Glas Wein und einem Buch am Kamin sitzen können. Herzlichen Dank, Kim. Hoffentlich hast du es schön warm im Auto.«

Irgendwann habe ich genug von ihrer Jammerei und schnauze sie an: »Kannst du jetzt mal aufhören mit dem Generve?«

Und tatsächlich: Es hilft. Pippa hört auf zu reden. Die einzigen Geräusche kommen vom Wind und von meinem keuchenden Atem. Ich ziehe die Schultern hoch gegen die Kälte und quäle mich weiter. Eigentlich habe ich das Gefühl, dass meine Schritte nirgendwo hin führen. Wohin ich auch schaue – alles sieht gleich aus, als würden wir in einer Glaskugel mit Kunstschnee unsere

Runden drehen. Als Kind hatte ich so eine Kugel mit einem Weihnachtsmann und einem Engel. Mein Vater sagte immer, er sei der Weihnachtsmann und ich der Engel. Jeden Abend vor dem Einschlafen schüttelte er die Kugel, und dann schauten wir gemeinsam zu, wie der Schnee nach unten rieselte.

Bum! Ich fühle mich, als wäre ich gegen einen Baum gelaufen. Wie kann es sein, dass ich einfach so an Papa denke? Fassungslos schüttele ich den Kopf. Mein Magen verkrampft sich, meine Augen brennen. Ich versuche auf andere Gedanken zu kommen, aber das ist sehr schwierig. Es ist, als hätte die Kälte alle anderen Gefühle und Gedanken eingefroren. Also konzentriere ich mich auf meine Füße. Links. Rechts. Links. Rechts. Nicht an Papa denken. Nicht an Papa denken.

Ich pralle auf Pippa, die vor mir stehen geblieben ist.

»He, pass doch auf!«, pflaumt sie mich an. »Das tat weh.«

»Entschuldige, ich hab dich nicht gesehen«, murmele ich.

»Dann kauf dir eine Brille.«

Ich seufze und halte den Mund.

»Das hier stimmt nicht«, sagt Abby. Sie schaut sich um. Der Weg ist verschwunden, verschluckt von Schnee und Bäumen.

»Was stimmt nicht?«, frage ich.

»Wir hätten jetzt zu einer Gabelung kommen müssen«, antwortet sie nachdenklich.

Vor uns stehen dunkle Baumsilhouetten. Im Schnee wirken sie wie eine undurchdringliche Wand.

»Haben wir uns verlaufen?«, fragt Pippa. Zum ersten Mal höre ich eine leichte Panik in ihrer Stimme.

»Nein, natürlich nicht«, antwortet Abby. Sie klingt unsicher.

»Wir können ein Stück zurückgehen«, schlage ich vor. »Vielleicht sind wir irgendwo falsch abgebogen?«

Wir schauen in die Richtung, aus der wir gekommen sind. Unsere Fußstapfen sind schon fast nicht mehr zu erkennen.

»Schöne Scheiße«, sagt Pippa. »Wir können weder vor noch zurück. Und was jetzt?«
Abby zuckt die Schultern. »Ich weiß es nicht.« Sie macht ein paar Schritte nach vorn. »Ich glaube, wir müssen nach rechts.«
»Glaubst du das oder weißt du es?«, fragt Pippa scharf.
Sie zögert. »Ich glaube es.«
»Meine Güte, Abby«, sagt Pippa. »Gleich verlaufen wir uns noch richtig. Ich gehe erst irgendwohin, wenn du sicher bist, dass es stimmt.«
Auch ich werde nervös, ich fühle mich eingeschlossen zwischen den Bäumen. Was ist, wenn Abby den Weg nicht mehr finden kann? Die Wälder hier sind riesig. Wir könnten tagelang herumirren, ohne dass uns jemand findet.
Abby geht noch ein Stück weiter. Ich kann sie kaum mehr sehen bei all dem Schnee.
»Kommt, kommt!«, ruft sie plötzlich. »Ich habe die Abzweigung gefunden!«
Mit wenigen Schritten sind Pippa und ich bei ihr. Jetzt sehe auch ich die Wege: zwei breite weiße Eingänge in der Wand aus Bäumen. Wir haben nur ein paar Meter davon entfernt gestanden.
Pippa faltet die Hände und schaut nach oben. »*Thank you, Lord, for saving us.* Einen Augenblick dachte ich, wir würden als Tiefkühlhühner enden.«
Abby zeigt nach rechts. »Dieser Weg führt zum Haus. In zwanzig Minuten haben wir es geschafft.«
»Zum Glück«, seufzt Pippa. »Ich bin so was von erledigt.«
Träge setzen wir uns in Bewegung. Abby und Pippa gehen voraus. Ich folge einen Meter dahinter. Aus irgendeinem Grund gelingt es mir nicht, zu ihnen aufzuschließen und neben ihnen zu laufen. Ich bin so müde. Und mir ist so kalt. Ich senke den Kopf, Abby und Pippa sind zu zwei schwarzen Schemen geworden. Es

ist, als würde ich auf einen Schwarz-Weiß-Fernseher starren, der nur schlechten Empfang hat: Langsam verschwinden Abby und Pippa wie auf einem Bildschirm aus weißen Flocken.

Plötzlich höre ich etwas hinter mir: ganz leise und kaum wahrnehmbar durch den Wind. Stocksteif bleibe ich stehen. Ich höre es wieder. Und jetzt erkenne ich es auch. Das ist das Geräusch eines knackenden Zweiges. Ich drehe mich um und starre in den dichten weißen Vorhang. Könnte das ein Fuchs sein? Oder ein Wildschwein? Und dann, plötzlich, sehe ich auch etwas. Oder besser gesagt: jemanden! Ein Schatten bewegt sich zwischen den Bäumen, auch er verschwommen und verzeichnet durch die fallenden Schneeflocken. Mein Herz setzt einen Schlag aus.

»Kim?«, rufe ich.

Keine Antwort.

Ich renne zurück in Richtung Schatten.

»Kim, bist du da?«

Die Gestalt weicht zurück.

»Kim, bitte ...«

Mein Fuß verhakt sich hinter einem Stein und ich falle der Länge nach auf den Boden. Schnee dringt in meine Nase, in Mund und Jackenkragen. Ein paar Sekunden bleibe ich so liegen, zu verblüfft, um aufzustehen. Ein Tropfen Schmelzwasser rinnt mir den Nacken hinunter.

»Shit«, fluche ich. »Shit, shit, shit!«

Ich rappele mich auf und klopfe mir den Schnee von der Kleidung. Der Stoff meiner Hose ist nass und klebt an meinen Beinen. Mein Blick wandert zu der Stelle, an der ich die Gestalt zum letzten Mal gesehen habe. Doch ich starre in eine weiße Leere.

»Kim?«

Es bleibt still.

Langsam mache ich ein paar Schritte.

»Wo bist du?«

Noch ein paar Schritte. Plötzlich sehe ich rechts eine Bewegung. Mein Kopf schießt zur Seite. Ich weiß nicht, ob ich lachen oder weinen soll. Neben mir steht ein Baum. Die kahlen Äste ragen wie Arme in die Luft und bewegen sich im Wind. Am Stamm ist eine Ausbuchtung, die einem Kopf verdächtig ähnlich sieht. Habe ich mir das alles eingebildet? Sehe ich jetzt schon seltsame Sachen wegen der Kälte?

Mutlos gehe ich zurück. Nach einigen Metern fange ich an zu zweifeln. Bin ich wirklich hier vorbeigekommen? Der Wald wirkt auf einmal viel dichter. Dunkler. Ich mache größere Schritte, immer schneller. Wo sind Abby und Pippa? Ich sehe sie nicht. Und ihre Stimmen höre ich auch nicht. Das klaustrophobische Gefühl ist wieder da. Die Bäume scheinen mich einzuschließen. Der Schnee wirbelt und kreist in Böen um mich.

Ich renne zwischen den Bäumen herum, die Arme vor mir ausgestreckt. »Abby? Pippa?«, rufe ich.

Ich habe das Gefühl, dass mich jemand beobachtet.

»Seid ihr da?«

Im Schnee sind frische Fußspuren. Sind Abby und Pippa gerade hier entlanggekommen? Oder sind das meine eigenen Spuren? Laufe ich im Kreis?

»Abbyyyyy! Pippaaaaaa!« Ich habe noch nie so laut geschrien.

»Hier sind wir«, höre ich auf einmal Pippa schnauzen.

Sie tritt als verschwommener Schemen vor den Schneevorhang. Abby kommt hinter ihr her.

Ich könnte heulen vor Erleichterung. »Wo wart ihr?«

»Wir sind einfach weitergegangen«, sagt Pippa, die eindeutig sauer ist. »Die Frage ist eher: Wo warst du? Abby hat dich rufen hören. Du hättest dich verlaufen können, du Huhn.«

»In diesen Wäldern verirrt man sich schnell«, sagt Abby etwas freundlicher. »Dann hätten wir dich nie mehr gefunden.«

»Ja«, sage ich leise.

»Was hattest du eigentlich vor? Tannenzapfen suchen?«, fragt Pippa.

»Ich dachte, ich hätte Kim gesehen.« Jetzt, da ich es laut ausspreche, höre ich, wie idiotisch das klingt.

Pippa zieht spöttisch eine Augenbraue hoch. »Das ist nicht dein Ernst. Und, hast du sie gefunden? Da bin ich ja mal gespannt.«

Ich sehe runter auf meine Füße. »Äh, nein, das war ein Baum, der ihr ähnlich sah.«

»Ach, ein Baum, der Kim ähnlich sieht, wie nett. So einen Baum habe ich schon immer mal sehen wollen. Ich kann gut verstehen, dass du dich deswegen fast verirrt hast.« Pippas Augen sprühen Funken. »Leider hast du uns dabei auch in Gefahr gebracht mit deinem dummen Baumgetue. Stell dir vor, wir hätten dich nicht mehr gefunden. Was hätten wir dann machen sollen? Dich suchen bei dem Schneesturm? Ins Dorf laufen im Dunkeln?«

Schweigend lasse ich Pippas Fauchen über mich ergehen. Sie hat ja recht. Das war sehr dumm von mir.

»Jetzt ist es genug. Fee hat selbst auch einen Schrecken bekommen«, sagt Abby. Sie nimmt mich am Arm. »Wir gehen jetzt zum Haus. Bleibst du dieses Mal in unserer Nähe?«

Ich nicke.

Sie lächelt. »Schön. Ich will gern mit allen zusammen wieder zurückkommen.«

Aber ohne Kim, denke ich.

Kapitel 17

Es ist halb sieben, als wir endlich am Haus ankommen. Ich sehe Abby und Pippa an, dass sie genauso erleichtert sind wie ich. Wir haben es geschafft! Das letzte Stück war die Hölle. Das Tageslicht schwand allmählich und in der Dämmerung verlor der Wald jede Form und alle Orientierungspunkte. Weiß wurde Grau, Grau wurde Schwarz und irgendwann konnten wir uns im Stockdunkeln nur noch Schritt für Schritt vorantasten. Wir hielten uns an den Händen, hatten Angst zu fallen, Angst uns zu verlieren, Angst, vom verschneiten Weg abzukommen.

»Holy shit, was für ein Marsch«, seufzt Pippa. »Zwischendurch habe ich gedacht, wir würden es nie schaffen.«

Ich nicke, zu müde zum Antworten.

Abby wischt sich eine weiße gefrorene Strähne aus dem Gesicht. »Hattet ihr etwa kein Vertrauen in meine Pfadfinderfähigkeiten?« Sie versucht ein munteres Gesicht aufzusetzen, aber ihre Stimme klingt matt und erschöpft.

Es wird still. Der Wind zerrt an meiner Jacke und bläst mir eine frische Schneeschicht ins Gesicht.

»Lasst uns bitte reingehen«, sagt Pippa. »Ich kann nicht mehr.«

»Soll ich uns einen heißen Kakao machen?«, fragt Abby.

Pippa zuckt die Schultern. »Okay.«

Wir schlurfen durch den Tiefschnee zum Haus.

So kurz vorm Ziel ist auch mein letzter Rest Energie verebbt. Ich kann meine Beine kaum noch bewegen. Sie sind kalt und gefühllos.

»Igitt, was ist das denn?«, ruft Pippa auf einmal. Sie zeigt zur Haustür.

Ich verstehe nicht, was sie meint. Vor der Tür liegt ein Häufchen Pulverschnee. Aber als wir näher kommen, wird mir klar, dass es ein totes Tier ist. Zwei spitze Ohren ragen aus dem Schnee.

»Ist das ein toter Hund?«, frage ich voller Ekel.

»Oh nein«, sagt Abby genauso erschrocken wie ich.

»Keine Ahnung.« Pippa tritt mit dem Stiefel gegen den Haufen. Die Schneeschicht bricht auf und darunter kommt orangefarbenes Fell zum Vorschein. »Das ist ein toter Fuchs.«

Sie schiebt das Tier mit dem Fuß zur Seite. Aus seinem Bauch glibbern lange graue Schlieren. Sie sehen aus wie selbst gemachte Würste beim Metzger. Der Schnee um seinen Körper ist dunkel gefärbt.

Mein Magen zieht sich zusammen. Ich muss mich sehr beherrschen, um mich nicht zu erbrechen.

»Igittigitt, pfui Teufel«, sagt Pippa. »Ich sehe seine Därme.«

»Wie kommt das Tier hierher?«, fragt Abby.

»Wahrscheinlich hat er sich mit einer Katze eingelassen«, sagt Pippa. »Und das nicht zu knapp. Der ganze Bauch ist aufgerissen.«

Abby runzelt die Stirn. »Eine Katze? Unsinn, das ist unmöglich. Ein Fuchs ist viel schneller, größer und stärker.«

»*Whatever*, ich habe Biologie nicht umsonst sausen lassen. Dann war es vielleicht ein Tiger, Luchs oder Löwe. Was soll's? Tot ist tot.«

»Es gibt hier keine Tiger, Luchse oder Löwen«, sagt Abby. In ihren Augen liegt ein seltsamer Blick. »Und ich habe auch noch nie einen Fuchs in diesem Garten gesehen.«

»Es gibt für alles ein erstes Mal. Auch für tote Füchse«, sagt Pippa mit einem kleinen Lachen.

»Trotzdem ist es merkwürdig.« Abby bleibt hartnäckig.

»Schick dem belgischen Bund für Naturschutz einen Brief.« Pippa zupft an ihrer Lippe. »Wir können das Tier nicht hier herumliegen lassen. Wer räumt es weg? Gibt es Freiwillige?«

Abby und ich starren beide auf den Fuchs, als könnte er antworten.

»Also keiner, das dachte ich mir schon.« Pippa grinst. »Dann losen wir es aus. Ich habe Streichhölzer mit.«

Pippa zieht die Handschuhe aus, nimmt eine Schachtel aus ihrer Jackentasche und zieht drei Streichhölzer heraus. Eines bricht sie mittendurch.

»Es ist ganz einfach«, sagt sie, während sie die Hölzer in ihrer Hand ordnet. »Diejenige mit dem kürzesten Hölzchen muss den Fuchs wegräumen. Okay?«

»Okay«, murmeln Abby und ich.

»Du darfst zuerst.« Pippa hält Abby ihre Faust vors Gesicht. Alle Streichhölzer sehen gleich lang aus.

Abby nimmt das mittlere Hölzchen. »Ich habe ein langes«, sagt sie erleichtert.«

»Glückspilz«, sagt Pippa. »Du bist dran, Fee. Jetzt geht es um dich oder mich.«

Ich betrachte die beiden übrig gebliebenen Streichhölzer und versuche herauszufinden, welches länger ist. Es gibt keinen Unterschied.

»Mach voran, ich stehe hier nicht zum Vergnügen«, sagt Pippa.

Mit einem tiefen Seufzer nehme ich das rechte Hölzchen zwischen Zeigefinger und Daumen meines Handschuhs. Ungeschickt ziehe ich es aus Pippas Hand. Es ist das kürzere.

»Das tut mir aber leid.« Pippa winkt mit dem längeren Streichholz. »Deine Sache, den Fuchs zu beseitigen, klar, oder?«

»Ich bin nicht zurückgeblieben«, fahre ich sie an.

Es ist immer dasselbe Lied: Pippa verliert nie. Egal, ob wir darum losen, wer von uns in der Schulpause Kaffee holt, oder ob wir eine Münze werfen, wer das letzte KitKat bekommt: Pippa gewinnt immer. Dieses Mal kann sie unmöglich falschgespielt haben. Schließlich hat sie es direkt vor meiner Nase getan. Trotzdem traue ich der Sache nicht ganz. Ich werfe das Streichholz in den Schnee.

»Na, wird noch was draus?«, fragt Pippa süßlich.

Es gibt keine andere Chance, ich muss es tun. Ich hole tief Luft.

»Ich an deiner Stelle würde die Handschuhe ausziehen«, sagt Pippa. »Sonst kommt da noch Blut dran.«

Ich schüttele mich bei der Vorstellung. Warum hält sie nicht einfach ihren Mund?

»Vielen Dank für den Tipp«, sage ich bissig und reiche Abby meine Handschuhe.

Ich bücke mich und umfasse die Hinterbeine des Fuchses. Die weichen Haare seines Fells kitzeln ein wenig. Unter dem Fell ist er kalt und steif. So fühlt sich also der Tod an. Es ist weniger schlimm, als ich dachte, eigentlich habe ich nur Mitleid mit diesem Tier. Scheint mir schrecklich, so enden zu müssen. Kalt und allein, auf der Türschwelle von Wildfremden. Ich richte mich auf und halte den Fuchs so weit wie möglich von mir weg. Seine Därme baumeln hin und her. Mit wenigen Schritten bin ich bei der Biotonne, wo Abby schon den Deckel aufhält.

Vorsichtig lege ich das Tier in die Tonne, ein Auge starrt mich glanzlos an. Abby wirft den Deckel zu, der Fuchs verschwindet. Es fühlt sich respektlos an. Aber ich bin zu müde, um mir einen anderen Abschied für ihn auszudenken.

»Den sind wir los!« Pippa lächelt mir zu, aber nicht auf eine nette Art. Sie sieht ganz schön herablassend aus.

Am liebsten würde ich auch sie in der Biotonne verschwinden lassen.

Kapitel 18

Unten höre ich die gedämpften Stimmen von Abby und Pippa. Ich weiß nicht, worüber sie sprechen, aber es klingt gemütlich, wie ein dahinplätschernder Bach. Wahrscheinlich trinken sie heißen Kakao und reden über unsere Wanderung. Ich wollte keinen Kakao, ich habe keine Lust zu reden. Lieber lege ich mich in die Badewanne. Hier kann ich allein sein. Ich starre auf das Wasser, das zischend und brodelnd die Wanne füllt. Es fällt mir schwer, die Augen offen zu halten. Hoffentlich schaffe ich es bis zum Essen. Am liebsten würde ich jetzt schon ins Bett gehen.

Meine Hand zieht Kreise im warmen Wasser. Wo Kim jetzt wohl ist? Schon in Amsterdam? Vielleicht denkt sie in diesem Moment auch an uns. Ob sie sich schuldig fühlt, weil sie einfach so abgereist ist? Seltsamerweise empfinde ich nichts mehr, wenn ich an ihren plötzlichen Aufbruch denke. Mir ist so kalt von innen. Jetzt läuft das Wasser schon gurgelnd durch den Überlauf, die Wanne ist voll. Ich drehe den Hahn zu und steige vorsichtig aus meiner nassen Hose. Meine Beine sind weiß vor Kälte. Als ich den Rest meiner Kleidung ausziehe, wird das ein ziemliches Gewurstel – meine Arme bleiben im Rollkragenpullover stecken und ich komme kaum an meinen BH-Verschluss. Ich bin so steif wie der tote Fuchs.

Ich steige langsam ins Badewasser. Zuerst spüre ich nichts, aber dann durchzuckt ein Schmerz meine durchgefrorenen Füße und Beine. Es fühlt sich an, als würde ich bei lebendigem Leibe gekocht. Doch allmählich gewöhne ich mich an die hohe Temperatur. Meine Nerven entspannen sich. Ich setze mich und das Wasser umschließt mich, schwappt über den Rand. Mit einem Seufzer lasse ich mich tiefer in die Wanne sinken. Kleine Wellen plätschern mir ins Gesicht, meine langen Haare fächern sich aus. Ich schließe die Augen und dümpele ein wenig vor mich hin. Nach einer Weile habe ich das Gefühl, gewichtslos zu sein.

Aus dem Nichts steigt eine Erinnerung auf. Ich bin sieben, es ist Winter. Papa und ich waren auf der Eisbahn am Museumsplatz Schlittschuh laufen. Jetzt gehen wir nach Hause. Es ist dunkel geworden und es hat angefangen zu schneien. Mir ist so kalt und ich bin so müde. Weinend sage ich meinem Vater, dass ich nicht mehr kann. Da hebt Papa mich hoch und setzt mich auf seine Schultern. So gehen wir das ganze Stück bis nach Hause. Dort lässt er mir ein warmes Bad einlaufen und es fühlt sich an wie jetzt: warm und sicher.

Eine Träne kullert über meine Wange. Ich rutsche ein Stück tiefer ins Wasser. Die Träne wird weggespült. Damals war die Welt noch so einfach. Eine weitere Erinnerung steigt in mir auf. Ich bin vierzehn. Papa hat eine neue Stelle als Finanzdirektor einer großen Bank bekommen. Wir ziehen in eine große Villa im Amsterdamer Süden, bekommen ein größeres Auto und fahren drei Mal im Jahr in Urlaub. Alles schien so selbstverständlich zu sein. Aber was ich damals noch nicht wusste: Alles hat seinen Preis.

Ich rutsche noch ein Stückchen tiefer. Nur mein Mund und meine Nase sind noch über dem Wasserspiegel. Meine Gedanken purzeln übereinander, als hätte ich ihnen den Zutritt zu meinem Kopf zu lange verwehrt. Auf einmal kann ich die Bilder nicht mehr aufhalten. Papa, als er im Juni seine Stelle verlor und weinend zu Hause auf dem Sofa saß. Wir durften niemandem etwas sagen.

»Warum?«, fragte ich meine Mutter.

»Kapierst du denn nicht?«, flüsterte sie, damit Papa uns nicht hören konnte. »Wenn das bekannt wird, kann es seiner Karriere schaden.« Ich kapierte es nicht, aber ich hielt den Mund. Papa würde schnell eine neue Stelle finden. Aber er fand nichts. Und er begann immer mehr zu trinken. Erst nur abends und dann auch tagsüber. Anfangs tat er es heimlich, aber irgendwann war es ihm egal, ob wir mitbekamen, wie viel er trank.

Der Keller stand jede Woche voll mit leeren Flaschen. Mama warf sie nachts in den Glascontainer, mit Küchenpapier umwickelt, um das Geräusch von brechendem Glas zu dämpfen. Aber sogar mit den Fingern in den Ohren hörte ich das Klirren. Mama flehte Papa an, mit dem Trinken aufzuhören. Sie stritten über seinen Alkoholkonsum. Mama nannte Papa einen Alkoholiker. Papa schlug Mama. Meine Mutter weinte, mein Vater weinte und ich versteckte mich in meinem Zimmer. Ich konnte mir nicht vorstellen, dass es noch schlimmer werden konnte. Doch ich hatte mich geirrt. Letzte Woche war Papa dann in eine Klinik eingewiesen worden. Zum Glück war ich da in der Schule. Als ich nach Hause kam, sah ich die Angst und den Kummer in den Augen meiner Mutter. Ich wollte ihr versichern, dass alles wieder gut wird. Ich wollte ihr sagen, dass sie sich keine Sorgen machen solle. Aber das war leichter gesagt als getan.

Erst wollte ich nicht mit in die Ardennen. Aber Mama meinte, es sei bestimmt gut für mich, und ich war zu müde, um ihr zu widersprechen. Dann kam der Sonntagmorgen. Ich hatte die ganze Nacht geweint und Pippa fragte mich, warum meine Augen so rot seien. Da tat ich so, als hätte ich Halsschmerzen. Aber Pippa sah nicht so aus, als würde sie mir das glauben. Als wir losfuhren, winkte Mama mir nach. Ich konnte ihr gespielt fröhliches Gesicht nicht ertragen und schaute in die andere Richtung. Mit meiner Hand umklammerte ich die Armlehne und drückte, so fest ich konnte. Ich wollte meinen Vater so gern zurückhaben.

Ich stöhne und gleite ganz unter Wasser. Meine Ohren summen, mein Herz klopft in meinem Hals. Wäre dieses Elend doch nur schon vorbei. Ob Papa das wohl auch oft gedacht hat? Ich lasse eine Luftblase aus meinem Mund entweichen. Mein Herzschlag beschleunigt sich. Wie sollen wir das zu Hause schaffen ohne Papa? Wer tröstet Mama? Wer tröstet mich? Wird es je wieder gut werden? Ich sinke bis auf den Boden der Badewanne, bloß weg von diesen Gedanken. Meine Muskeln ziehen sich zusammen und flehen um Sauerstoff. Der Druck auf meine Lungen ist fast unerträglich. Ich möchte meinen Körper zwingen, unten zu bleiben. Aber er gehorcht nicht. Ich schieße aus dem Wasser und schnappe nach Luft.

Mein Kopf brummt. Das Licht des Badezimmers ist grell. Ich stiere vor mich hin. Jetzt erst merke ich, dass das Badewasser lauwarm geworden ist

Ich höre, wie unten eine Tür geöffnet und wieder geschlossen wird, gefolgt von Schritten in der Diele. Stille. Eine Sekunde danach höre ich Abby rufen: »Beeilst du dich ein bisschen, Fee? Wir essen in einer halben Stunde.«

Ich blinzele.

»Fee? Hallo? Lebst du noch?«

»Ja.« Meine Stimme antwortet. Aber die Bedeutung des Wortes dringt gar nicht bis zu mir durch.

»Okay. Bis gleich also.«

»Ja.«

Die Schritte verschwinden, die Tür öffnet und schließt sich. Stille.

Ich klettere aus der Wanne, schlinge ein Handtuch um mich und wische den beschlagenen Spiegel sauber. Zwei leere Augen mit dunklen Ringen starren mich an, ein kalkweißes Gesicht. Ich versuche, das Mädchen wiederzufinden, das ich war, bevor das Elend mit meinem Vater anfing, aber es klappt nicht. Ich habe sie verloren. Meine Beine und meine Hände zittern. Durch einen Schleier vor meinen Augen sehe ich, wie eine Träne über meine Wange rollt. Plötzlich weine ich und kann nicht mehr aufhören. Heftige, lang gezogene Schluchzer kommen aus mir raus. Tränen tropfen an meiner Nase entlang, vermischen sich mit Rotz, laufen mir in den Mund. Ich warte und warte, bis ich ganz leer bin. Dann gehe ich ins Zimmer, um mich anzuziehen.

Kapitel 19

Ich wühle in meinem Rucksack nach frischer, trockener Kleidung. Eine Jeans, eine Strickjacke, Socken. Der kleine Stapel auf meinem Bett wächst. Ich schaue darauf, als wäre er nicht von mir. Mechanisch greifen meine Hände nach der Jeans, ich stecke das rechte Bein in die Hose. Dann mein linkes. Und dann wird mir auf einmal bewusst, dass in meinen Sachen etwas fehlt. Das schwarze Heft, in das ich jeden Abend schreibe, mein Tagebuch.

Wie betäubt starre ich auf den Rucksack. Es ist, als würde ich zwei Bilder vergleichen – eins in meiner Erinnerung und eins vor meiner Nase. Meine Pullover liegen obenauf, meine Hosen darunter. Das stimmt. Im Seitenfach steckt meine Unterwäsche. Das stimmt auch. Und in der Mitte, zwischen den Hosen und den Pullovern, habe ich mein Heft versteckt. Das stimmt nicht. Zumindest habe ich das Tagebuch nicht gefühlt, als ich meine Kleidung herausgenommen habe.

Blitzschnell ziehe ich meine Jeans hoch und hebe den Rucksack aufs Bett. Ich nehme alle Kleidungsstücke heraus. Kein Heft. Das kann doch nicht sein? Wo ist es? Wo ist es bloß? Mir schießt alles Mögliche durch den Kopf.

Dass alles über meinen Vater in diesem Heft steht. Von seiner Entlassung bis zu seiner Zwangseinweisung. Und alle Probleme dazwischen.

Dass es eine Katastrophe ist, wenn ich es wirklich nicht mehr habe. Was, wenn Abby oder Pippa es finden und darin lesen?! Ich habe ihnen noch nichts von Papa erzählt.

Dass ich mir nicht solche Sorgen machen soll; es gibt bestimmt eine logische Erklärung dafür, wo das Heft ist. Aber welche denn?

Dass ich am vergangenen Abend zu viel Wodka-Orange getrunken habe und dass ich mich nicht mehr erinnern kann, ob ich in das Heft geschrieben habe.

Dass es vielleicht unter mein Bett gefallen ist. Ich bücke mich. Nichts.

Abby ruft mich unten an der Treppe. »Feline, kommst du? Das Essen ist jetzt wirklich in ein paar Minuten fertig.«

»Jahaa!«, rufe ich zurück, während ich unter meiner Decke nachschaue.

Kein Heft.

Ich werfe das Kopfkissen auf den Boden.

Kein Heft.

Ich schaue in Kims Bett nach.

Kein Heft.

Ich wühle in Kims Tasche.

Kein Heft.

Oh Gott, es ist wirklich weg. Schon wieder wallen Tränen in mir auf, dieses Mal vor Panik. Ich beiße mir auf die Lippe. Könnte mein Tagebuch denn unten sein? Wer weiß, vielleicht habe ich mich gestern mit besoffenem Kopf zum Schreiben ins Wohnzimmer gesetzt.

Ich schlüpfe in die Strickjacke und haste die Treppe hinunter. Das Licht im Flur ist aus. Durch den Türspalt sickert nur wenig Licht. Im Halbdunkel stolpere ich über einen Stiefel.

»Verdammt!«, fluche ich.

»Was ist?«, fragt eine Stimme hinter mir.

Stocksteif bleibe ich stehen.

Aus dem Dunkel löst sich ein Schatten. Es ist Abby.
»Verdammt, Abby, musst du mir so einen Schreck einjagen? Wo kommst du denn her?«
»Entschuldige. Ich habe etwas in meiner Tasche gesucht.«
»Im Dunkeln?«
Sie schweigt.
»Warte mal.« Ich mache ein paar Schritte zur Seite. Meine Hand tastet die Wand ab und findet den Lichtschalter. Das Dielenlicht leuchtet auf.
»Schon besser«, murmele ich.
Abby wirkt angespannt. Ihr Blick huscht hin und her.
»Ist was?«, frage ich.
»Nein.« Sie seufzt. »Oder eigentlich doch. Ich muss dauernd an Kim denken. Es gefällt mir gar nicht, dass sie weg ist.«
Ich nicke. »Mir auch nicht.«
»Sie hätte es uns sagen sollen. Du würdest doch auch nicht einfach weglaufen?«
»Nein.« Sie tut mir leid. »Fühlst du dich vielleicht schuldig?«
»Was?« Abby schaut mich mit großen erschrockenen Augen an.
»Ich habe gehört, wie ihr euch gestern Abend gestritten habt.«
Ihre Augen nehmen wieder normale Größe an. »Oh, das meinst du.«
»Tut mir leid, ich konnte nichts dafür«, sage ich. »Ich saß mit Jeroen und Daan im Wohnzimmer. Kim war zur Toilette gegangen, du auch. Und Pippa war mit Stijn beschäftigt. Du hast die Wohnzimmertür einen Spalt offen gelassen, und ich konnte euren Streit wortwörtlich mitverfolgen.«
»Oh.« Abby starrt zu Boden.
»Ich glaube, Kim kommt damit sehr schlecht klar«, sage ich leise. »Ich meine, ich verstehe sehr gut, dass du mit Pippa nach Aix gehst. Das musst du alles auch selbst wissen. Aber vielleicht hättest du es Kim früher erzählen sollen.«

Es ist, als würde ich auf eine Statue einreden. Abby sagt nichts, sie bewegt sich nicht. Warum mische ich mich da eigentlich ein? Ich habe selbst genug Probleme am Hals.

»Sonst redest du eben in Amsterdam noch einmal mit ihr«, schlage ich vor. »Mehr will ich gar nicht sagen. Es wird bestimmt alles wieder gut.«

Sie nickt.

»Hör mal, ich muss noch schnell was aus dem Wohnzimmer holen. Wir sehen uns gleich, okay?«

Abby brummt etwas Unverständliches zurück.

Ich drehe mich um und gehe.

Ich suche überall. Unter den Sofakissen, im Bücherregal, zwischen den Zeitschriften, in der Asche des Kamins, unter dem Esstisch, beim Fernseher. Keine Spur von meinem schwarzen Heft. Meine Wangen glühen und meine Handflächen sind klamm. Fieberhaft denke ich nach. Wo könnte es denn sonst noch liegen? Bei der Stereoanlage vielleicht? Mit zwei Schritten bin ich am Schrank. Die CDs sind ordentlich gestapelt. Aber kein Heft. Ich taste die Oberseite der Anlage ab. Nichts. Ich stelle mich auf die Zehenspitzen und spähe hinter die Musikgeräte. Nur Stecker und Staub.

»Suchst du etwas?«, fragt Pippa.

Mein Kopf schießt in die andere Richtung.

Pippa steht auf der Türschwelle und lehnt sich lässig an den Türrahmen. Ich habe keine Ahnung, wie lange sie schon dort steht.

Ich fühle mich ertappt und wische mir schnell eine Haarsträhne aus dem Gesicht. »Nein, wieso?«

»Och, nur so.« Um ihren Mund spielt ein halbes Lächeln. »Es sah so aus. Ich helfe dir auch gern.«

»Ich räume ein wenig auf«, lüge ich.

»Ach, wie nett von dir.« Das Lachen wird größer. Aber der Blick in ihren Augen ist distanziert.

»Da liegt so viel Zeug«, fasele ich.

»Hinter der Stereoanlage? Junge, Junge, das wusste ich nicht. Liegt da vielleicht ein toter Fuchs?«

Einen Moment weiß ich nicht, was ich sagen soll. »Äh, nein.«

Sie grinst. Ich sehe eine Reihe perfekt weißer Zähne. »Guck nicht so verdattert. Es war nur ein Scherz. Zumindest gehe ich mal davon aus, dass dein Fuchs noch ordentlich in der Biotonne liegt.«

Ich tue, als müsste ich lachen: »Haha, sehr witzig.« Und ich denke: Den nächsten Fuchs räumst du selbst weg.

Wieder setzt sie ein Lächeln auf. »Sag mal, Fee, was ich mich frage ... Hast du wieder Probleme mit dem Hals?«

»Warum?«, frage ich erstaunt.

»Na ja, weißt du, deine Augen sind so rot und dick. Wie auf der Hinfahrt.«

Ihre Frage macht mich nervös. »Äh ja«, stammele ich. »Meine Drüsen sind etwas geschwollen von der Kälte.« Wie ein Trottel weise ich auf meinen Hals, als würde das alles erklären.

»Wie unangenehm. Ich habe Halspastillen oben in meinen Sachen – möchtest du eine?«

Meint sie das jetzt nett oder nicht? »Nachher vielleicht. Danke dir.«

»So ein Virus kann ziemlich hartnäckig sein. Ich habe auch schon mal komplette zwei Wochen im Bett gelegen. Es ging erst mit Antibiotika vorbei.«

»Ach herrje.«

»Das Wetter hilft ja auch nicht gerade, was?«

»Nein.« Ich versuche zu verstehen, weshalb wir dieses Gespräch führen.

Wieder erscheint ein Lächeln auf ihrem Gesicht.

Ich bin auf der Hut.

»Das nächste Mal würde ich meine Socken anziehen«, sagt sie zuckersüß. »Sonst holst du dir noch eine Blasenentzündung.«

Ich starre auf meine Füße. Meine Zehen krallen sich in den Teppich, als müsste ich mich sehr anstrengen, nicht umzufallen. Meine Socken habe ich in der Eile vergessen.

»Hast du den Tisch gedeckt, Pippa?« Abby rettet mich. Sie hält eine dampfende Auflaufform in der Hand.

»Nein, tut mir leid, Abby, ganz vergessen.« Pippa streckt sich wie eine zufriedene Katze. »Ich habe gerade so nett mit Fee geplaudert.«

Schweigend sehe ich sie an.

»Plaudert doch gemütlich am Tisch weiter. Die Lasagne wird kalt«, sagt Abby.

Sie schaut auf meine Füße. »Wo sind deine Socken?«

»Oben«, murmele ich und setze mich an den Tisch.

Kapitel 20

Die Lasagne schmeckt nach salziger Tomatensuppe. Ein paar Hackfleischbröckchen treiben in der fetten, orangefarbenen Soße. Die Teigblätter sind nicht gar, die Ränder schwarz und vertrocknet.
»Köstlich«, sagt Pippa und nimmt einen großen Bissen.
Abby stochert lustlos im Essen herum. »Du übertreibst.«
»Nein, nein, wirklich. Ich habe Lasagne noch nie auf diese Art gegessen. Es ist sehr ... ungewöhnlich.«
Abby lächelt, aber ihr Lächeln reicht nicht bis zu den Augen. »Ich fürchte, du bist die Einzige, der es schmeckt.«
»Nimm's nicht so schwer.« Pippa greift nach dem Rotwein und schenkt unsere Gläser voll. »Wir sind ja nicht wegen deiner Kochkünste hier. Prost, auf uns!« Sie hebt ihr Glas.
Wir machen es ihr nach.
Pippa und Abby trinken.
Ich zögere. Eigentlich sollte ich es lassen, ich bin schon zweimal morgens mit einem Kater aufgestanden. Aber ich weiß nicht, wie ich diesen Abend sonst überstehen soll. Der Drang, alles zu vergessen, siegt über die Vernunft, und ich trinke einen großen Schluck. Und noch einen. Der Wein brennt in meinem Hals. Ich weiß, dass die Dinge in wenigen Minuten ihre spitzen Ecken verlieren werden. So ist es immer.
»Da waren's nur noch drei«, sagt Pippa. »Wie in dem Lied.«

»Was für ein Lied?« Abby sieht sie verständnislos an.

»Na, du weißt schon ...« Pippa fängt an zu singen: »Vier kleine Negerlein erhoben ein Geschrei, der eine hat sich totgeschrien, da waren's nur noch drei.«

Sie grinst.

Ein peinliches Schweigen breitet sich aus.

Pippa scheint es nicht zu bemerken. »Hör mal, Abby«, sagt sie. »Wir dürfen nicht vergessen, Geld für Aix zu beantragen.«

»Wie? Ein Stipendium?« Abby blinzelt.

»Ja, sonst bekommen wir keine Studienfinanzierung für Frankreich.«

»Ach, das meinst du. Ich glaube, das Formular kann man einfach aus dem Internet herunterladen. Aber wir haben ja noch ein bisschen Zeit.«

»Nein, es muss vor Jahresende weggeschickt werden.«

»Wie kommst du denn darauf?«

Ich höre der Wie-lange-haben-wir-noch-Zeit-Diskussion zu, bis meine Aufmerksamkeit erlahmt. Während ich noch ein paar Schluck Wein trinke, scanne ich mit meinem Blick das Wohnzimmer ab. Vielleicht habe ich ja eine Stelle übersehen und finde mein Tagebuch doch noch.

»Hast du dich eigentlich schon entschieden, Fee?«, fragt Abby plötzlich.

»Hä, was?« Ich habe wirklich keine Ahnung, wovon sie redet.

»Weißt du schon, was du nach den Sommerferien studierst? Du wolltest doch Jura oder BWL machen?«

»Äh, nein, ich hab mich noch nicht entschieden.«

»Wann endet denn die Einschreibefrist?«

»Im März«, sage ich mit viel Überzeugung.

»Da hast du ja noch Zeit.«

»Genau.« Ich lächle. »Es ist total schwierig, sich zu entscheiden.«

In Wahrheit habe ich schon seit Wochen nicht mehr darüber nachgedacht. Mein Vater ist zum Mittelpunkt meines Lebens geworden. Der Rest ist nebensächlich. Aber das brauchen Abby und Pippa nicht zu wissen.

»Ich finde, zu dir würde Betriebswirtschaft richtig gut passen«, sagt Pippa.

»Wirklich?«, frage ich. »Warum?«

»Du hast echt ... Gespür für Geld. Ich sehe dich später in so einem großen Unternehmen arbeiten.«

Ich starre sie perplex an. Gespür für Geld? Ist das ein Schlag unter die Gürtellinie? Meint sie die 250 Euro, die ich von ihr zurückhaben möchte?

Pippa sieht aus, als sei sie sich keiner Schuld bewusst. Sie nimmt die Weinflasche. »Du willst doch bestimmt noch?«

»Äh, ja.«

Sie schenkt mein Glas randvoll.

Es wird still.

»Sollen wir uns in den Sommerferien vielleicht noch einmal hier treffen?«, schlägt Pippa vor. »Dann setzen wir uns schön in die Sonne und begießen unser Abitur. Das hätte doch was, oder?«

Abby seufzt tief. »Ich fürchte, bis zum Sommer hat mein Vater das Haus schon verkauft.«

»Was? Er will es verkaufen?«, ruft Pippa. »Warum? Er hat doch Geld satt?«

»Ja, aber er möchte gern von vorn anfangen. Und dieses Haus gehört nicht dazu. Er will es vor der Scheidung verkauft haben.«

»Deine Eltern lassen sich scheiden?«, frage ich.

Abby nickt ernst. »Höchstwahrscheinlich.«

»Himmel, ich wusste ja gar nicht, dass es so ernst ist. Ich dachte, sie wollten es noch einmal zusammen versuchen?«

»Dachte ich auch ... Aber letzte Woche haben sie beschlossen, sich scheiden zu lassen. Nur Pippa wusste davon. Ich, äh ... ich wollte es euch noch erzählen.« Sie starrt auf den Tisch.

»Du brauchst dich nicht schuldig zu fühlen«, sage ich leise. »Du erzählst uns davon, wenn du das willst. Ich verstehe, wie schwierig das alles für dich ist.«

»Ach, wahrscheinlich ist die Scheidung für alle besser«, sagt Abby cool, aber sie sieht aus, als würde sie gleich anfangen zu weinen. Sie tut mir leid. Das ganze Getue mit Abbys Eltern läuft nun schon seit einem Jahr.

»*It sucks, darling*«, murmelt Pippa.

Abby nickt.

Wieder wird es still, diesmal für länger. Es ist, als wäre unsere Gruppe ohne Kim aus dem Gleichgewicht geraten. Sie hat nie viel gesagt, aber ich merke, dass sie eine Art Kleister zwischen uns war. Und ohne diesen Kleister kommt es zu Rissen und Schweigen.

Pling, die Weinflasche berührt mein Glas. Pippa schenkt mir wieder nach.

»Wisst ihr, ich habe nachgedacht.« Abby streicht mit der flachen Hand über den Holztisch.

»Erzähl.« Pippa lächelt.

»Ich dachte gerade ... wir können doch auch einen Tag früher nach Amsterdam zurückfahren.«

Die Stille, die jetzt eintritt, dauert so lange, dass sie unangenehm wird.

Ich trinke mein Glas in einem Zug leer.

»Entschuldige, vielleicht habe ich dich nicht richtig verstanden«, sagt Pippa schließlich. »Aber warum möchtest du morgen schon weg? Wir hatten doch vereinbart, erst am Donnerstag zu fahren?«

»Ja, nein, das weiß ich ja.« Abbys Hand reibt schneller über die Tischplatte. »Aber seit Kim weg ist ...« Sie zuckt die Schultern.

»Es ist nicht unsere Schuld, dass sie weg ist«, brummt Pippa.

»Das sage ich doch auch nicht. Aber ich fühle mich einfach nicht wohl dabei. Ich meine, eigentlich sollten wir hier zu viert sitzen.«

»Also, ich habe nicht vor, morgen schon aufzubrechen«, schnauzt Pippa. »Ich lasse mir unseren Ausflug nicht von Kim verderben.«

»Du brauchst ja nicht gleich so sauer zu werden. Es war ja nur ein Vorschlag«, sagt Abby verletzt.

»Ich bin ja nicht auf dich sauer«, seufzt Pippa, »sondern auf Kim. Diese Aktion hat überhaupt keinen Stil. Ich werde ihr nächste Woche echt was erzählen.«

Abbys Finger kratzen am Holz.

»Und außerdem«, fährt Pippa fort, »fahre ich nicht bei diesem Wetter. Es muss erst aufhören zu schneien.«

»Wir haben doch Schneeketten?«

»Schneeketten sorgen auch nicht für bessere Sicht, du Schlaukopf. Ich habe keine Lust, gegen einen Baum zu fahren.«

»Oh.« Abbys Finger malt jetzt kleine Kreise. »Und wie machen wir das dann am Donnerstag, wenn es immer noch schneit?«

»Das sehen wir am Donnerstag, verflixt!«, ruft Pippa. »Kannst du jetzt mal damit aufhören?«

»Mit was?« Abby sieht sie mit großen Augen an.

»Mit diesem Herumfummeln. Das macht mich total nervös.«

»Okay, Entschuldigung.« Abby faltet die Hände. Ich sehe, wie ihre Finger zittern.

»Was hältst du eigentlich davon?«, fragt mich Pippa.

Ich seufze. Ich täte nichts lieber, als diesen deprimierenden Ort zu verlassen. Aber ich will auch nicht nach Hause, aus Angst, was ich dort vorfinden werde.

»Lasst uns morgen früh erst mal gucken, was das Wetter macht«, sage ich. »Wenn es nicht schneit, fahren wir zurück. Wenn es schneit, bleiben wir noch einen Tag. Was haltet ihr davon?«

»Jippie«, höhnt Pippa. »Noch jemand, der wegwill. Was ist denn mit euch los? Lahme Enten!«

Kapitel 21

Anderthalb Stunden später können mir Pippas plumpe Bemerkungen nichts mehr anhaben. Der Wein wirkt und alles hat seine spitzen Ecken verloren. Übrig bleibt nur das Gefühl zu schweben. Ich kann mich nicht mehr erinnern, wie viele Gläser ich getrunken habe, viele jedenfalls. Pippa hat stetig nachgeschenkt und ich habe stetig getrunken.

Ich kratze die letzten Reste Schokomousse aus meinem Schälchen und lecke den Löffel ab.

»Das war superlecker«, sage ich. »Gibt's noch was?«

Meine Stimme klingt seltsam schwer. Das überrascht mich und ich muss darüber lachen. Es überrascht mich auch, dass Abby mir ihr Schälchen zuschiebt.

»Du kannst meinen Nachtisch haben«, sagt sie.

»Wirklich?«

»Ja, ich gehe ins Bett.«

»Oh, na dann, danke.«

Pippa nickt. »Sehr vernünftig, sich hinzulegen.«

Abby steht auf und schlingt ihre Arme um sich, als wäre ihr kalt. »Ich bin einfach total erledigt.«

»Das weiß ich.« Pippa lächelt. »Versuch, dich mal so richtig auszuschlafen, morgen sieht alles wieder besser aus.«

»Tut mir leid, dass ich heute so ungesellig war.«

»Ach, das macht doch nichts. In einer halben Stunde bin ich auch im Bett. Wir sind alle müde.«

»Okay, bis dann.« Abby geht zur Tür.

»Schlaf schon mal gut.« Pippa wirft ihr eine Kusshand zu.

»Nacht«, murmele ich, den Mund voller Schokomousse.

Ich höre Abbys Schritte auf der Treppe. Pippa steht auf. Sie stapelt die schmutzigen Teller und Schälchen.

»Wenn du einen Moment wartest, helfe ich dir«, sage ich und stecke noch einen Löffel Nachtisch in den Mund.

»Unsinn. Iss du in aller Ruhe deine Mousse. Ich bin doch gleich fertig mit Abräumen.«

»Thanks.«

Ich lache ihr zu, sie lacht zurück. Das ist das erste Mal, dass ich sie nett finde, seit wir hier sind. Oder macht das der Alkohol?

Sie geht mit den Tellern raus. Wenige Augenblicke später höre ich den Wasserhahn aus der Küche. Pippa ruft etwas.

»Was sagst du?«, rufe ich zurück.

Sie erscheint in der Tür. »Ich habe gefragt, ob du Tee möchtest.«

»Nein danke.«

»Okay.«

Wieder lachen wir uns an.

Ich stecke den letzten Löffel Mousse in den Mund und lehne mich zurück. In der Küche klirren Tassen. Ein Schrank klappt auf und wieder zu. Pippa kommt mit einem Tablett ins Zimmer. Am anderen Tischende schiebt sie einen Stuhl zurück und setzt sich.

»Ich habe was für uns zum Tee«, sagt sie lächelnd.

»Uff, für mich nicht. Diese Mousse liegt mir ganz schön im Magen.«

»Und doch glaube ich, dass du das haben willst.« Sie wedelt mit etwas Schwarzem vor meinen Augen.

Ich versuche, meinen Blick scharf zu stellen und zu erkennen, was sie in den Händen hält. Ganz allmählich dringt es zu meinem betrunkenen Hirn durch: Es ist mein schwarzes Heft!
»Das gehört mir. Wie toll, das ist echt total toll. Danke schön, oh, vielen Dank!« Ich höre mich an wie ein kleines Kind. »Wo hast du es gefunden?«
Ich strecke meinen Arm über den Tisch, um das Heft entgegenzunehmen. Pippa zieht es mir vor der Nase weg.
Mein Arm bleibt stocksteif über der Tischplatte hängen. Verständnislos starre ich sie an.
»Nicht so schnell«, sagt sie, »wir müssen erst mal reden.«
Mein Hirn begreift es noch immer nicht. »Worüber?«
»Über bestimmte ... Dinge.«
Und dann, endlich, wird meinem benebelten Geist klar, was hier los ist. Mir klappt die Kinnlade herunter. »Du willst es mir gar nicht zurückgeben«, sage ich.
»Das sind deine Worte.«
Sie widerspricht mir nicht. Meine Hand fällt auf den Tisch wie ein nutzloses Werkzeug. »Wie kommst du an mein Heft?«
»Oh, ich bin heute Mittag zufällig darauf gestoßen, als ich pinkeln musste. Ich habe einen kurzen Blick in euer Zimmer geworfen. Wäre ja möglich gewesen, dass Kim sich dort versteckt, verstehst du? Aber statt Kim fand ich das da.« Sie wedelt noch einmal mit meinem Heft.
Ich glaube ihr kein Wort.
Pippa sieht mich kopfschüttelnd an. »Du musst wirklich ein bisschen vorsichtiger sein mit Dingen, die dir wichtig sind. Zum Glück habe *ich* es gefunden – stell dir vor, es wäre in die falschen Hände geraten!«
»Gib mir mein Tagebuch zurück«, sage ich leise.
Ihr Gesicht ist ausdruckslos. »Gleich vielleicht. Lass uns erst über deinen Vater reden.«

Es fühlt sich an, als würde sie mir einen Schlag in den Magen versetzen. »W-wie meinst du das?«

»Was für eine Geschichte, Mensch. Ich konnte nicht mehr aufhören zu lesen, das war ja spannend wie ein Roman. Du schreibst sehr gut.« Sie nickt mir ermutigend zu. »Ich hatte ja keine Ahnung von den Problemen deines Vaters. Die hast du schön vor uns verborgen gehalten.«

Mein Körper scheint den Faden verloren zu haben. Vor meinen Augen tanzen Flecken, meine Ohren summen, Galle steigt in meiner Kehle auf. Mit äußerster Anstrengung sage ich: »Es ist kein Geheimnis, ihr dürft es ruhig wissen. Ich wollte es euch bald erzählen.«

Das stimmt nicht, aber was soll ich sonst sagen?

Pippa lässt die Seiten meines Hefts unter ihrem Daumen rascheln. An ihren hochgezogenen Mundwinkeln kann ich sehen, wie sehr sie die Situation genießt.

»Wir sind da, um dir zu helfen«, sagt sie.

»Das sollte man meinen«, murmele ich.

»Vor uns brauchst du keine Angst zu haben.«

»Nein?«

Das Rascheln hört auf. Sie tippt mit dem Heftrand gegen ihre Lippe. »Aber was ist, wenn jemand anderes dieses Tagebuch findet?«

»Hä?«

Sie beißt jetzt leicht auf den Rand, als wollte sie mir zeigen, dass das wehtun wird. »Stell dir vor, es findet jemand von unserer Schule. Es kann mir ja einfach so aus der Tasche fallen. Kapierst du, was ich meine?«

So ein Aas.

So ein Aas!

Adrenalin schießt durch meinen ganzen Körper und füllt jede Pore. Der Schleier, den der Wein vor meine Augen gelegt hat, verschwindet. Ich sehe alles glasklar. Dieses gemeine Biest. Und wie Pippa das schwarze Heft in ihrer Hand hält. Sie erpresst mich!

»Natürlich wird das nicht passieren, ich passe gut auf dein literarisches Meisterwerk auf«, sagt sie. »Aber dafür will ich auch etwas haben, eine kleine Belohnung.«

Unter dem Tisch kneife ich so fest in meine Hände, dass es wehtut. Aber ich sage ruhig: »Was willst du?«

Eigentlich kenne ich die Antwort schon.

»Du erlässt mir die 250 Euro«, sagt sie sachlich.

»Okay«, springe ich viel zu schnell darauf an. »Bekomme ich dann jetzt mein Tagebuch?«

»Aber Fee. Nicht so gierig! Das ist gar nicht nötig, ich hebe es für dich auf«, sagt sie. »Das scheint mir besser.«

»Nein.« Ich beuge mich noch etwas weiter vor.

»Aber Fee, du hast es schon einmal verloren. Bei mir ist es in guten Händen, vertrau mir!«

Pippa rollt das Heft zusammen und steckt es sich zwischen Bauch und Hosenbund. Aus der Tasche zieht sie ein Päckchen Marlboro light und ein Feuerzeug. Sie klemmt sich eine Zigarette zwischen die Lippen und hält das Ende in die Flamme. Ich stelle mir vor, dass sie die Lunte einer Bombe anzündet. *Bum!*

Klick. Pippa lässt die Taste ihres Feuerzeugs los, die Flamme erlischt.

»Ich habe dich noch nie gemocht«, sage ich.

»Du solltest nichts sagen, was dir später leidtun könnte.« Pippa lächelt und schenkt mir den letzten Rest Wein ins Glas. »Trink doch noch etwas. Ich glaube, das schmeckt dir, genau wie deinem Vater.«

Etwas zerspringt. Meine Hand saust durch die Luft. *Klatsch!* Ich schlage ihr mitten ins Gesicht, es klingt wie im Film. Pippas Kopf fliegt nach hinten, ihre Zigarette fällt glimmend auf den Tisch.

Sie schaut mich verblüfft an. Ich balle meine Hand zur Faust, als wollte ich sie noch einmal schlagen. Ihr Blick wird ängstlich und sie schützt ihren Kopf zwischen hochgezogenen Schultern.

So sitzen wir uns ein paar Augenblicke gegenüber. Es ist, als wüssten wir beide nicht, was wir jetzt machen sollen. Ich habe noch nie jemanden geschlagen, aber es fühlt sich gerade unglaublich gut an. Ich wünschte, ich hätte es schon früher getan.

Auf Pippas Wange erscheint ein knallroter Fleck. Sie reibt mit ihrer Hand darüber. Ihre Augen verengen sich, sie senkt die Schultern. Ihr Schrecken lässt nach.

»Das war sehr dumm von dir«, sagt sie mit eisiger Beherrschung.

»Ja.«

»Das wird dich sehr viel extra kosten.«

»Das glaube ich nicht.«

»Wie bitte? Ich glaube, du verstehst nicht richtig.« Ihre Augen sind zu Schlitzen geworden. Ich kann ihre Pupillen kaum mehr erkennen. »Ich habe dein Heft, weißt du noch?«

»Das begreife ich sehr gut.«

Ich begreife es sogar besser als vorhin. Alle Teile haben ihren Platz gefunden. Ich will nicht ihre Marionette sein. Sosehr sie auch an den Schnüren zieht, ich mache da nicht mit. Mein Leben ist schon schlimm genug ohne dieses Geschwätz. Ich lasse dieses schwarze Loch nicht noch größer werden.

Ich stehe auf. »Viel Spaß damit.«

Ihre Augenbrauen und Lider schießen hoch, ihr Mund steht offen. Unter anderen Umständen würde ich über ihren Gesichtsausdruck lachen. Sie sieht dumm und clownhaft aus.

»Wenn du glaubst, du könntest hier so einfach weglaufen, bist du schiefgewickelt«, zischt sie.

»Ach ja? Ich gehe jetzt.«

»Was werden sie in der Schule sagen, wenn man dein Heft finden wird? Es wird *das* Gesprächsthema sein nach den Weihnachtsferien.«

»Schöne Grüße«, sage ich lächelnd. »Von mir aus kannst du jemand anderen erpressen.«

Kerzengerade verlasse ich den Raum, gehe in die Diele, zur Garderobe und mit meiner Jacke und Stiefeln nach draußen. Ich bin immerhin so klar, dass ich die Tür einen Spalt offen lasse.

Die kalte Luft im Freien beißt mir ins Gesicht. Ich schnappe nach Atem und fange an zu zittern. Was habe ich getan? Oh mein Gott, was habe ich getan? Hätte ich nicht lieber nachgeben sollen? Mein Magen verkrampft sich, ich habe den bitteren Geschmack von Galle im Mund. Ich lasse mich im Schnee auf die Knie fallen und halte mir mit einer Hand die Haare zurück. Ich würge und übergebe mich. Es ist, als würde ein Deich brechen. Es kommt in Wellen, bis mein Magen leer ist.

Mit dem Saum meiner Jacke wische ich mir über den Mund. Ein wenig zittrig stehe ich auf und atme tief durch. Die frostige Kälte füllt meine Lungen, Schneeflocken kleben an meiner Jacke.

»Wie kann sie es wagen«, sage ich, nur um meine eigene Stimme zu hören. Ich spüre, wie mich das etwas stärker macht. »Was für ein Aas.«

Plötzlich höre ich etwas, es raschelt zwischen den Bäumen. Erschrocken schaue ich mich um. Ist Pippa vielleicht nach draußen gekommen? Ich spähe in den dunklen Schneevorhang. Vielleicht ist es ja ein Tier. »Kssssscht«, sage ich. »Verschwinde.«

Es bleibt still. Ich verkrieche mich tiefer in meine Jacke. Ich fühle mich so krank. Krank vom Trinken. Krank von Pippa. Krank von diesem Ausflug. Ich gehe ein paar Schritte und fange an zu überlegen, wie ich ihr das heimzahlen werde. Noch anderthalb Wochen, bis die Schule wieder anfängt.

ABBY

Kapitel 22

Das Geräusch hört sich an, als würde jemand stolpern. Ich blinzle vorsichtig durch die Wimpern. Pippa humpelt im Nachthemd durch unser Zimmer. »Au, au, au«, sagt sie leise. Sie bückt sich und reibt über ihren Fuß. »Scheiß Bett.« Als sie zu mir hinüberschaut, kneife ich schnell die Augen zu und stelle mich schlafend. Ich höre, wie unsere Zimmertür aufgeht und wieder zugemacht wird, ein paar Sekunden später folgt die Badezimmertür.

Ich seufze und drehe mich auf den Rücken. Tageslicht schimmert durch die rosa Vorhänge und zeichnet zarte Schatten auf die Decke. Ein Windstoß bläht den Stoff. Die Schatten bewegen sich mit, nach rechts und wieder nach links. Ein erneuter Windstoß bläst die Vorhänge von der Fensterbank weg, die Schatten schießen über die Decke davon. Draußen heult der Wind, er weht viel heftiger als gestern. Hoffentlich können wir heute nach Amsterdam zurückfahren. Ich will wirklich keine Sekunde länger hierbleiben.

Die halbe Nacht habe ich wach gelegen und gegrübelt. Ungefähr eine halbe Stunde nach mir habe ich Pippa nach oben kommen hören. Sie hat sich mucksmäuschenstill ausgezogen und ist ins Bett gekrochen. Ich habe nichts gesagt und innerhalb weniger Minuten wurde ihr Atem tief und regelmäßig. Eine ganze Zeit später hörte ich Felines Schritte durch das Haus tappen, die Treppe hinauf, ins Zimmer und wieder hinunter. Wahrscheinlich konnte sie auch nicht schlafen.

Und dann war ich allein mit meinen Gedanken. Für mein Gefühl dauerte es noch Stunden, bis ich einschlief. Mir war zu warm. Mein Kissen war zu hart. Meine Füße hatten sich in der Bettdecke verheddert. Es kam mir vor, als wäre ich gefangen in dem, was ich getan hatte. Lügen und Ängste sind schlechte Gesellschafter in der Nacht. Ich weiß nicht, wie oft ich den Film in meinem Kopf abgespielt habe. Und jedes Mal war das Ende wieder dasselbe, bis es fast unerträglich wurde, darüber nachzudenken.

Meine Augen brennen, ich blinzele ein paar Mal. Warum um Himmels willen habe ich das getan? Ich war so feige, so gemein. Was war nur in mich gefahren? Ja, ich hatte getrunken, viel sogar. Aber das ist keine Entschuldigung. Eine Träne läuft über meine Wange. Ich ziehe die Nase hoch. Doch es hilft nichts, die nächste Träne rollt. Ich stopfe mir die Bettdecke in den Mund und beiße ganz fest darauf, schluchze lautlos. Warum muss ich immer alles verderben, was ich habe? Es ist immer dasselbe Lied. Vielleicht ist das ja krankhaft?

»Du weinst. Was ist los?«

Ich erschrecke und setze mich auf.

Pippa steht in ein Handtuch gewickelt neben dem Bett. Ich war so in Gedanken, dass ich sie nicht habe zurückkommen hören. Sie schaut mich an, als könne sie nicht glaube, was sie sieht.

»Abby, geht's denn?«, fragt sie besorgt.

Mit der Decke wische ich mir über die Augen. »J-ja, ja.«

Pippa setzt sich neben mich. Wassertropfen kleben an ihrer Haut. Sie riecht nach süßlichem Duschgel und Deo. »Abbyschätzchen, du ertrinkst fast in deinen Tränen, ich habe dich noch nie so traurig gesehen. Was ist los?«

Ich zucke mit den Schultern und ziehe gleichzeitig die Nase hoch.

»Ist es wegen Kim?«

Stockend gebe ich Antwort. »N-n-nein.«

»Machst du dir Sorgen wegen der Scheidung deiner Eltern?«
Ich schüttele den Kopf.

»Bitte, Abby, was ist es denn? Erzähl's mir. Ich bin deine beste Freundin.« Sie nimmt meine Hand und drückt sie sanft.

Ich schließe die Augen. »Ich ... ich ... ich habe vorgestern mit Jeroen rumgeknutscht.«

Stille.

»Ist das alles?«, höre ich Pippa sagen. »Du Ei, ich habe mir total Sorgen gemacht. Ich dachte, es wäre was furchtbar Schlimmes passiert.«

Ich öffne die Augen.

Pippa lächelt.

Ihre Reaktion ist ganz anders, als ich erwartet hatte. Nervös erwidere ich ihr Lächeln.

»Davon geht die Welt bestimmt nicht unter«, sagt sie.

Erneut kommen mir die Tränen. »Aber ich bin fremdgegangen«, jammere ich. »Ich bin einfach fremdgegangen.«

»Nur die Ruhe«, sagt Pippa. »Hast du ihn nur geküsst?«

Ich ziehe meine Knie zur Brust. »Ja ... na ja ... nein ... es sind noch ein paar andere Dinge passiert, du weißt schon, äh, er hat ... mit seiner Hand ...«

»Ja, ja, ich kapier schon. Aber die Frage ist: Hast du mit ihm geschlafen?«

Erleichtert sage ich: »Nein.«

Es hatte nicht viel gefehlt. Ich lag auf dem Sofa, Jeroen auf mir. Feline war schon im Bett, Pippa und Stijn waren auch oben und Kim und Daan hatte ich schon eine ganze Weile nicht mehr gesehen. Jeroen streifte meine Leggings herunter. Ich ließ ihn machen, als wäre ich jemand anderes, auf den ich keinen Einfluss hatte. Ein Finger verschwand in meiner Unterhose. Jemand stöhnte. War ich das? Überall waren Beine, Arme, Finger. Dann legte er sich mit seinem ganzen Gewicht auf mich. Haut an Haut. Ich hatte etwas Hartes zwischen den Beinen. Fast war er in mir. In dem Moment habe ich ihn von mir weggeschoben und geschrien: »Neeeeiiiin!« Ich weiß nicht, wessen Gesicht verblüffter war, seines oder meins.

Ich versuche die Erinnerung an diesen Abend zu verdrängen, aber das Schamgefühl bleibt.

Pippa legt ihre Hand auf meine. »So schlimm ist küssen doch nicht. Das ist für mich kein Fremdgehen.«

»Ich fühle mich schrecklich.«

»Nicht nötig. Es ist passiert. Daran kannst du jetzt sowieso nichts mehr ändern.« Sie seufzt. »Du hättest es mir früher erzählen sollen. Gestern bist du rumgelaufen wie ein Zombie. Hätte ich nur vorher gewusst, wieso.«

In meiner Kehle steigt ein Schluchzen auf. »Ich hab mich nicht getraut, es zu erzählen. Ich dachte ... Ich hatte Angst ... Ich ... Es tut mir leid.«

Sie schaut mich lange an. »Es macht nichts«, sagt Pippa schließlich. »Ich bin froh, dass ich es jetzt weiß.«

Ich zupfe am Bettbezug. »Ich auch.«

»Wirst du es Casper erzählen?«, fragt Pippa.

Casper. Nur seinen Namen zu hören jagt mir einen Schauder über den Rücken. Ich sehe ihn fast vor mir, mit seinen dunklen, krausen Haaren, seinen starken Armen, die mich so oft getröstet haben, seinen Grübchen in den Wangen. Er wird es mir nie verzeihen. Ich würde es ihm auch nicht verzeihen.

»Nein«, flüstere ich. »Ich werde es ihm nicht erzählen.«

»Das musst du selbst entscheiden.« Aber Pippa sagt das in einem Ton, als fände sie es sehr vernünftig von mir.

»Ich liebe Casper, ich will ihn nicht verlieren.«

»Natürlich liebst du ihn.«

»Ich habe solche Angst, dass er es erfährt.«

»Er wird es nie herauskriegen. Das ist unser Geheimnis.«
»Aber stell dir vor, er begegnet Jeroen mal«, sage ich voller Panik. »Und dass sie ins Gespräch kommen und über mich reden.«
»Das passiert nicht. Sie kennen sich nicht und Amsterdam ist groß. Du grübelst zu viel, Abby.«
Erschöpft reibe ich mir die Augen. »Meinst du, ich sollte es Fee erzählen?«
»Nein«, sagt sie ruhig. »Je weniger Menschen davon wissen, desto besser.«
»Okay.«
Ich fühle mich wie eine Verbrecherin. Meine Augen fangen schon wieder an zu brennen.
Pippa streichelt meine Hand. »Geh mal schön duschen, dann ziehe ich mich an und mache Frühstück.«
Ihr Gesicht strahlt und in ihren Augen blitzen Lichter, als erfülle sie die ganze Sache mit neuer Energie. »Hopp, hopp ins Bad«, sagt sie lächelnd.
Ich gleite aus dem Bett. »Danke schön«, murmele ich.
»*That's what friends are for.*« Sie zwinkert mir zu.
»Und, Abby, darf ich dir noch einen guten Rat geben?«
»Äh, ja.«
»Vergiss es. Vergiss es einfach.«

Kapitel 23

Als ich aus dem Badezimmer zurückkomme, ist Pippa bereits unten. Schon auf dem Flur riecht es nach Eiern mit gebratenem Speck. Ich hoffe, dass ich gleich überhaupt etwas herunterkriege. Mein Magen fühlt sich klein und verschrumpelt an. Könnte ich doch bloß alles vergessen, so wie Pippa es gesagt hat. Pippa ist darin ganz groß. Das ist auch einer der Gründe, weshalb ich so gern in ihrer Gesellschaft bin. Von all meinen Freundinnen ist sie die einzige, die sich nie lange damit beschäftigt, dass ich zu Hause solche Probleme habe. Bei allen anderen habe ich immer das Gefühl, dass sie Mitleid mit mir haben.

Aber Pippas »Vergiss es« ist leichter gesagt als getan. Ich grüble ständig weiter, auch wenn es zu nichts führt. Was, wenn Casper doch dahinterkommt? Wie habe ich unsere Beziehung nur so aufs Spiel setzen können? Könnte ich die Zeit bloß um zwei Tage zurückdrehen. Wie soll ich ihm jemals wieder in die Augen schauen? Ich verzweifele fast an diesen Gedanken.

Ich habe große Angst, dass Feline mir sofort ansieht, dass etwas nicht mit mir stimmt. Pippa hat leicht reden. Sie braucht nicht zu lügen. Gestern hat mich Feline auch schon ein paarmal gefragt, was los sei. Sie dachte, ich würde mich schuldig fühlen wegen des Streits mit Kim. Das müsste eine gute Freundin auch. Aber ich habe nur an mich selbst gedacht.

Als Feline gestern Morgen vorgeschlagen hat, Kim zu suchen, dachte ich als Erstes: Ich darf nicht mitgehen, denn dann treffe ich Jeroen. Denk an Casper, hielt ich mir selbst vor. Aber ich dachte auch: Vielleicht kann ich Jeroen kurz sehen. Nur ganz kurz, um ihn mir dann aus dem Kopf zu schlagen. Als dann klar war, dass die Jungs schon weg waren, war meine Enttäuschung riesengroß. Aber die Scham war möglicherweise noch größer. Wie konnte ich mich schon wieder so gehen lassen?

Unentschlossen stehe ich vor meiner Tasche. Dabei ist es doch vollkommen unwichtig, was ich heute anziehe. Ich ziehe eine Jeans heraus. Der feste Stoff scheuert über meine Oberschenkel, und der Knopf sitzt viel zu eng. Mir wird schlecht davon. Schnell zwänge ich mich wieder aus der Hose. Fast muss ich wieder weinen, so elend ist mir. Ich fische eine formlose graue Jogginghose aus meiner Tasche. Sie sieht unmöglich aus, aber sie sitzt angenehm. Ich nehme noch eine alte Jacke, so eine mit Kapuze und tiefen Taschen. Den Reißverschluss ziehe ich bis zum Kinn hoch.

Mehr aus Gewohnheit als aus Notwendigkeit fange ich an, mich zu schminken. Im dämmrigen Licht unseres Zimmers sieht mein Gesicht ganz grau aus. Ich verteile Foundation darauf. Meine Finger reiben so fest über meine Wangen, dass sie rot werden.

Casper gefalle ich ohne Make-up am besten. Als ich ihn zum ersten Mal sah, wusste ich sofort: Das ist er! Das war auf der Weihnachtsfeier der Firma meines Vaters vor fast einem Jahr. Ich langweilte mich zu Tode zwischen all den grauen Anzügen und Kostümen. Papa hatte darauf bestanden, dass ich mitging, denn als Direktor musste er ein gutes Beispiel geben und einige Mitarbeiter würden vielleicht auch ihre Kinder mitnehmen. Kurz gesagt, ich hatte mich überreden lassen, aber das Durchschnittsalter schien bei vierzig plus zu liegen.

Ich erinnere mich noch sehr gut, dass ich ein Glas Cola light trank, während ich mich fragte, wie ich mich wohl so schnell wie möglich von dieser schrecklichen Veranstaltung verdrücken könnte. Und dann sah ich ihn plötzlich. Er lehnte ganz lässig an der Bar: dunkle Haare, Jeans, schwarzes Hemd. Alles Weitere war wie im Film. Sein Kopf drehte sich langsam in meine Richtung. Und dann – wirklich – blieb die Welt einen Augenblick stehen. Er begann zu lachen. Und ich musste auch lachen. Ich konnte nur noch denken: Was für ein toller Typ! Er kam mit einem breiten Grinsen auf mich zu. Ich hatte gerade noch Zeit, mein schwarzes Röckchen zurechtzuzupfen und mir mit der Hand durch die Locken zu fahren.

Wir haben uns an diesem Abend über alles Mögliche unterhalten. Über sein BWL-Studium, meine Schule, die Bücher, die er las, meine Eltern, seine Eltern. Sein Vater ist Inhaber der Werbeagentur, die die großen Kampagnen für die Firma meines Vaters macht. Casper war zum ersten Mal zu einer Weihnachtsfeier mitgegangen. Und nein, er hatte auch keine Lust dazu gehabt. Wir mussten viel lachen. Es war aber auch alles so zufällig. Ich rückte näher zu ihm. Er legte seine Hand auf meine. Ich war mir meiner selbst so bewusst. Es war, als würde alles immer größer, wie aufgeblasen: mein Lachen, meine Gesten, mein Herzschlag. Wir sind bis zum Ende der Feier geblieben.

Von dem Abend an ging es schnell. Wir sahen uns jedes Wochenende und telefonierten täglich. Noch nie hatte ich eine so hohe Telefonrechnung. Ich war so froh, dass es ihn gab, ohne ihn hätte ich diese Zeit nicht überlebt. Zu Hause war die Hölle ausgebrochen. Meine Mutter war auf die simpelste aller Arten dahintergekommen, dass mein Vater sie schon seit Jahren mit seiner Marketing-Assistentin betrog: Sie hatte einen ziemlich unzweideutigen Zettel von ihr in seiner Hosentasche gefunden. Er leugnete es gar nicht, als sie ihn weinend damit konfrontierte. Manchmal glaube ich sogar, dass es eine Erleichterung für meinen Vater war, dass meine Mutter alles entdeckt hatte. Jetzt brauchte er nicht länger so zu tun, als wären wir eine glückliche Familie. Wir fielen auseinander wie eine Sandburg in der Brandung. Innerhalb weniger Wochen war alles weg, was ich für selbstverständlich gehalten hatte.

Meine Mutter hasste meinen Vater. Ich nicht. Ich hätte mir gewünscht, dass ich auch so fühlen könnte, aber es ging nicht. Irgendwo in seinen Augen sah ich eine Leere, die ich nicht verstand. Doch sie machte mir Hoffnung. Vielleicht tat es ihm leid, und er sah, dass wir viel wichtiger waren als seine kaum dreißigjährige Marketing-Assistentin. Er brauchte nur Zeit, dann würde alles wieder gut werden. Ich vergab ihm, dass er fast nie zu Hause war. Die Abende, an denen er da war, verbrachte er allein in seinem Arbeitszimmer.

Meine Mutter dagegen verwandelte sich langsam in eine Frau, die ich nicht kannte: von sanftmütig und aufgeweckt zu einem verbitterten, jammernden Opfer. Die Falten in ihrem Gesicht wurden mit jedem Tag tiefer, ihre Worte immer verletzender. Sie konnte nur noch über Papa klagen: Er hatte ihre Ehe zerstört, er hatte nur an sich selbst gedacht, er war ein schlechter Ehemann, er hatte uns einfach sitzen lassen. Das machte mir Angst, denn meine Mutter redete über ihr Leben mit Papa, als wäre es schon vorbei.

In den darauf folgenden Monaten sprachen meine Eltern kaum miteinander. Sie lebten wie zwei starre, unerschütterliche Mühlsteine nebeneinanderher, und ich wurde dazwischen geplättet, als gäbe es mich gar nicht. Dennoch hoffte ich weiter. Bis zur letzten Woche, als sie mir eröffneten, sie würden sich scheiden lassen. Ich konnte es nicht glauben. Sie lächelten und meinten, die Scheidung sei für alle besser. Es würde sogar nett werden: Ich würde zwei verschiedene Zimmer bekommen, zwei Mal im Jahr meinen Geburtstag feiern und auch sonst bestimmt jede Menge Vorteile haben. Sie scherzten, beruhigten mich, fassten mich an den Händen. Auf einmal waren sie wieder die Eltern, auf die ich die ganze Zeit hatte verzichten müssen. Doch in mir zerbrach etwas. Ich war aufgestanden und hinausgerannt, direkt zu Casper.

Zum Glück war er zu Hause gewesen, sonst hätte ich mich vielleicht noch vor ein Auto geworfen. In seinen Armen weinte ich, bis ich keine Tränen mehr hatte. Er flüsterte mir liebe Worte ins Ohr. Es fühlte sich wieder an wie am Anfang: er und ich zusammen gegen den Rest der Welt, vor allem gegen meinen Vater und meine Mutter. In der letzten Zeit hatte ich Casper so oft mit seinen Studienkollegen teilen müssen, mit seinem Hockeyteam, mit Prüfungen und Mitbewohnern. Er hatte immer viel zu tun. Erst in dem Moment merkte ich, wie sehr ich ihn vermisst hatte.

»Abby, Feline, kommt ihr?«, höre ich Pippa da von unten rufen. »Frühstück ist fertig!«

»Ich komme«, rufe ich mit gepresster Stimme.

Warum um Himmels willen habe ich bloß einen anderen geküsst?

Ich komme mir vor wie mein Vater. Ich ziehe die Bettdecke glatt und streiche alle Falten weg, bis es wie ein Bett aussieht, das in einer Möbelausstellung steht: faltenfrei, neu und frisch. Seufzend gehe ich in die Küche. Wäre es doch auch nur so einfach, die zerknitterten Stellen aus meinem Leben zu streichen!

Kapitel 24

Lustlos stochere ich mit meiner Gabel im Spiegelei. Der Dotter platzt und rinnt gelb über das Eiweiß und die gewellten Speckränder. Ich schneide ein Eckchen aus meinem Butterbrot und zwinge mich, es aufzuessen, als wäre es eine Strafe. Das Ei glibbert in meinem Mund. Würgend schiebe ich meinen Teller zur Seite.

»Schmeckt's dir nicht?«, fragt Pippa.

Schnell schlucke ich den Bissen hinunter. »Doch, ich finde es köstlich«, lüge ich, »aber ich habe keinen großen Hunger.«

»Oh, wie schade.« Sie lächelt.

»Ja.« Mit einem großen Schluck Tee spüle ich den fetten Eigeschmack weg.

Ich schaue hinaus. Die Welt ist noch kleiner und grauer als gestern, dichter Nebel hängt ums Haus. Im grauen Dunst rasen Schneeflocken hintereinander her, aufgescheucht vom starken Wind. Es sieht aus, als würde es schon dämmern, obwohl es gerade erst zwölf Uhr ist.

»Glaubst du, wir können heute weg?«, frage ich, obwohl ich die Antwort selbst kenne.

Pippa schüttelt den Kopf. »Nicht, wenn das Wetter so bleibt.«

»Vielleicht ist es ja nur ein lokaler Schneeschauer und es klart gleich auf«, sage ich hoffnungsvoll.

»Was glaubst du selbst?«

Ich zucke die Schultern.

»Wir bleiben hier«, sagt Pippa resolut. »Es ist irre, jetzt zu fahren. Die Sicht ist noch schlechter als gestern.«

»Und was ist mit morgen? Können wir denn morgen weg?«, flehe ich.

»Ganz ehrlich, ich weiß es nicht. Es muss auf jeden Fall aufhören zu schneien.«

»Aber wir können doch nicht hierbleiben?« Ich klinge wie ein quengelndes Kind, das seinen Willen nicht bekommt. »Morgen ist Heiligabend.«

»Als ob dir das so wichtig wäre«, höhnt sie. »Du wirst ja wohl kaum gemeinsam mit deinen Eltern gemütlich in die Mitternachtsmesse gehen, wenn sie in Scheidung leben.«

Ich schweige.

»Sieh es positiv«, fährt Pippa fort. »Ich feiere Weihnachten lieber hier als zu Hause. Bei meinen Eltern ist das immer eine langweilige Angelegenheit.«

Pippa macht sich wirklich keine Gedanken darüber, glaube ich. Es ist, als könne ihr heute nichts und niemand die Laune verderben.

»Ich möchte aber nach Hause«, sage ich.

»Abby, hör auf.«

»Willst du denn nicht?«

»Nein.« Sie seufzt. »Wenn du nicht mit Jeroen geknutscht hättest, würdest du auch lieber hierbleiben wollen.«

»Vielleicht.« Ich starre auf mein Ei. Das Eigelb ist inzwischen gestockt und ganz hart. Ich schiebe den Teller noch ein Stück weiter weg von mir.

»Weißt du«, sagt Pippa. »Ich mag dich sehr. Aber manchmal nervst du mich auch ganz schön.«

»Oh.«

»Ja. Du machst die Probleme immer größer, als sie sind. Ich sagte doch: Vergiss es!«

»Das versuche ich ja.« Meine Augen brennen. »Aber es klappt nicht.«

»Abby, jetzt wird nicht mehr gegrübelt, okay? Alles wird gut.«

»Ich hoffe es«, murmele ich.

»Ich verspreche es.« Pippa steht auf, lehnt sich über den Tisch und küsst mich auf die Wange. Ihre Haare streifen mein Gesicht.

»Du bist lieb«, sage ich schniefend. Heute braucht es echt wenig, um mich zum Weinen zu bringen.

»Das weiß ich.« Sie grinst und setzt sich wieder hin. »Denk nur an Aix. Dort machen wir ein Jahr lang Party, das ist doch eine schöne Aussicht, oder?«

»Ja«, sage ich leise.

Als Pippa vor einiger Zeit vorschlug, dass wir gemeinsam in Frankreich studieren könnten, habe ich mit beiden Händen nach dieser Chance gegriffen. Ein Jahr ohne das Geschwätz meiner Eltern ist genau, was ich brauche. Aber seit wir letzte Woche die Studienbestätigung bekommen haben, zweifele ich daran. Es ist auch ein Jahr ohne Casper. Was, wenn ich ihn verliere? Ich kann ihm ja noch nicht einmal vier Tage treu bleiben. Ich schlucke die Tränen hinunter, die schon wieder aufsteigen wollen.

Pippa schaut auf ihre Uhr. »Verdammt, wo bleibt eigentlich Fee? Ihr Ei wird kalt.«

»Sorry, was hast du gesagt? Feline?« Ich strenge mich an, das Thema zu wechseln. »Ich, äh, ich weiß nicht, wo sie ist.«

»Das ist schon der dritte Morgen, an dem wir auf sie warten«, murrt Pippa. »Sie glaubt wohl, das ist hier ein Hotel.«

»Vielleicht hat sie wieder Halsschmerzen«, versuche ich meine Freundin zu entschuldigen.

Pippa streicht mit einem Stück Brot durch die Reste von ihrem

Ei. Ich schaue in eine andere Richtung, als sie es sich in den Mund steckt.

»Ach, wie tragisch, sollte sich die Dame wieder nicht wohlfühlen? Ich glaube eher, dass sie einen Kater hat. Sie hat sich gestern ziemlich die Kante gegeben.«

Das klingt unfreundlich. Erstaunt starre ich Pippa an. Ihr Gesichtsausdruck ist neutral.

»Na ja, ich hoffe, es geht ihr heute ein wenig besser.« Sie lächelt und streckt sich.

»Äh, ja, das hoffe ich auch«, sage ich.

Pippas Lächeln wird breiter. »Ich habe Lust auf Kaffee, du auch?«

»Ja, ich koche gleich welchen«, sage ich, froh, etwas tun zu können.

Ich gehe zur Anrichte und fülle die Kaffeemaschine mit Wasser, dann nehme ich einen Filter aus dem Küchenschrank, messe vier Löffel Kaffee ab und lasse sie in den Filter fallen. Als Letztes drücke ich auf den Knopf. Von diesen einfachen Verrichtungen geht etwas Beruhigendes aus. Brodelnd setzt sich die Maschine in Bewegung.

»Möchtest du warme Milch?«, frage ich.

»Gern.« Pippa schüttelt ihre Haare zurück. »Weißt du, was ich heute Nachmittag mache?«

»Nein, erzähl.«

»Ich werde ein Buch lesen. Bei dem Wetter geht man sowieso besser nicht vor die Tür.«

»Was für eine gute Idee.« Ich schütte Milch in einen kleinen Topf. »Was liest du gera...«

Das Licht in der Küche erlischt, der Kühlschrank brummt nicht mehr, das Brodeln der Kaffeemaschine setzt aus. Plötzlich herrscht Totenstille. Meine Hand schwebt wie erstarrt über dem Topf.

»*What the fuck?* Was soll das denn? Feline?«, fragt Pippa erschrocken.

Ich stelle die Milchpackung mit einem Knall auf die Anrichte und seufze abgrundtief. »Ich fürchte, da sind ein paar Sicherungen rausgeflogen.«

Kapitel 25

Im Schein einer schwachen Kerzenflamme starren wir in den dunklen Sicherungskasten. Wir haben eine gute Viertelstunde gebraucht, bis wir ihn im Schrank unter der Treppe, hinter dem Staubsauger und dem Putzzeug gefunden hatten. Es ist das erste Mal in meinem Leben, dass ich eine Sicherung austausche. Offensichtlich gilt für Pippa das Gleiche.

»Meine Güte, was ist das denn?«, sagt sie. »Sieht aus wie ein Mischpult von einem DJ mit all den Knöpfchen und Zählern.«

Sie hält die Kerze etwas höher. Wir blicken auf sechs schwarze Schalter. Sie ragen alle nach oben.

»Meiner Ansicht nach sind das die Sicherungen«, sage ich.

»Also ...?«

»Also müssen wir nachsehen, welche da rausgeflogen ist«, sage ich sicherer, als ich mich fühle.

»Klingt gut, aber wie kriegen wir das raus?«

»Äh, mal schauen.«

Ich starre auf die Schalter, in der Hoffnung, dass sich die Antwort schon zeigen wird. Aber ich könnte mir genauso gut einen defekten Rasenmäher ansehen: Ich habe wirklich keine Ahnung, welche Sicherung kaputt sein könnte.

»Na?«, fragt Pippa ungeduldig.

»Ich weiß es nicht«, murmele ich.

»Das ist nicht dein Ernst, oder?«, zischt sie. Das Flämmchen flackert.

»Dann guck doch einfach selbst!«, sage ich verärgert.

»He, nur die Ruhe, ich nehme dir nichts übel.« Sie grinst, was im Kerzenlicht ziemlich geisterhaft aussieht. »Ich habe eine Idee.«

»Erzähl, ich brenne vor Neugier.«

Sie neigt ihr Gesicht näher zur Kerze und sagt: »Wir drücken die Schalter nacheinander in die andere Richtung. Wenn das Licht wieder brennt: Bingo! Dann haben wir die kaputte Sicherung gefunden!«

Das klingt einleuchtend. »Okay, prima.«

Pippa nickt, macht aber nichts.

»Was ...?«, frage ich.

»Nur zu«, sagt sie und lächelt freundlich. »Ich halte die Kerze, damit du besser sehen kannst.«

Ich seufze. Das ist typisch Pippa. Ideen haben, aber sie nicht ausführen wollen. Ich bin zu müde, um mich dagegen zu wehren.

»Also gut.« Ich nähere meine Hand dem ersten Schalter. Irgendwie bin ich davon überzeugt, eine gewischt zu kriegen. Aber es passiert nichts. Ich drücke den Schalter nach unten. Klick. Erwartungsvoll schauen wir zum Kronleuchter in der Diele. Noch brennt keine einzige Glühbirne.

»Next«, sagt Pippa.

»Jaha«, antworte ich kratzbürstig. Ich lege noch einen Schalter um. Klick. Wieder nichts. Klick. Klick. Klick. Auch bei den drei anderen Schaltern kein Ergebnis.

»Jetzt der letzte«, murmele ich.

Klick. Es bleibt dunkel.

»Hm, wie kann das denn sein?«, fragt Pippa.

»Ich habe keinen blassen Schimmer«, sage ich enttäuscht.

»Shit, ich habe keine Lust, den ganzen Tag im Dunkeln zu hocken. Haben wir was falsch gemacht?«

»Nicht dass ich wüsste. Aber ehrlich gesagt habe ich auch nicht so viel Ahnung davon.«

»Wer könnte die denn haben?«, fragt sie nachdenklich.

»Mein Vater«, sage ich mehr im Scherz.

Pippa schaut mich an, als hätte ich zum zweiten Mal das Rad erfunden. »Natürlich! Warum haben wir nicht schon eher daran gedacht? Komm, wir rufen jetzt sofort an!«

Ich stöhne. Nur eins kann diesen Tag noch schlimmer machen: mit meinem Vater zu sprechen.

»Muss das wirklich sein?«, frage ich.

»Ja.« Sie klingt unerbittlich. »Komm, wir holen das Telefon.«

Seufzend lasse ich mich mitziehen. Pippa geht mit der Kerze voran. Unsere Schatten folgen uns an der Wand. Es hat etwas Düsteres, tagsüber durch ein dämmriges Haus zu laufen.

»Meine ich das nur oder ist es hier plötzlich kalt geworden?«, fragt Pippa.

»Nein, ich finde es auch kalt. Vielleicht ist die Heizung ausgefallen?«

»Läuft die denn mit Strom?«

»Weiß ich's?«

»Mensch, was für ein Scheiß.«

»Ja.«

Pippa bleibt stehen, um die Tür zum Wohnzimmer zu öffnen. Ich stelle mich hinter sie und mein Schatten verschmilzt mit ihrem zu einem großen schwarzen Fleck.

Wir betreten das Wohnzimmer, in dem das Tageslicht blass durch die Fenster fällt. Pippa stellt die Kerze auf den Beistelltisch neben dem Sofa und nimmt das schnurlose Telefon von der Basis.

»Bitte schön«, sagt sie.

Schlaff starre ich das Ding an. Nur dreizehn Ziffern entfernt von der Stimme meines Vaters und dem ganzen Elend zu Hause.

»Ich will nicht«, sage ich.

»Abby, stell dich nicht an. Du brauchst nur zu fragen, wie der Sicherungskasten funktioniert. That's it.«

»Du hast leicht reden!«

»Sorry«, sagt sie, aber es klingt überhaupt nicht schuldbewusst.

Ganz langsam tippe ich die Telefonnummer ein. Mir fällt erst jetzt auf, dass ich meine Fingernägel bis zum Fleisch abgeknabbert habe. Mein Zeigefinger schwebt zögernd über der grünen Taste.

»Oh, jetzt mach schon!« Bevor ich sie daran hindern kann, drückt Pippas Finger auf die Taste.

»Tut mir leid.« Lautlos formt ihr Mund die Worte.

Ich schaue sie wütend an und hebe das Telefon ans Ohr. Doch ich höre nichts, nur ein Rauschen. Und das Heulen des Windes draußen. Aber kein Freizeichen. Oder ein Besetztzeichen.

»Es funktioniert nicht«, sage ich erstaunt.

»Was funktioniert nicht?«

»Das Telefon.«

»Hä? Es kann doch nicht einfach kaputt sein?« Pippa nimmt mir das Telefon aus der Hand und lauscht. »Ich höre auch nichts.«

»Sag ich doch.«

»Mistding.« Pippa wirft das Telefon aufs Sofa.

Ich reibe mir die Augen. »Und jetzt?«

Es bleibt unheimlich still.

Plötzlich sehe ich, dass das orangefarbene Lämpchen der Basisstation nicht leuchtet. Langsam dämmert es mir.

»Wir sollten keine Elektriker werden, Pip«, sage ich.

»Hä, wovon redest du?«

Ich zeige zur Station. »Ohne Strom funktioniert das Telefon natürlich auch nicht.«

Wir starren einander blöde an.

»Logisch«, sagt Pippa.

»Ja, logisch.«

»Wie ärgerlich«, seufzt sie. »Jetzt können wir niemanden anrufen. Es sei denn, mein Smartphone hätte plötzlich Empfang.«

»Darauf würde ich nicht hoffen.«

Pippa runzelt die Stirn. »Gibt es nicht irgendwo eine Gebrauchsanleitung für diesen Sicherungskasten?«

»Nein. Aber weißt du«, sage ich grübelnd, »vielleicht sind es gar nicht die Sicherungen?«

Die Falte auf Pippas Stirn wird tiefer. »Wie meinst du das?«

»Es kann auch eine Hochspannungsleitung sein, die bei dem schlechten Wetter gebrochen ist.«

»Wieso glaubst du das?« Pippa schaut unbehaglich.

»Weil wir im ganzen Haus keinen Strom haben. Bei einer kaputten Sicherung fällt doch nur in einem Teil des Hauses der Strom aus, oder? Das muss ein Problem an der Hauptleitung sein.«

Sie überlegt einen Moment. »*Wow*, du hast recht. Wie clever von dir!«

Das finde ich auch. »Ja.«

»Aber dann können wir nichts machen. Wir müssen warten, bis das Kabel repariert ist. Wie lange wird das dauern?«

»Ein paar Stunden?«, rate ich.

»Ach, es ist eigentlich durchaus romantisch, so ohne Strom. Haben wir genügend Kerzen?«

Ich denke nach. In diesem Haus brennen immer Kerzen, also werden wir auch irgendwo einen Vorrat haben. »Bestimmt.«

»Können wir den Kamin anzünden?«

Ich erinnere mich an einen großen Haufen Brennholz, der seitlich am Haus lag. »Ja, draußen liegt Holz.«

»Und haben wir genug zu essen?«

»Mehr als genug. Der ganze Keller ist vollgestopft mit Lebensmitteln.«

»Dann machen wir uns einen gemütlichen Nachmittag.« Pippa versucht, munter zu klingen, doch ich höre die Anspannung in ihrer Stimme

Kapitel 26

Ich steige die dunkle Treppe hoch. Mit jedem Schritt wird es dunkler. Der Flur oben hat keine Fenster. Eigentlich habe ich keine Lust auf diese Kletterpartie.
»Fee!«, rufe ich.
Ich hoffe, dass sie antwortet, aber ich höre nichts.
»Fe-li-ne!«, brülle ich so laut, dass mein Hals wehtut.
Noch immer keine Reaktion.
Ich seufze. Es gibt keine andere Lösung, als nach oben zu laufen und sie zu wecken. Inzwischen ist es schon ein Uhr. Pippa und ich haben beschlossen, dass Fee das Feuerholz von draußen holen darf. »Sie hat heute noch keinen Handschlag getan«, sagt Pippa. Sie selbst ist auf der Suche nach Kerzen.
Im Gang ist es pechschwarz. Ich taste nach Felines Zimmertür.
»Feline!«, rufe ich noch einmal und öffne die Tür.
Keine Antwort.
Licht sickert durch einen Spalt in den Vorhängen. Die Möbel sind schwarze Hindernisse im Dämmerlicht.
»Fee-hee«, flüstere ich, »aufwachen!«
Sie schläft einfach weiter. Irritiert gehe ich zum Fenster und ziehe die Vorhänge auf. Graues Tageslicht fällt ins Zimmer. Ich blinzele. Es fällt mir schwer zu verstehen, was ich sehe: Felines Rucksack steht auf ihrem Bett. Hier und da sind Kleidungsstücke

verstreut. Das Kopfkissen liegt auf dem Boden und ihre Decke ist ein zerknüllter Haufen am Fußende. Feline selbst ist nirgends zu entdecken.

Sekundenlang mache ich gar nichts. Wie eine Salzsäule starre ich das leere Bett an. Ganz allmählich beschleicht mich das Gefühl, dass hier etwas Unheimliches im Gange ist. Mein Mund wird trocken, meine Haut beginnt zu prickeln. Ich trete einen Schritt zurück. Und noch einen. Ruhig, Abby, sage ich zu mir selbst. Vielleicht ist Feline ja im Badezimmer. Ich drehe mich um und renne auf den Flur. Die Badezimmertür ist angelehnt. Ich drücke sie auf. Stille und Dunkelheit. Sie ist nicht hier.

Immer zwei Stufen auf einmal nehmend fliege ich die Treppe hinunter. »Pippa!«, rufe ich. »Pippa!« Ich reiße die Küchentür auf. Keine Pippa. Ich laufe zum Wohnzimmer, Dort ist sie auch nicht. Mein Herz schlägt bis zum Hals. »Pippa, wo bist du?«, jammere ich, während ich in den Flur gehe. Ich schaue im Gäste-WC nach. An der Garderobe. Beim Zählerkasten. Wo ist Pippa? Wo ist Fee? Ich atme tief durch und versuche nicht in Panik zu geraten.

Das Geräusch ist erst so leise, dass es kaum das Tosen des Windes übertönt. Ich spitze die Ohren und höre ein leises Ticken. Kommt das von draußen? Ein klappernder Fensterladen? Oder ein Ast, der gegen die Scheibe schlägt? Dann höre ich noch etwas anderes. Schritte. Direkt unter mir. Jemand schleicht durch den Keller! Mein Atem stockt, meine Muskeln blockieren. Erstarrt schaue ich zur Kellertür.

Langsam schwingt die Tür auf.

Pippa kommt aus dem dunklen Loch, eine Tüte mit Teelichtern in einer Hand, eine Taschenlampe in der anderen. Sie macht ein erstauntes Gesicht. »Hast du mich gerufen?«

Sprachlos starre ich sie an. Ich schaffe es nicht, etwas zu sagen.

»Ich habe Kerzen gefunden.« Sie fährt sich mit einer Hand durch die Haare und zieht einen Staubfaden heraus. »Igitt, dieser

Keller ist wirklich ein ekliges Loch. Aber schau mal, was ich hier habe.« Sie schwenkt triumphierend die Taschenlampe. »Die habe ich in einem Schrank gefunden und sie funktioniert sogar noch, gut, was?«

Ich nicke.

Pippa sieht mich forschend an. »Was ist denn mit dir los? Du siehst aus, als wäre dir ein Gespenst begegnet.«

»Ja«, sage ich heiser.

Sie stellt sich vor mich und fasst meine Arme. »He, hallo, wirst du mir wohl erzählen, was los ist? Du machst mich ein bisschen nervös.«

Mit überschlagender Stimme sage ich: »F-Feline ist v-verschwunden.«

Es wird still.

Pippa lässt mich los. »Was? Verdammt, das ist nicht dein Ernst!«

Ihre Reaktion erschreckt mich. Ist sie wütend? Auf mich?

»Ist das vielleicht ein Scherz?«, fragt sie scharf.

»N-nein, sie ist wirklich weg«, stammele ich.

»Hm.« Pippa kneift die Augen zusammen. »Hast du im Bad nachgesehen?«

Ich nicke.

»Und auf dem Gästeklo?«

»J-ja, ich habe überall gesucht.«

»Sie kann doch nicht einfach so verschwunden sein!« Pippa schaut mich verärgert an, als wäre es meine Schuld. »Sie ist bestimmt irgendwo.«

»Vielleicht ist sie ja draußen«, sage ich leise. »Ihre Tasche stand auf ihrem Bett. Es sah aus, als hätte sie ein paar Dinge gepackt und sei dann aufgebrochen.«

»Was?« Ich sehe, wie Pippa erschrickt. »Warum sollte sie weggegangen sein?«, fragt sie.

»I-ich weiß es nicht.«

Wir starren uns an. Ich versuche, von Pippas Gesicht abzulesen, was sie denkt, aber es ist zu einer ausdruckslosen Maske geworden.

»Hängt Felines Jacke noch da?«, fragt sie plötzlich.

Dass ich nicht selbst daran gedacht habe! Wir schauen beide an die Garderobe. Pippas blaue Daunenjacke hängt dort. Meine rote Jacke auch. Aber Felines schwarze Wolljacke ist spurlos verschwunden.

»Sie ist wirklich draußen, oh nein, oh nein, wie furchtbar«, jammere ich. »Wie furchtbar grässlich.«

»Sei doch nicht so hysterisch!«, schnauzt Pippa.

»Sorry«, flüstere ich. »Aber was sollen wir denn machen?«

Pippa klingt überraschend ruhig, als sie sagt: »Es gibt leider nur eine Möglichkeit: nach draußen gehen und sie suchen.«

Kapitel 27

In Jacke und Handschuhen stehen wir in der Diele. Es scheint genau wie gestern zu sein, als wir Kim suchen gingen. Bloß dass wir jetzt nur noch zu zweit sind.
»Sollen wir?«, fragt Pippa.
»Ja.«
Pippa drückt die Tür auf und eine raue weiße Welt kommt zum Vorschein. Wir gehen hinaus. Es ist eiskalt und der Schnee stiebt nach allen Seiten. Im Garten liegen weiße Dünen, manche über einen halben Meter hoch. Die Rückseite des Jeeps ist total zugeschneit. Unruhig spähe ich in die Ferne. Durch den Schneesturm kann ich die gegenüberliegende Gartenseite nicht erkennen.
»Was für ein Sauwetter!«, schreit Pippa.
Ich lehne mich gegen den Wind. »In welche Richtung müssen wir?«, rufe ich.
»Was?« Ich sehe, wie Pippas Mund sich bewegt, aber ich kann sie kaum verstehen. Ich lege die Hände um meinen Mund und schreie: »Woher wissen wir, in welche Richtung Fee gelaufen ist?«
Sie beugt sich zu mir herüber und ruft mir ins Ohr: »Am besten fangen wir mit dem Garten an. Wer weiß, vielleicht finden wir ja einen Hinweis.«
»Okay!«, brülle ich zurück.
Sie nimmt meine Hand. Seite an Seite gehen wir durch den Gar-

ten, von rechts nach links und wieder zurück, immer einen Meter weiter, damit wir kein Stück überspringen. In jeder Schneedüne, in die ich steige, befürchte ich, Felines Körper zu spüren. Aber noch mehr Angst habe ich, dass wir sie nicht finden. Ab und zu ruft eine von uns: »Feline!« Aber es kommt keine Antwort. Der Wind bläst alle Worte davon.

Manchmal glaube ich, dass ich sie in einem Schatten sehe, der sich durch den Garten bewegt. Aber dann ist es ein Baum oder ein Strauch, niedergedrückt vom starken Wind. Meine Füße schmerzen vor Kälte, meine Fingerspitzen prickeln. Aber das Allerschlimmste ist die Angst: Ich habe eine Riesenangst, dass Feline etwas sehr Schlimmes zugestoßen ist. Mit jedem Schritt wächst diese Angst. Kein Mensch hält es lange in diesem Schneesturm aus. Was, wenn sie irgendwo liegt, benommen von der Kälte, auf Hilfe wartend?

Plötzlich bleibt Pippa stehen. Ich stolpere und falle fast über sie.

»Was ist los?«, frage ich. Einen Augenblick hoffe ich, dass sie Feline gesehen hat.

»Wir haben das Ende des Gartens erreicht«, sagt sie.

»Oh.« Alle Hoffnung schwindet und ich fühle mich wie ein schlaffer Ballon, aus dem alle Luft entwichen ist.

Wir stehen im Windschatten eines großen Baumes. Ich schaue mich um. Durch die dicke Schneedecke verläuft ein Zickzackmuster. Auf halber Strecke verläuft sich die Spur und wird unsichtbar, bedeckt von einer neuen Schneeschicht.

»Wir gehen rein«, sagt Pippa. »Weitersuchen ist heller Wahnsinn.«

»Lass uns dem Weg noch ein kleines Stück folgen«, antworte ich. »Bis zur nächsten Biegung. Wer weiß, vielleicht finden wir ja etwas.«

»Abby, es tut mir leid.« Pippas Gesicht ist noch grauer als die Welt um uns herum. »Die Wahrscheinlichkeit, dass wir uns verirren ist größer, als dass wir sie finden. Wir gehen zum Haus zurück.«

»Nein!« Ich klinge hysterisch.

Pippa starrt mich schweigend an. Hinter ihrem Rücken jagen Schneeböen. »Weißt du noch, dass wir uns gestern fast verirrt haben?«, fragt sie ruhig.

»Ja, aber das war nur, weil wir durch den Wald gegangen sind.«

»Nein«, korrigiert sie mich, »das kam, weil es sehr heftig geschneit und geweht hat, wodurch wir den Weg nicht mehr erkennen konnten. Und jetzt weht es noch viel schlimmer.«

»Aber ...«

»Ich habe keine Lust, irgendwo hier am Wegesrand zu erfrieren, kapierst du das?« Sie schaut mich todernst an.

Darauf habe ich keine Antwort.

»Es tut mir leid, ich will dieses Risiko nicht eingehen. Wir gehen zum Haus zurück.« Sie legt ihre Hand auf meinen Arm und zieht mich mit, aus dem Schatten des Baumes heraus. Der nächste Windstoß bekommt uns wieder zu fassen. Pippa kämpft sich mit gesenktem Kopf durch den Schnee, ich trotte ihr hinterher. Wenn Pippa mich nicht festgehalten hätte, wäre ich wahrscheinlich zurückgerannt. Ich weiß, dass sie recht hat. Es ist wirklich Wahnsinn, bei diesem Wetter nach Feline zu suchen. Aber ich weiß auch, dass sie nicht von selbst zurückkommen wird. Und das verursacht mir ein schweres, drückendes Gefühl von innen. Erst glaube ich, dass ich mir Sorgen mache, aber dann begreife ich, was für ein Gefühl das in Wirklichkeit ist: Ich fühle mich schuldig, dass wir Feline ihrem Schicksal überlassen. Pippa lässt meine Hand los. Ich schaue zu, wie sie mit dem Schlüssel im Schloss herumstochert. Es geht schwer. Was würde passieren, wenn sich die Tür nicht mehr öffnen ließe? Dann müssten wir Feline doch noch suchen. Irgendwie hoffe ich, dass das Schloss eingefroren ist.

Klick, die Tür geht auf. Während wir über die Schwelle treten, weht eine Schneeböe in die dunkle Diele. Pippa zieht die Tür zu. Es ist, als würde der unsichtbare Faden, der Feline mit uns verbindet, durchgeschnitten.

In der Diele nimmt das Sturmgeräusch ab. Ich kann meinen Atem wieder hören, keuchend und schnell. Zitternd ziehe ich meine Jacke aus. Schnee fällt von meinen Schuhen und bleibt auf den Marmorfliesen liegen. Ich schaue auf die weißen Brocken. Irgendwas stimmt da nicht. Ich sehe Schnee, Füße, Fliesen. Es ist wie ein Puzzle, auf das ich schaue: Alle Stücke untereinander stimmen, aber als Ganzes passt es nicht.

Pippa stampft mit den Füßen und hängt ihre Jacke auf. Ihre Stiefel hinterlassen wässrige Abdrücke auf den Fliesen. Das fehlende Puzzlestück treibt langsam nach oben.

»Waren diese Abdrücke vorhin auch schon da?«, frage ich und zeige auf den Boden.

»Äh, wovon redest du?«, fragt Pippa erstaunt.

»Von den großen Fußabdrücken dort.« Ich gehe ein Stück in die Knie, um auf die Spuren zu zeigen. Sie verlaufen seitlich an der Diele entlang, verschwinden im grobkörnigen Mittelstück und tauchen bei der Treppe wieder auf.

Pippas Blick schießt von den Abdrücken zu meinem Gesicht. Sie zuckt die Schultern. »Keine Ahnung. Was soll's?«

»Sie sind weder von dir noch von mir«, sage ich. »Diese Spuren haben ein Zickzackprofil, genau wie die Unterseite eines Schaftstiefels. Das Profil unserer Stiefel ist ganz anders.« Ich zeige jetzt auf zwei Abdrücke, von denen ich vermute, dass sie von Pippa und mir stammen: einer mit Streifen und einer mit einem zarten Wellenmuster.

»Vielleicht sind sie doch von meinen Uggs, die ich gestern anhatte?«, schlägt Pippa vor.

»Könnte sein, glaube ich aber nicht. Deine Uggs haben eine andere Sohle, oder?«

»Dann hat vielleicht einer der Jungs die Spuren hinterlassen?«

»Hm.«

»Lieber Himmel, Ab, die Spuren können wirklich von jedem sein, der in den vergangenen Tagen hier herumgelaufen ist!«, ruft Pippa. »Ich habe diese Diele nicht geputzt und du auch nicht, soweit ich weiß.«

»Aber das sind neue Abdrücke«, sage ich stur. »Es verlaufen noch keine anderen Abdrücke darüber.«

Pippa seufzt tief. »Wir sind seit gestern Nachmittag nicht mehr draußen gewesen. Es können auch unsere Abdrücke sein.«

Ich schweige.

Pippa seufzt noch einmal, tiefer. »Warum willst du eigentlich wissen, wessen Abdrücke das sind?«

»Ich dachte ... ich dachte ...« Mit meiner Stiefelspitze schiebe ich ein Schneeklümpchen zur Seite. »Ich dachte, vielleicht sind sie von Feline.«

»Och, Abby.« Pippa nimmt meine Hand und schaut mich kopfschüttelnd an. »Meinst du, sie ist hineingegangen, während wir im Garten waren?«

»Könnte doch sein, oder?«

»Aber liebe Abby, stell dir vor, die Abdrücke sind wirklich von Feline. Dann wäre sie doch jetzt schon zu uns gekommen, oder?«

»Vielleicht fühlt sie sich nicht gut und liegt oben im Bett?«, schlage ich zaghaft vor.

»Dann hätte sie uns längst gerufen«, sagt Pippa. »Übrigens kann Feline gar nicht hereingekommen sein, weil sie keinen Schlüssel hat.«

»Oh.« Das war's dann wohl mit meiner Theorie. Ich zertrete das Schneebröckchen unter meiner Schuhspitze und verreibe es auf den Fliesen. Wässrige Schlammspuren verwischen die Fußabdrücke.

»He, du Huhn«, sagt Pippa lächelnd. »Ich möchte Feline auch gern finden, aber diese Fußspuren sind wirklich nicht von ihr. Es wird Zeit, dass wir uns was einfallen lassen.« Sie zieht mich mit in die Küche.

Kapitel 28

Meine Hände wärmen sich an einem Becher mit Tee. Pippa hat ganz altmodisch Wasser in einem Topf auf dem Gasherd gekocht.

»Möchtest du eine Sirupwaffel?«, fragt Pippa und setzt sich mir gegenüber an den Küchentisch.

Ich merke, dass ich Hunger habe. »Ja, gern.«

»Bitte schön.« Sie reicht mir die Packung, aber erst nachdem sie sich selbst eine Waffel genommen hat.

»Thanks.« Mit dem Zeigefinger löse ich eine vom Stapel. Goldgelbe Sirupfäden hängen wie Eiszapfen am Rand. Ich schlinge die Waffel hinunter.

Pippa isst ruhiger, mit kleinen Bissen.

Eine Weile sitzen wir uns schweigend gegenüber. Ich nippe an meinem Tee. Ich bin so müde, dass ich am liebsten die Augen schließen würde.

»Willst du noch eine Waffel?«, fragt Pippa.

Ich schüttele den Kopf.

»Geht es wieder ein bisschen?«

»Ja.«

»Wirklich?«

»Ja, wirklich.« Ich versuche zu lächeln. »Ich sehe keine seltsamen Fußabdrücke mehr.«

»Schön.« Pippa erwidert mein Lächeln und stellt ihren leeren Teebecher auf den Tisch. »Dann machen wir uns jetzt an die Arbeit.«

Sie nimmt einen Notizblock und einen Stift. »Was wissen wir über Feline?«, fragt sie sachlich.

Erleichtert nehme ich zur Kenntnis, dass sie die Initiative ergreift.

»Dass sie betrunken war?«, sage ich.

»Ja, und wie«, murmelt Pippa und schreibt etwas auf.

Über Kopf lese ich das Wort BETRUNKEN! mit einem Ausrufezeichen dahinter.

»Was wissen wir noch?«, fragt sie.

»Sie war schon seit einigen Tagen krank.«

»Krank?« Pippa schaut mich verständnislos an.

»Ja, sie hatte doch Halsschmerzen.«

»Ach ja.«

»Musst du das nicht aufschreiben?«, frage ich.

»Wie du meinst.« Sie zuckt die Schultern und kritzelt in undeutlichen Buchstaben HALSSCHMERZEN auf den Zettel. »Aber ich gehe nicht davon aus, dass sie in die Dorfapotheke gegangen ist, um Hustensaft zu besorgen. Du?«

»Nein.« Ich schaue in die Kerzenflamme. Ihr Licht wirft einen gelben Schein auf meine Hand, aber sie wärmt nicht.

»Wann hast du Fee zum letzten Mal gesehen?«, fragt Pippa.

Ich reibe mir mit kalten Fingerspitzen über die Schläfen. »Gestern Abend, als ich ins Bett bin, so gegen zehn. Und du?«

»Warte mal«, murmelt Pippa, während sie meine Antwort ganz langsam und ordentlich aufschreibt. Dann sieht sie mich an. »Ich bin eine Stunde nach dir ins Bett gegangen. Fee ist allein unten geblieben. Sie wollte noch etwas lesen.«

»Oh. Und du weißt nicht, was sie danach gemacht hat?«

»Nein«, sagt Pippa nach einem Moment des Schweigens.

»Mist. Dann wissen wir also nicht, was nach elf Uhr mit ihr passiert ist.«

Sie klopft sich mit ihrem Stift gegen die Lippe. »Das stimmt.« Plötzlich fällt es mir ein. »Aber ich habe sie noch gehört!«

»Hä, wie meinst du das?« Pippa reißt die Augen auf.

»Ich habe sie mitten in der Nacht nach oben kommen hören«, sage ich. Meine Worte haben offensichtlich einen Effekt. Pippas Pupillen werden dunkel und groß wie zwei schwarze Reißzwecken.

»Red weiter«, sagt sie.

»Feline ist in ihr Zimmer gegangen. Ich dachte, sie ginge schlafen. Aber ein paar Minuten später lief sie die Treppe wieder hinunter.«

»Und?«

»Äh, das war's.«

»Oh.«

»Entschuldige, aber ich habe sie nicht mehr gehört.«

Sie sieht mich lange und durchdringend an. Es ist mir nicht angenehm, dass sie mich so anschaut.

»Ich, äh, ich ...« Ich suche nach Worten. »Ich bin wieder eingeschlafen.« Das stimmt nicht. Ich habe in dieser Nacht kaum geschlafen, ich war viel zu sehr mit meinen eigenen Problemen beschäftigt, um auf Feline zu achten. Schuldgefühle flackern auf.

Plötzlich lächelt Pippa. »Komm, ist doch nicht schlimm. Ich habe alles verschlafen. Mach dir nichts draus.«

Ich schweige.

Pippa steht auf. »Mal nachdenken.« Sie blättert durch den Notizblock und läuft vor der Anrichte hin und her.

»Okay, das sind die Fakten«, sagt sie und setzt sich auf die Kante des Küchenstuhls. »Feline war gestern Abend ziemlich betrunken. Wir gehen schlafen, sie bleibt unten, weil sie noch lesen will. Wenig später geht sie zu ihrem Zimmer hoch, bleibt kurz dort und geht wieder hinunter. Am nächsten Tag ist sie verschwunden, und es sieht so aus, als hätte sie etwas aus ihrer Tasche mitgenommen. Ihre Jacke ist auch weg. Das ist alles, was wir wissen, oder?«

»Ja.«

Pippa beugt sich vor. »Willst du meine Theorie hören?«

Da sind sie wieder, die großen schwarzen Pupillen.

Ich nicke.

»Ich glaube, dass Feline heute Nacht in ihr Zimmer gegangen ist, um ins Bett zu gehen«, sagt sie. »Wahrscheinlich hat sie erst eine Weile auf dem Sofa gelesen und ist dann über ihrem Buch eingedöst. In ihrem Zimmer hat sie sich aufs Bett gelegt, vermutlich noch angezogen, aber das ist für meine Theorie eigentlich egal. Sie kann sich auch erst ausgezogen und nachher wieder angezogen haben. Egal, jedenfalls hat sie sich hingelegt und wahrscheinlich wurde ihr dann schlecht. Wer schon mal betrunken gewesen ist, weiß, dass man sich nicht hinlegen sollte.«

»Ja«, sage ich. »Sonst dreht sich alles.«

»Genau.«

Sie macht eine kurze Pause. »Feline ist aufgestanden, ihr war zu übel, um schlafen zu können. Sie hat einen Pullover aus ihrer Tasche genommen und ist nach unten gegangen. Sie hat ihre Jacke übergezogen und ist ganz leise nach draußen geschlüpft, um uns nicht zu wecken.« Sie redet jetzt über Feline, als wäre es wirklich so gewesen. »Im Garten hat sie sich übergeben, aber die Übelkeit war nicht weg. Darum ist sie ein Stück spazieren gegangen. Erst bis zum Ende des Gartens, dann noch ein Stückchen weiter. Wegen der Kälte und des Alkohols hat sie die Sache falsch eingeschätzt.«

Es wird still. Und dann sagt Pippa laut, was ich nicht zu denken wage: »Wahrscheinlich hat sie sich verlaufen und den Weg nach Hause nicht mehr gefunden.«

Ich presse die Handflächen gegen meine brennenden Augen. Es ist wie ein Traum, in dem alles immer schlimmer wird.

»Abby? Hallo? Hörst du mir zu?«

»Ja«, flüstere ich. »Kann sie nicht irgendwo im Dorf sein?«, frage ich ins Blaue hinein.

»Das glaube ich nicht. Im Dunkeln dauert das über zwei Stunden.«

»Aber ...« Ich schweige und kann mich schon nicht mehr daran erinnern, was ich außerdem noch sagen wollte.

»Sie ist schon seit heute Nacht draußen«, fasst Pippa es noch einmal für mich zusammen. »Das sind fast fünfzehn Stunden.«

Wieder spüre ich die abscheuliche Kälte von eben, die piksenden Schneenadeln, die in meine Haut gestochen haben, und den Wind, der wie eine unerschütterliche Wand war. Wenn Feline tatsächlich so lange im Freien ist, dann ist die Wahrscheinlichkeit, dass sie jetzt noch lebt, sehr klein. Mir wird schlecht und ich schnappe ein paar Mal nach Luft.

»Sorry, Abby, ich will dir keine Angst machen, aber das sieht wirklich nicht gut aus.« Pippa steht auf. Dass sie auch durcheinander ist, kann ich daran erkennen, wie nervös sie mit ihren Händen herumfummelt.

»Wenn das Telefon funktionieren würde, hätte ich jetzt die Polizei angerufen. Das ist ...« Sie bricht ab.

Einen winzigen Moment hoffe ich, dass sie Feline vor dem Fenster sieht. Aber als ich ihrem Blick folge, sehe ich, dass sie zur Anrichte starrt.

»Was ist denn?«, frage ich alarmiert.

»Dort.« Sie zeigt auf zwei schmutzige Teller und eine leere Chipstüte.

Ich springe auf. Mit zwei Schritten stehe ich neben ihr. Es dauert ein paar Sekunden, bevor ich es sehe. Es ist ein so alltäglicher Anblick, dass es mir erst nicht auffällt: Zwischen den Tellern liegt ein Smartphone. Aber es ist nicht irgendeins. Es gehört Kim!

Kapitel 29

Es ist, als säße Kim am Küchentisch. Ich sehe wieder ihre weit aufgerissenen Augen, ihren Mund als schmaler Strich und die roten Flecken auf den Wangen. Natürlich hätte ich es ihr selbst erzählen müssen. Aber ich konnte schon seit Tagen nicht die richtigen Worte finden. Und dann kam sie auf die dämlichste Art dahinter, dass ich nach Aix gehe: über Pippa, die so plump mit allem herausplatzte. Ich wusste, was sie dachte. Dass ich nicht mehr ihre beste Freundin sei. Dass ich mich für Pippa entschieden habe. Dass es supergemein von mir sei, nichts zu erzählen. Kim war in ihr Zimmer gegangen. Ich wollte ihr nachlaufen, um zu sagen, sie habe das falsch verstanden. Dass ich nicht vor ihr wegliefe, sondern vor meinen Eltern. Aber Pippa hatte mich zurückgehalten. »Lass sie mal kurz in Ruhe«, meinte sie. Dummerweise habe ich auf sie gehört. Als ich Kim das nächste Mal alleine begegnete, war ich betrunken. Sie kam aus der Toilette, ich wartete auf dem Flur. Wir erschraken beide, aber sie fing sich schnell wieder. Ich sah, dass der Kummer aus ihrem Gesicht verschwunden war. Stattdessen war da jetzt etwas anderes: Wut. Sie fasste mich am Arm. »Hattest du vor, es mir irgendwann zu erzählen?«, schnauzte sie in einem Ton, als wäre alles meine Schuld.

Ich hatte das Gefühl, als würde ich hören, wie meine Mutter meinen Vater anzickt. Sogar der Ausdruck in Kims Augen ähnelte dem vorwurfsvollen Blick, mit dem meine Mutter immer meinen Vater angesehen hatte. Plötzlich konnte ich mir vorstellen, wie sich Papa jeden Tag gefühlt haben muss: in die Enge getrieben. In mir zersprang etwas. Ich begann, gemeine Sachen zu sagen, und sah Kim zerbrechen wie einen Zweig. Mit jedem Wort brach sie weiter durch. Ich war in einem beängstigenden Tempo dabei, unsere Freundschaft zu zerstören, doch ich machte immer weiter, damit ich den Schmerz selbst nicht spürte. Als sie fragte, ob ich denn noch ihre beste Freundin sei, habe ich knallhart gelogen und Nein gesagt. Ich habe mich umgedreht und bin ins Wohnzimmer gelaufen, geradewegs in Jeroens Arme. Kim blieb wie ein regloser Schatten im Flur zurück. Das ist das Letzte, was ich von ihr gesehen habe. Am nächsten Tag war sie verschwunden.

»Abby?«

Geistesabwesend schaue ich Pippa an. Ich muss ein paarmal zwinkern, bis ich sie scharf sehe. Ihr Gesicht ist leichenblass. Sie hat Kims Telefon in der Hand. Mein Hirn verweigert seinen Dienst.

»Kim«, stammele ich.

Pippa hört nicht zu. »Das ist irre.«

»Kim ist weg.«

»Wie kann dann ihr Telefon auf der Anrichte liegen?«

»Ich will nach Hause.«

»Sie hat uns doch eine Nachricht geschickt?«

Mir wird bewusst, dass wir aneinander vorbeireden.

»Oh Gott«, sage ich.

Endlich scheint Pippa mich zu hören. »Das kannst du laut sagen. Das hier ist ein Albtraum.«

Ich versuche mich zu erinnern, ob das Telefon am Morgen auch schon auf der Anrichte gelegen hat. Oder vielleicht sogar schon seit gestern. Aber statt Erinnerungen habe ich schwarze Löcher im Kopf.

»Wie lange liegt Kims Telefon schon hier?«, frage ich.

»Ich weiß es nicht.« Pippa schlägt die Hand vor den Mund.

»Da stimmt was nicht«, sage ich.

»Das ist milde ausgedrückt.« Sie lacht, hoch und schrill. »Aber wir sollten nicht in Panik geraten. Wir finden bestimmt eine logische Erklärung dafür.«

»Ach ja, welche denn?«

Pippa fängt an, im Kreis zu gehen. »Kim hat dir gestern Nachmittag eine Nachricht geschickt, sie sei auf dem Weg nach Amsterdam.«

»Ja.«

Sie nimmt Kims Smartphone, ihre Finger fliegen nervös über die Tasten. »Aha, hier ist die Nachricht. Sie steht unter versendet.«

Sie hält mir das Display vor die Nase.

Ich lese die Worte, die ich schon kenne: Kim sitzt im Auto mit Daan auf dem Weg nach Amsterdam und wir sollen ihre Sachen mitnehmen.

Pippa schaut mich an, als würde sie auf eine Antwort warten. Also sage ich: »Das ist tatsächlich der Text, den sie mir geschickt hat.«

»Sehr schön.« Sie klappt das Telefon wieder zu und legt es auf die Anrichte zurück. »Und diese Nachricht kann auch nur in ihrer Outbox stehen, wenn sie wirklich verschickt wurde.«

»Äh ja, ich denke schon.« Ich versuche zu verstehen, worauf sie hinauswill.

»Aber dann hat sie diese SMS nicht aus dem Auto verschickt, wie wir dachten.«

Auf einmal kapiere ich es. »Ja, ja! Denn sonst könnte ihr Telefon nicht hier auf dem Tisch liegen.«

»Genau. Dann wäre ihr Telefon jetzt in Amsterdam.«

Wir schweigen. Ich presse die Hände zusammen. Meine Finger beugen und strecken sich.

Pippa fischt ein Päckchen Zigaretten aus ihrer Hosentasche. »Sorry«, murmelt sie undeutlich. »Ich muss jetzt eine rauchen.«

Zum ersten Mal in meinem Leben wünsche ich mir, ich würde auch rauchen. »Ist Kim vielleicht zurückgekommen?«, frage ich.

»Hm, das fänd ich schon sehr merkwürdig.« Pippa nimmt die Zigarette aus dem Mund und bläst den Rauch aus. »Dann hätte sie sich doch bestimmt blicken lassen, meinst du nicht?«

»Wahrscheinlich schon, ja.«

»Kim wird sich doch nicht vor uns verstecken.«

»Nein.« Mein Daumen knackst. »Aber wer hat dann ihr Telefon hierhergezaubert?«

»Ich habe wirklich nicht den blassesten Schimmer.«

Wieder wird es still, jetzt etwas länger.

»Weißt du, es könnte auch noch eine andere Erklärung geben«, sagt Pippa grübelnd.

»Erzähl.«

Die Zigarette bewegt sich wieder zu ihren Lippen. Sie inhaliert tief. »Vielleicht hat Kim die Nachricht nicht selbst verschickt, sondern jemand anderes.«

Meine Hände werden feucht. Hinter meinen Schläfen baut sich ein dumpfes, klopfendes Gefühl auf, als stünde ich vor einer gigantischen Kopfschmerzattacke. »W-wie meinst du das?«

Der Rauch kommt in kleinen Kringeln aus ihren Nasenlöchern. »Es ist sehr leicht, eine SMS zu fälschen.«

Mir ist, als würde Pippa eine andere Sprache sprechen. »Fälschen? Sorry, ich kapier das nicht.«

Sie seufzt. »Liebe Abby, jeder kann diese Nachricht von Kims Smartphone aus verschickt haben. Es reicht doch, wenn man ihren Namen darunterschreibt, und fertig.«

Ganz allmählich dämmert es mir. »Aber warum sollte das jemand tun?«

»Das ist eine gute Frage«, sagt sie leise. »Mir fällt nur ein einziger Grund ein: Jemand wollte uns weismachen, Kim sei in Amsterdam. Und dieser Jemand hat jetzt ihr Telefon hier abgelegt, weiß der Himmel warum.«

Mein Kopf fühlt sich randvoll an, als könnte mein Gehirn das alles nicht mehr verarbeiten. »Aber, ... aber wenn Kim nicht in Amsterdam ist, wo ist sie dann? Und wer ist dieser Jemand?«

»Ich weiß es nicht.«

Die Stille, die jetzt eintritt, dauert eine gefühlte Ewigkeit.

»Ist das alles nicht etwas weit hergeholt?«, frage ich schließlich. »Ich meine, dass Kims Smartphone hier liegt, heißt doch nicht gleich, dass da was Seltsames im Busch ist?«

Pippa kneift die Augen zusammen. »Hast du denn eine bessere Erklärung? Lass hören, ich bin riesig gespannt.«

Ich versuche, mir etwas auszudenken. »Äh, vielleicht erlaubt sich jemand einen Scherz mit uns?«

»Boah, das wäre aber der schlechteste Scherz, den es je gegeben hat«, sagt Pippa bissig. »Kim und Feline sind beide spurlos verschwunden. Wir sitzen hier in einem Haus ohne Strom und draußen wütet ein Schneesturm. Das finde ich nicht wirklich zum Lachen. Hast du noch andere Ideen?«

Ich schüttele den Kopf und starre auf Kims Telefon. Ich wünschte, Pippa hätte es nie gefunden.

»Wir sollten uns nicht verrückt machen lassen«, sagt sie um einiges freundlicher.

»Nein«, flüstere ich. Ich atme so hoch und flach, dass mir ganz schwindlig wird.

Pippa drückt ihre Zigarette in der Spüle aus. »Wir können nicht hierbleiben.«

»W-was?«

»Wir fahren nach Hause. Wir packen unsere Sachen und fahren so schnell wie möglich hier weg.«

»Aber es schneit doch zu stark?«

»Ich habe es mir überlegt.« Sie nimmt eine zweite Zigarette und zündet sie an. »Es kann doch einfach nicht sein, dass Kims Telefon hier liegt. Ich flippe noch total aus.«

Ich habe Pippa noch nie so panisch reden hören. Es macht mir Angst.

»Wir fahren zur nächstgelegenen Polizeiwache und melden Kim und Feline als vermisst«, sagt sie.

Meine Hände zittern. »Meinst du, ihnen ist was wirklich Schlimmes zugestoßen?«

Sie nimmt einen Zug von ihrer Zigarette und noch einen. »Ich kann es nicht ausschließen.«

Irre, wie sich Dinge auf einmal verändern können. Heute Morgen schien ein ganz normaler Tag anzubrechen. Jetzt kurvt die Wirklichkeit in einer Übelkeit erregenden Geschwindigkeit um mich herum. Atmen, sage ich mir. Einfach weiteratmen.

»Ich will nach Hause«, piepse ich.

»Glaub mir, Abby, ich auch.«

Kapitel 30

Ein graues Bündel Tageslicht fällt durch die Fenster unseres Zimmers. Pippa hat die Taschenlampe auf ihrem Nachttisch abgestellt. Der Lichtkegel scheint nach oben und wirft einen braungelben Fleck an die Decke. Trotzdem bleibt unser Zimmer gruselig dämmrig. Schweigend packen wir unsere Sachen. Ich stopfe alles in meine Tasche, ohne es zu falten, Pippa macht genau das Gleiche. Die Stille und die Dämmerung lasten schwer auf mir. Ich fühle mich nicht mehr sicher in diesem Haus. In jedem Schatten meine ich einen Eindringling zu sehen, bei jeder Tür habe ich Angst, jemand könnte dahinter stehen. Wo Kim und Feline jetzt wohl sind? Diese Frage hämmert unablässig durch meinen Kopf.

»Fertig«, sagt Pippa. Sie klappt ihren weißen Koffer zu.

Ich wische mir einen Schweißtropfen von der Stirn und quetsche eine Jeans in meine übervolle Tasche. »Sollen wir die Sachen von Kim und Fee auch mitnehmen?«

»Nein«, sagt sie scharf. Etwas freundlicher fährt sie fort: »Ich will keine Minute länger hierbleiben. Wir kommen später in den Weihnachtsferien noch einmal zurück, um die letzten Sachen zu holen und das Haus aufzuräumen, okay?«

»Prima«, sage ich, mehr der Form halber, als dass ich es meine. Ich kann mir nicht vorstellen, in ein paar Tagen wieder hierher zurückzukommen.

Pippa stellt ihren Koffer mit einem Knall auf den Boden. »Komm, wir gehen.« Sie zieht den Koffer Richtung Flur, die Räder rattern über den Holzboden.

Ich erstarre. »Pssst«, sage ich nervös. »Sonst hört uns noch jemand.«

Pippa schaut mich befremdet an, aber sie widerspricht mir nicht und hebt ihren Koffer hoch. »Nimmst du die Taschenlampe mit?«, flüstert sie.

»Ja.« Ich stopfe die Lampe in meine Tasche und ziehe den Reißverschluss zu.

Wir gehen auf den Flur. Die Tür zu Kims und Felines Zimmer steht einen Spalt offen. Ich starre darauf, als würde ich erwarten, dass sie jeden Moment nach draußen kommen könnten.

»Beeil dich«, zischt Pippa. Sie steht schon an der Treppe.

Ich werfe noch einen letzten Blick zurück und folge Pippa. Es fühlt sich an, als würde ich Kim und Feline im Stich lassen.

Die Stufen knacken. Die Diele wirkt wie ein dunkler Tümpel. Plötzlich fürchte ich, unten an der Treppe könnte jemand auf uns warten. Angst klammert sich in meine Brust und lässt mich nicht mehr los. Mit jedem Schritt werde ich ängstlicher, bis ich keuchend unten an der Treppe stehe. Unruhig drehe ich meinen Kopf nach rechts und links. Der dunkle Flur ist verlassen. Ich hole tief Luft. Und noch einmal. Sauerstoff füllt meine Lungen.

»Hast du alles?«, fragt Pippa. »Hausschlüssel, Geld, Telefon, Ladegerät? Das ist deine letzte Chance. Ich fahre nicht mehr zurück, wenn du etwas vergessen hast.«

Im Geist gehe ich die Liste durch. »Ich glaube, ich habe alles«, sage ich zögernd.

»Okay, dann los.« Pippa geht über die schmutzigen Fliesen zur Garderobe.

Plötzlich muss ich wieder daran denken. Mir wird warm und kalt zugleich: Meine Wangen laufen knallrot an und ich fröstele.

»Die Fußabdrücke«, stammele ich.

Pippa kann meine Bemerkung offensichtlich nicht einordnen. Sie starrt mich verständnislos an. »Hä, was?«

»Die Spuren von eben, die, die ...« Ich stolpere über meine Worte. »... die waren wahrscheinlich von dem Eindringling, der Kims Telefon hier abgelegt hat.«

Pippas Augen weiten sich und ihre Augenbrauen schießen in die Höhe. »Hör auf, du machst mir Angst«, sagt sie leise. »Lass uns bitte hier weggehen, ich will nicht herauskriegen, von wem die Abdrücke stammen.«

Innerhalb von fünf Sekunden stehen wir draußen, die Haustür fällt mit einem Knall hinter uns zu. Es ist so eine Erleichterung, den Geländewagen zu sehen. Ich muss fast über den Pulverschnee lachen, der mir ins Gesicht stiebt.

Pippa fischt die Autoschlüssel aus ihrer Jackentasche. Sie drückt auf einen Knopf, ein Piepen ertönt und ein orangefarbenes Licht flackert schwach unter der Schneeschicht, die auf der Motorhaube liegt.

»Glück gehabt, er funktioniert noch«, sagt sie mit einem Lächeln. Sie zieht ihren Koffer durch den Schnee, ich folge ihr in der Rinne, die dadurch entsteht. In der einen Hand baumelt meine Tasche, mit der anderen schirme ich meine Augen ab. Die scharfen Schneekristalle, aufgepeitscht vom starken Wind, schmirgeln über mein Gesicht.

Noch drei Meter.

Heute Abend bin ich zu Hause. Ich denke an den Tee, den meine Mutter kochen wird, das warme Bad, das ich nehmen werde. Mein eigenes Bett. Ich hätte nie gedacht, dass ich mich jemals so nach Hause sehnen würde.

Noch zwei Meter.

Wenn ich einen Fuß vor den anderen setze, kann nicht viel schiefgehen.

Noch einen Meter.

Ich mache einen großen Schritt und schlage an das Metall des Wagens, wie ein Wettkampfschwimmer, der die andere Seite des Schwimmbeckens erreicht hat.

»Gott sei Dank«, murmele ich.

Pippa zieht eine Tür am hinteren Ende des Autos auf. Der Wind zerrt wie besessen daran. Sie lehnt ihre Hüfte gegen die Verkleidung, damit die Tür nicht zuwehen kann.

»Beeil dich doch und wirf deine Tasche hinein!«, ruft sie.

Mit Schwung stelle ich meine Tasche auf die weißen Ledersitze der Rückbank. Pippa pflanzt ihren Koffer oben auf meine Tasche.

Sie wirft die Tür zu. Ich will nach vorn laufen.

»Gibt es hier irgendwo eine Schaufel?«, fragt Pippa.

»Was?«

»Eine Schaufel!«, ruft sie.

Das ist für mich eine so idiotische Frage, dass ich einen Moment nicht weiß, was ich darauf antworten soll.

»Was glaubst du denn, wie wir sonst wegfahren können?«, schnauzt Pippa. Sie zeigt zur Vorderseite des Autos.

Ich schaue zu den Rädern, die in einer tiefen Schneeschicht versunken sind. »Mist.«

»Also, gibt es nun eine Schaufel oder nicht?«, schreit Pippa.

»Äh, ja, unter dem Vordach, beim Kaminholz. Da stehen die Gartengeräte.«

»Könntest du eine holen?« Der Wind bläst ihre Worte davon, aber ich habe sie verstanden.

»Ich trau mich nicht allein.«

Sie stemmt die Hände in die Seiten. Einen Moment befürchte ich, dass sie mich auslachen wird oder so etwas. Aber sie nimmt meine Hand und sagt: »Okay, dann gehen wir zusammen.«

Kapitel 31

Unter dem Vordach ist es muffig und feucht. In einer Ecke liegt ein hoch aufgewehter Haufen modriger Herbstblätter. An den hölzernen Querbalken des Dachs kleben Spinnweben. Ich versuche, nicht an die Spinnen zu denken, die dort hausen.

»Igitt«, sagt Pippa. »Was für ein schmutziges, zugiges Loch. Ich will so schnell wie möglich hier weg. Beeil dich mit der Schaufel!«

»Ich seh mal nach«, murmele ich.

An der Wand hängen die ordentlich sortierten Gartengerätschaften meines Vaters. Eine Heckenschere, Hacke, Harke, ein Besen, Handschuhe, eine Säge, ein Beil und noch ein Besen. Sie vermitteln mir das unangenehme Gefühl, jeder könne hier einfach so eine Heckenschere oder ein Beil wegnehmen, aber zum Glück hängt noch alles da.

»Wo ist denn jetzt diese Schaufel?«, ruft Pippa ungeduldig.

»Keine Ahnung«, seufze ich. »Ich komme fast nie hierher. Vielleicht steht sie hinter dem Kaminholz?«

Wir gehen zum Holzvorrat. Die Scheite sind säuberlich geordnet bis zum Dach gestapelt. Ich sehe mich nach einer Schaufel um.

Pippa sieht sie als Erste. »Da!«, ruft sie.

Ich folge ihrem Finger und entdecke die Schaufel, die zwischen der Schubkarre und dem elektrischen Rasenmäher steht. Ich sehe sogar zwei. Ein großes, grobes Modell mit einem Metallblatt und eine etwas kleinere, handlichere Schippe.

»Ich liebe deinen Vater!«, jubelt Pippa. »Jetzt können wir beide schippen, dann sind wir schneller fertig.«

Ihre Begeisterung wirkt ansteckend und für einen kurzen Augenblick vergesse ich, weshalb wir hier stehen. »Ich werde es meinem Vater ausrichten.« Ich lache.

»Hier, die ist für dich.« Sie gibt mir die große Schaufel, die mir fast bis zum Scheitel reicht. »Ich nehme die kleinere.« Pippa lächelt.

Ich schaue sie an, um zu sehen, ob ihr klar ist, dass sie wieder mal besser davonkommt. Aber das Lächeln bleibt. Also halte ich den Mund. In all den Monaten, in denen ich Pippa kenne, habe ich noch keine Möglichkeit gefunden, damit umzugehen. Dabei ist es sehr oft so: Pippa sorgt für sich selbst immer am besten.

Wir schweigen und starren uns an.

Plötzlich, *boing*. Ein Geräusch rechts über uns.

Ich erstarre.

Pippas Augen weiten sich. »W-was ist das?«

Boing, wieder ein Knall, gefolgt von Schneebrocken, die vom Dach fallen.

»I-ich weiß es nicht.« Mein Herz schlägt bis zum Hals und mir ist schlecht vor Angst.

»L-läuft da jemand übers Dach?«, fragt Pippa. Ihre Stimme klingt zittrig.

»V-vielleicht.« Meine Stimme krächzt auch.

Ich umklammere den Schaufelstiel. Auf einmal bin ich froh um das große Werkzeug. Wenn uns jemand was antun will, hole ich voll aus.

Eine Dachplanke knarrt. Und noch eine. Das Knarren verlagert sich ganz langsam nach rechts. Genau zu der Stelle, an der wir stehen. Dann hört es auf.

»Oh nein, nein«, jammere ich. »Das ist nicht gut.«
»Psst«, zischt Pippa und legt einen Finger auf die Lippen.
Mein Mund klappt zu. Wir rühren uns nicht. Ich lausche angespannt, höre aber nichts mehr. Nur den Wind und meine eigene keuchende Atmung. Dann beginnt das Poltern über unseren Köpfen wieder. Ängstlich schaue ich hoch.
»Wir müssen hier weg«, flüstert Pippa so leise, dass ich sie kaum verstehen kann. »Ich zähle bis drei und dann rennen wir zum Auto, okay?«
Das Geräusch ist jetzt überall. Links, rechts, vor uns, hinter uns. Ich kann vor lauter Nervosität nicht mehr nachdenken.
»Abby, kapierst du, was ich sage?«, zischt sie etwas lauter.
»Ja.« Ich nicke in panischer Angst.
»Eins.«
Meine Muskeln spannen sich.
»Zwei.«
Das Adrenalin schießt durch meinen Körper. Ich hole tief Luft.
»Drei!«
Wir sprinten unter dem Vordach raus, zurück in den Schneesturm, zum Auto. Ich schleife die Schaufel hinter mir her, die mir bei jedem Schritt mit dem scharfen Metallblatt gegen die Waden knallt. Ich achte nicht darauf. Meine Füße haben die Regie übernommen. Rechts, links, rechts, links, immer schneller und schneller. Keuchend erreichen wir den Geländewagen. Meine Lungen pfeifen nach Sauerstoff. Aber ich kann nur an eines denken: rein, so schnell wie möglich. Ich reiße an der Tür.
»Junge, Junge, das ist ja nicht zu fassen«, sagt Pippa.
»Mach bitte die Tür auf«, flehe ich. »Bitte bitte.«
Sie kichert. »Abby, ganz ruhig, es passiert nichts.«
Ihre Worte haben eine idiotische Wirkung auf mich: Ich höre abrupt auf mich zu bewegen, als würde bei einem Film auf Pause gedrückt. Die Hand auf der Klinke frage ich: »Hä, was?«

»Schau doch selbst.«

Ganz langsam drehe ich mich um. Ich habe so eine Angst, jemand könnte hinter mir stehen. Aber der Garten ist weiß und verlassen. Der Wind bläst den Schnee in weißen Schemen durch den Garten. Es sieht aus, als würden Nebelschwaden über den Boden fliegen. Auf dem Vordach wirbelt der Schnee in kleinen Strudeln. Ich kann nichts sagen.

»Geht es?«, fragt sie.

»J-ja, ist okay.«

»Willst du wissen, was wir gehört haben?«

»Hu-uh, ja.«

»Das da wahrscheinlich.« Sie zeigt zu einem großen Baum neben dem Vordach. Bei jedem Windstoß fällt Schnee von den Ästen auf das Dach, *plopp, plopp, plopp*. Die Zweige peitschen von links nach rechts.

»Oh.« Plötzlich fühle ich mich so unglaublich dumm.

»Wir sind vielleicht zwei Angsthasen, was?«, sagt Pippa.

»Ja.« Ich spähe noch einmal zu dem Dach, weil ich der Sache noch immer nicht ganz traue. Aber es ist wirklich niemand da.

»Ich habe dich noch nie so schnell rennen sehen.« Sie grinst.

»Das war allerdings deine Idee«, werfe ich zurück.

Wir grinsen beide. Die Spannung verebbt. Übrig bleibt ein Gefühl von Unruhe und Unheil.

»Und was jetzt?«, frage ich.

»Schippen, sonst kommen wir hier nie weg.«

»Oh ja.«

»Nimmst du den Reifen?« Sie zeigt auf den rechten Vorderreifen. »Dann fange ich auf der anderen Seite an.«

»Okay.«

Pippa zwinkert mir zu und geht auf die linke Wagenseite.

Seufzend stecke ich das Metallblatt in den Schnee. Mit großer Mühe bekomme ich die schwere Schaufel hoch. Der Wind bläst den Schnee wie Pulver auseinander. Das übrig bleibende Häufchen werfe ich hinter mich. Und dann wieder von vorn. Nach einiger Zeit weiß ich nicht mehr, wie oft ich die Schaufel schon geschwungen habe. Es ist, als würde immer neuer Schnee vor meinen Reifen fallen. Schweiß rinnt mir den Rücken hinunter, der Kragen meiner Jacke ist nass. Ich stelle mir vor, dass uns jemand bespitzelt. Mir wird noch wärmer. Hör auf, Abby, das ist dumm, was du da machst! Sehr dumm, dumm, dumm. Da war niemand.

Kloing. Das Metallblatt der Schaufel stößt auf den gefrorenen Untergrund. Ich kratze noch mehr Schnee weg, sodass eine Rinne entsteht.

»Ist es so gut?«, rufe ich außer Atem zu Pippa hinüber.

»Hä?«, schreit sie. »Was sagst du? Ich höre nichts.«

»So gut?«, schreie ich und zeige zum Reifen.

Sie macht ein paar Schritte in meine Richtung und wirft einen flüchtigen Blick auf meine Arbeit.

»Scheint mir prima.« Sie wischt sich mit dem Handschuh über die Stirn. »Wir fahren, ich bin auch fertig.«

»Zum Glück.«

»Sag dem Häuschen tschüs.«

»Tschü-hüs.« Noch nie war ich so erleichtert.

Kapitel 32

Es ist still und dämmrig im Wagen. Die Frontscheibe ist von einer dicken Schneeschicht bedeckt. Es ist, als wären wir in eine sichere Höhle gekrochen, weit weg von der Außenwelt. Ich seufze und lehne mich zurück. Tränen brennen hinter meinen Lidern.

Pippa steckt den Schlüssel ins Schloss und schaltet die Zündung ein. Brummend erwacht das Auto zum Leben, blaue Ziffern auf dem Armaturenbrett geben die Zeit an: 15:45 Uhr. Die Scheibenwischer schieben Halbmonde in die Schneeschicht. Bruchstücke des Gartens werden sichtbar. Das Radio springt an, Cheryl Cole singt von einer Liebe, für die es sich zu kämpfen lohnt. Das sind Fetzen aus einem Leben, in das wir jetzt wieder zurückfahren. Pippa dreht an einem Knopf. Zwei Lichtbündel schießen aus den Scheinwerfern, Schneeflocken huschen wie dunkle Federn durch den Lichtkegel.

Ich schnalle mich an. Der straffe Gurt über meinem Oberkörper gibt mir ein Gefühl von Sicherheit.

»Hoffentlich schafft es der Vierradantrieb«, murmelt Pippa. »Sonst müssen wir die Schneeketten aufziehen und das ist echt Arbeit.«

Ich tue so, als würde ich nicht hören, was sie gesagt hat. Ich möchte so gern nach Hause.

»Los geht's.« Sie dreht den Zündschlüssel weiter.

Ein Mordsgetöse und Spucken ist zu hören, als läge der Wagen im Todeskampf und gäbe dann auf.

»Fuck«, sagt Pippa.

»Was ist los?«, frage ich erschrocken.

»Keine Ahnung.«

Sie dreht den Schlüssel noch einmal um. Mehr als ein leichtes Hüsteln kommt nicht aus dem Motor. Beim dritten Versuch bleibt es still.

»Shit, shit, shit.« Sie schlägt mit der Hand auf das Lenkrad.

Ich rutsche tiefer in meinen Sitz. Pippas Fluchen macht mich nervös. »Gib mir mal das Buch aus dem Handschuhfach«, sagt Pippa.

»Welches Buch?«

Sie wirft mir einen irritierten Blick zu. »Das Handbuch für dieses Auto natürlich.«

»Es ist nicht meine Schuld, dass es nicht anspringt«, sage ich pikiert.

»Das weiß ich, entschuldige.«

»Hm.« Ich krame im Handschuhfach. Es ist vollgestopft. TicTac, Taschentücher, Lakritz, ein Päckchen Mentholzigaretten, eine Sonnenbrille. Ganz unten finde ich das Handbuch.

»Hier«, sage ich.

»Danke.« Stirnrunzelnd betrachtet Pippa die erste Seite.

Ich schaue aus dem Fenster. Das Tageslicht zieht sich allmählich zurück. Die Wolken sind dunkelgrau, fast schwarz. In einer halben Stunde ist es dunkel. Und dann kann alles und jeder durch den Garten laufen, ohne dass wir es sehen. Ich drücke einen Daumen und bete, dass Pippa schnell die Ursache des Problems findet. Aus dem Augenwinkel sehe ich plötzlich ein blinkendes Lämpchen bei der Instrumentenanzeige. Es ist orange mit einer Zapfsäule darin.

»Haben wir vielleicht kein Benzin mehr?«, frage ich.

»Psst«, sagt Pippa, »ich versuche zu lesen.«
»Schau doch bitte erst einmal auf die Armaturen.«
Ohne den Kopf zu bewegen, schaut sie unter den Wimpern durch. Ihr Kopf ruckt hoch, als sie das Lämpchen sieht. »He, wie kann das denn sein? Wir haben an der Grenze noch getankt. Wir können gut siebenhundert Kilometer mit einer Tankfüllung fahren. Das kann nicht sein.«
»Es ist aber wohl so.«
Da ist er wieder, der irritierte Blick. »Jajaaaaa, ich sehe auch, dass das Lämpchen brennt.«
Ich seufze. Pippa ist ganz offensichtlich nicht gewohnt, dass ihr jemand anderes sagt, was Sache ist.
»Schau mal im Buch nach«, sage ich.
Sie schlägt eine Übersichtszeichnung des Armaturenbretts auf. »Das ist Lämpchen Nummer fünfzehn. Mal sehen.« Ihr Zeigefinger fährt über den Index.
Jetzt drücke ich auch den Daumen der anderen Hand. Bitte, bitte, bitte, lass es nicht das Benzin sein.
»Oje.« Pippa klappt das Buch zu und lächelt mich verkrampft an.
Ich kneife mir ganz fest in die Hände.
»Du hattest recht«, sagt sie. »Es ist die Benzinuhr. Wir haben tatsächlich kein Benzin mehr.«
Komischerweise ist die Nachricht, dass das Benzin wirklich alle ist, weniger schlimm als die Angst, die ich vorher hatte. Ein dumpfes, müdes Gefühl legt sich über mich. Das ist es also. Wir haben kein Benzin mehr und wir müssen hierbleiben. Ich sehe zu Pippa hinüber. Ihre Wangen sind knallrot. Wahrscheinlich denkt sie dasselbe. Ohne Benzin kommen wir hier nicht weg.
»Ich schaue mal, was draußen los ist«, sagt sie plötzlich.
»Aber ...«
Pippa hört nicht zu und springt nach draußen. Das Heulen des

Windes schwillt an. Sie schlägt die Tür zu, es wird wieder still. Im Rückspiegel sehe ich, wie Pippa mit großen Schritten zum Wagenheck geht. Dann verschwindet sie aus meiner Sicht. Panisch schaue ich um mich. Wo ist sie geblieben? Der Raum hier drinnen wird kleiner, die Luft dicker. Jeder kann mich hier hinter diesen Scheiben sitzen sehen. Ich muss auch weg. Aber es ist, als wären meine Beine am Lederbezug festgeklebt. Mit unglaublicher Anstrengung klicke ich meinen Gurt auf und steige aus. Der Wind bläst mir die Tür fast aus den Händen.

»Pippa?«, rufe ich.

Keine Antwort.

Mein Hals schnürt sich zu. Was, wenn Pippa auch verschwunden ist? Dann bin ich ganz allein hier!

»Piiippaaaaaa!«, schreie ich, so laut ich kann.

»Ich bin hier hinten.« Die Worte treiben durch den Wind zu mir.

Mit schlotternden Knien laufe ich zum Heck. Pippa kauert neben dem Reifen. Ihre Haare flattern wie eine Fahne hinter ihrem Kopf.

»Was ist?«, fragt sie. »Du schaust so merkwürdig.«

»Du warst auf einmal weg«, sage ich kläglich.

»Ich hab doch gesagt, dass ich rausgehe!« Sie sieht mich gereizt an.

Ihr Blick verjagt meine Angst. »Du hättest mir ruhig sagen können, was du vorhast. Ich konnte dich nirgends finden.«

Sie seufzt. »Entschuldige, Abby. Ich wollte dir keine Angst machen.«

»Hm. Was tust du da eigentlich?«

Pippa weist auf den Schnee. »Dem hier nachgehen.«

Ich gehe neben ihr in die Hocke. Unter dem Wagen ist der Schnee gelb, als hätte jemand dort hingepinkelt. Ich nehme eine Handvoll gelben Schnee und rieche daran. Es erinnert mich an unsere Grillpartys im Sommer, als alles noch gut war zwischen meinen Eltern. Mein Vater hat die Holzkohle immer mit Benzin angezündet.

»Das ist Benzin«, sage ich.

»Ja, das vermute ich auch.«

Wir hocken eine Ewigkeit schweigend nebeneinander.

»Hat der Tank vielleicht ein Leck?«

»Vielleicht.« Pippa steht auf. Über mir öffnet sie die Klappe zum Tankverschluss und späht hinein. »Ich meine, das sieht alles normal aus.«

»Seltsam.«

Sie hebt die Hände. »Ich weiß mir gerade auch keinen Rat mehr.«

Plötzlich schießt mir ein Gedanke durch den Kopf. Es kostet mein Gehirn große Mühe, ihn zu akzeptieren. Wenn der Tank nicht leck ist, dann gibt es nur eine andere mögliche Erklärung für diese Benzinpfütze im Schnee. Ich kann die Worte kaum aussprechen. »Pippa, hör mal, ich fürchte, da hat einer Benzin auslaufen lassen.«

»Oh, geht das denn?« Pippa bleibt der Mund offenstehen. Entsetzen breitet sich auf ihrem Gesicht aus. Sie lässt sich wieder neben mich auf den Boden plumpsen.

»Das ist nicht so schwierig. Du musst einen Gummischlauch in den Tank hängen, kurz mit dem Mund ansaugen und dann läuft das Benzin von allein heraus. Ich habe das mal im Fernsehen gesehen.«

Sie starrt mich glasig an.

»Wir sollten am besten zum Haus zurückgehen«, sage ich.

Sie seufzt ganz tief. Ihre Schultern rutschen in ihre Jacke. Es scheint, als wäre sie ein paar Zentimeter geschrumpft. »Das müssen wir wohl.« Sie klingt niedergeschlagen, was mir merkwürdig vorkommt. So kenne ich Pippa gar nicht, meist ist sie mutiger als ich.

»He, Kopf hoch«, sage ich. »Wir finden schon eine Lösung.« Ich stehe auf. »Lass uns erst ...«

»Pass auf!«, ruft Pippa.

Ich höre einen Schlag und plötzlich liege ich auf dem Boden. Pippa beugt sich besorgt über mich. Ich schließe kurz die Augen. Als ich sie wieder öffne, ist sie immer noch da. Und sie schaut wirklich besorgt.

»Was ist los?«, frage ich erstaunt.

»Du hast dir den Kopf an der Tankklappe gestoßen.«

»Oh.« Automatisch geht meine Hand zu meinem Hinterkopf. Sanft reibe ich über die Stelle. Es tut weh. Erschrocken ziehe ich die Hand zurück. Mein Handschuh ist tiefrot vor Blut. Meinem Blut.

»Shit, oh, tut mir leid, das ist meine Schuld!«, jammert Pippa. »Ich habe die Klappe nicht zugemacht. Es tut mir leid, Abby, es tut mir wirklich furchtbar leid.«

»Ist es schlimm?«, frage ich, während ich noch einmal mit den Fingerspitzen meines Handschuhs über die Wunde streiche. Es klebt noch mehr Blut am Stoff.

»Geht so«, sagt Pippa. »Es ist ein kleiner Schnitt, aber er blutet ziemlich heftig.«

Ich weiß, dass sie lügt, denn sie schaut in eine andere Richtung.

»Ich friere«, murmele ich.

»Ja, ja, natürlich.« Sie nickt nervös. »Du liegst ja auch im Schnee. Ich helfe dir hoch, sonst wirst du noch völlig durchnässt.«

Pippa fasst mich unter den Achseln. Ihre Haare kribbeln in meiner Nase. Ich kann noch immer das süßliche Shampoo vom Morgen riechen.

»So, komm.« Behutsam zieht sie mich hoch. Mein Kopf fängt an zu hämmern. Schwindlig lehne ich mich an sie.

»Tut es weh?«, fragt sie besorgt.

»Ja.«

»Halte noch kurz durch.« Sie schaut mich flehend an. »Wir sind fast drinnen.«

Vorsichtig gehen wir durch den Garten. Der Schmerz explodiert bei jedem Schritt. Es fühlt sich an, als würde mir jemand mit einem Brett auf den Kopf schlagen, immer wieder. Der Wind reißt an meiner Kleidung. Verkrampft halte ich mich an Pippas Arm fest.

»Noch ein paar Schritte«, sagt sie. »Komm, Abby, du kannst es!«

Mit einem Gefühl, als würde ich den Mount Everest besteigen, gehe ich zur Haustür. Pippa lässt mich los.

»Entschuldige«, sagt sie. »Ich muss die Haustür aufschließen.«

Schwindlig lehne ich mich an die Wand und schaue auf ihre Hände. Sie fingert mit dem Schlüssel im Schloss.

»Shit, ich kann nichts sehen«, schimpft Pippa.

Das graue Tageslicht ist fast ganz verschwunden. Die letzten Schatten halten sich krampfhaft an der Dämmerung fest. Es geht etwas Drohendes aus von dem Abend, der durch den Garten schleicht und alles verschluckt.

»Geschafft«, sagt Pippa erleichtert.

Die Haustür schwenkt auf. Sie hilft mir über die Schwelle in die kalte, dunkle Diele. Die Tür fällt hinter uns zu. Ich schaudere. Das Haus fühlt sich an wie ein Gefängnis, dem wir nicht mehr entkommen können.

Kapitel 33

Ich sitze auf dem Sofa, eine Decke über den Beinen. Pippa schüttelt ein Kissen auf und schiebt es mir hinter den Kopf.

»Sitzt du bequem?«, fragt sie.

Ich nicke.

»Willst du etwas trinken?«

»Ein Glas Wasser.«

»Wird erledigt. Bin sofort wieder da.« Als sie eine Minute später zurückkommt, hat sie ein Glas Wasser und eine Packung Kekse dabei.

»Hier, bitte.« Sie reicht mir das Glas.

»Danke schön.« Ich trinke gierig mit großen Schlucken. Das Wasser ist so kalt, dass es mir an den Zähnen wehtut. Seit die Heizung nicht mehr funktioniert, ist es auch hier drinnen Winter geworden. Die Kälte hängt in der Luft, in den Sofapolstern, an den Scheiben mit Eiskristallen, im feuchten Bodenbelag.

»Genug?«, fragt sie.

»Ja.« Ich reiche Pippa das halb volle Glas zurück.

Sie gibt mir einen Keks und ich beiße ein Stückchen ab. Es schmeckt süß und lecker. Ich krieche noch etwas tiefer unter die Decke und knabbere an meinem Keks. Pippa hat mir zwei Kopfschmerztabletten gegeben, die den Schmerz dämpfen. Meine Wunde hat sie mit Gaze und Verband versorgt.

»Du würdest eine tolle Krankenschwester abgeben«, sage ich mit vollem Mund.

»Haha, Scherzkeks.«

»Nein, wirklich, ich meine es ernst. Ich finde es auch sehr lieb, dass du meine Sachen aus dem Auto geholt hast.«

»Jetzt hör aber auf, das war doch wirklich kein Akt.«

Ich weiß, dass es nicht so war. Pippa ist vor einer halben Stunde zum Wagen gerannt, mit einem Blick, als käme sie nicht mehr zurück. Aber sie wollte unbedingt gehen: Dort lagen unsere Sachen und, noch wichtiger, die Taschenlampe.

»Weißt du, Pippa ...«

»Na, Abby, erzähl.«

»Ich bin froh, dass wir zusammen hier sitzen«, sage ich. Ich nehme ihre Hand und drücke sie sanft.

»Pass nur auf, gleich fange ich noch an zu heulen«, sagt sie cool. Aber ich sehe, wie ihre Augen feucht werden.

»Wir kommen schon noch von hier weg«, sage ich.

»Ja.« Ihre Stimme ist kaum lauter als ein Flüstern. Sie räuspert sich. »Willst du noch einen Keks?«

»Gern.«

Schweigend knabbern wir an unseren Keksen. Es ist, als hätten wir eine Auszeit genommen. In der letzten Stunde haben wir weder über den leeren Tank, noch über Kim und Feline gesprochen. Wir tun so, als sei nichts passiert. Ich weiß, dass es ein trügerisches Gefühl von Sicherheit ist und dass uns die Wirklichkeit in wenigen Minuten oder Stunden wieder einholt. Aber im Augenblick fühlt es sich gut an.

»Es ist wirklich sterbenskalt hier«, murmelt Pippa. »Nachher enden wir noch wie das Mädchen mit den Schwefelhölzern: auf dem Sofa erfroren.«

»Das ist doch ein Märchen?«

»Ja, aber leider ohne Happy End.«

Ich starre auf meine Hände. »Wir können den Kamin anzünden«, schlage ich vor.

Pippa springt auf, als hätte ich ihr erzählt, dass ein Pizzakurier vor der Tür stünde.

»Was für eine gute Idee«, sagt sie und grinst. »Ein romantisches Kaminfeuer. Das wird die Stimmung hier ein wenig anheizen.«

Mit großen Schritten geht sie zum Kamin. Die Flammen der Kerzen auf dem Tisch erlöschen fast, als sie vorbeigeht.

»Wie funktioniert das Ding?«, fragt sie, während sie unter die Kaminhaube späht.

»Das ist ganz simpel«, sage ich. »Holzscheite stapeln, zerknüllte Zeitungen dazu, anzünden, fertig.«

Pippas Kopf kommt wieder zum Vorschein. »Das Holz liegt draußen unter dem Vordach, oder?« Ich sehe, dass sie nachdenkt: Shit, dann muss ich wieder allein da raus.

»Dieses Mal gehe ich mit«, sage ich.

Noch nie habe ich jemanden gesehen, der so erleichtert geguckt hat. Aber dann wandert ihr Blick zu meinem verbundenen Kopf. »Vielleicht solltest du lieber hierbleiben«, sagt sie matt.

»Oh, du meinst wegen meiner Wunde?«, sage ich leichthin. »Mach dir keine Sorgen, es geht mir schon um einiges besser.«

Um das zu demonstrieren, setze ich mich auf. Sofort fängt mein Kopf an zu hämmern. Aber es ist nicht der schneidende Schmerz von eben, sondern ein dumpfes und weit entferntes Klopfen.

»Bist du sicher?«, fragt Pippa.

Ich hole tief Luft. Das Klopfen wird nicht schlimmer.

»Ja, ich bin sicher. Sonst würde ich es dir doch wohl sagen.«

Sie schaut weiterhin besorgt.

»He, ich bin doch nicht aus Porzellan. Ich kann prima mit dir gehen.«

Sie lächelt. »Das wäre schön, Abby. Draußen ist es so dunkel, so verlassen. Als ich am Auto war ... ich habe überall seltsame Geräusche gehört. Ich war ... ich ...«

»Diesmal halte ich deine Hand«, sage ich feixend.

Sie lacht. »Und wer hebt dann das Holzscheit hoch? Mir wäre es lieber, wenn ...«

Mitten im Satz bricht sie ab und dreht sich um. »He, was liegt denn da auf dem Boden?«, höre ich sie sagen.

Sie bückt sich.

Ich schaue auf ihren Rücken.

»Was hast du gefunden?«, frage ich neugierig.

Sie antwortet nicht.

»Pippa?«

Sie richtet sich auf. Ihr Gesicht ist leichenblass. »Das ist Felines Schal«, sagt sie heiser.

Ich erkenne den hellgrauen Stoff und zucke die Schultern. »Wahrscheinlich hat sie ihn hier liegen lassen.«

Pippa fängt lautlos an zu weinen.

»Himmel«, sage ich erschrocken. »So schlimm ist das doch nicht. Ich meine, das ist nur ein Schal!«

Langsam hebt sie die Arme. Sie hält den Schal wie ein Fußballfan zwischen ihren Händen. Es steht etwas darauf, wie mit Fingerfarbe draufgeschmiert. Ich kneife die Augen zusammen, um die dunkelbraunen, fast schwarzen Buchstaben lesen zu können.

    AUCH IHR WERDET DRAN GLAUBEN!

Mein Atem stockt, einen Augenblick höre ich nichts anderes als mein Blut, das in meinem Kopf rauscht. Ich spüre, wie die Sicherheit um mich herum bröckelt, bis nichts mehr davon da ist. Deutlicher als mit dieser Nachricht kann man es nicht sagen: Jemand will uns umbringen. Und wir sitzen hier wie die Ratten in der Falle. Mein Herz schlägt so schnell, dass ich befürchte, es könnte bald ganz aufhören. Kann man vor Angst sterben?

Pippa schlägt die Hände vors Gesicht. Ich höre ihr gedämpftes, keuchendes Schluchzen. »Nein«, jammert sie. »Nein.«

Mit zwei Schritten stehe ich vor ihr und nehme sie in die Arme. Wir weinen zusammen. Ihre nassen Wangen kleben an meinen, ich schmecke das Salz unserer Tränen. Innerhalb weniger Sekunden sind unsere Gesichter klatschnass.

»Dieser T-typ ist hier drinnen gewesen«, sagt sie zwischen zwei Schluchzern.

»Psst, nur ruhig«, flüstere ich in ihr Ohr. Eigentlich weiß ich nicht, warum ich das sage, denn ich bin selbst sehr weit davon entfernt, ruhig zu sein.

Ihr Schluchzen wird stärker und hysterischer. »Vielleicht hat er den Schal ja hingelegt, als wir am Auto w-waren«, hickst sie. »E-er spielt ein S-Spiel mit uns.«

Meine Angst ist jetzt so groß, dass sie meine Kehle verschließt. Wenn dieser Typ tatsächlich hier drinnen gewesen ist – wer sagt dann, dass er jetzt weg ist? Genauso gut kann er sich irgendwo im Haus versteckt haben und uns jetzt beobachten. Ich sauge mühsam Luft ein.

»Warum macht der das mit uns?«, jammert sie. »Warum?«

»Ich weiß es nicht«, höre ich mich heiser sagen.

»Wir werden st-st-sterben.« Sie schluchzt hysterisch. »Wie K-Kim und F-Feline.«

»Nein!« Ich sage es so heftig, dass ich selbst erschrecke. »Kim und Fee sind nicht tot. Und wir werden auch nicht sterben.«

Pippa löst sich von mir. »Ich wünschte, du hättest recht«, sagt sie leise und drückt mir Felines Schal unter die Nase. Er riecht nach Beefsteak, das zu lange im Kühlschrank gelegen hat: muffig und nach Eisen.

Ich stoße einen Schrei aus, als hätte sie mir wehgetan. »W-wie riecht *das* denn?«

»Blut. Die Buchstaben sind mit Blut geschrieben.«

Würgend weiche ich zurück. »Das kann nicht sein«, stammele ich. »Das kann nicht sein, das kann einfach nicht sein!«

Tränen tröpfeln über Pippas Wangen und hinterlassen schwarze Mascaraspuren. »Es tut mir leid, Abby, aber ich fürchte, mit Kim und Feline ist was ganz Schlimmes passiert.«

In der eingetretenen Stille bleiben ihre Worte lange hängen. Sie umarmt mich. Wie ein Orkan rasen jede Menge Gedanken durch meinen Kopf. Über Kim und Fee. Übers Sterben. Mein altes Leben in Amsterdam, das nun unendlich weit weg scheint. Über Casper. Vielleicht sehe ich ihn nie wieder und kann ihm nie wieder sagen, wie sehr ich ihn liebe. Nach ein paar Minuten legt sich der Orkan wieder. Ein Gedanke nach dem anderen verstummt, bis in meinem Kopf nichts anderes mehr ist als Angst.

Wir lassen uns los. Ich vermisse Pippas Wärme. Zitternd schlinge ich die Arme um meine Taille.

Pippa schaut mich mit großen hohlen Augen an. Die Tränen sind weg. »Und jetzt?«, fragt sie.

Auf einmal bin ich schrecklich müde. »Ich weiß es nicht.«

»Oh Abby, ich habe so große Angst.«

Wieder schwingt ein Schluchzen in ihrer Stimme mit. Ich muss dafür sorgen, dass sie nicht wieder in Panik gerät.

»Hier sind wir sicher«, sage ich. »Er kann sich unmöglich hinter dem Sofa versteckt haben.«

Ein Anfang. Das ist gut.

»Ja.« Pippa klingt etwas gefasster.

Mein Hirn geht einen Schritt weiter. »Also müssen wir dafür sorgen, dass er nicht hier hereinkommt.«

»Ja.« Es bleibt kurz still und dann fragt sie. »Aber wie denn?«

Mein Kopf funktioniert so langsam. »Wir ... wir ...« Plötzlich weiß ich es. »Wir verbarrikadieren die Tür zum Wohnzimmer!«

Pippas Lippe fängt an zu zittern.

Schnell rede ich weiter. »Wir machen einfach einen Bunker daraus. In ein paar Stunden geht das Telefon bestimmt wieder. Dann rufen wir die Polizei und werden gerettet.«

Sie schüttelt den Kopf. Es sieht erschreckend und verletzlich aus, als hinge er an einem ganz dünnen Faden, der jeden Moment reißen könnte. »Er tritt einfach die Tür ein«, sagt sie mit belegter Stimme.

»Aber ...«

»Es ist so ungerecht. Zwei Mädchen in einem dunklen Haus. Wir haben keinerlei Chance. Sollen wir ihn vielleicht mit einer Bratpfanne niederschlagen?«

Sie fängt wieder an zu weinen.

Ich bin kurz davor, in ihre Panik reingesogen zu werden. Aber ich verbiete mir, mich der Angst hinzugeben, die ich empfinde. Wenn ich ihr nachgebe, haben wir keine Chance. Ich muss weiter nachdenken, das ist unsere einzige Rettung. Denken, denken, denken.

Das Bild kommt wie ein Foto in meinen Kopf. Ich erschrecke vor den haarscharfen Einzelheiten, an die ich mich noch erinnere. Das dunkle Holz des Kolbens, der doppelte Lauf, das schwarze Metall des Abzugs. Warum habe ich nicht früher daran gedacht?

»Mein Vater hat ein Gewehr!«, rufe ich.

»W-was?«

»Er hat ein Jagdgewehr! Es liegt irgendwo in seinem Arbeitszimmer.«

Es ist, als würde ich bei Pippa auf einen Knopf drücken. Das Schluchzen hört abrupt auf. »Wir holen es«, sagt sie und trocknet sich dabei mit dem Handrücken die Wangen.

»Traust du dich das? Ich meine, vielleicht hat sich der Typ ja oben versteckt?«

»Das Gewehr ist unsere einzige Überlebenschance«, sagt sie entschlossen.

Ich nicke.

»Du gehst mit der Taschenlampe voraus«, fährt sie fort. »Ich folge dir mit dem eisernen Schürhaken.«

Ein flaches Lächeln umspielt meinen Mund. Pippa, die Befehle erteilt. So kenne ich sie.

Sie nimmt den Schürhaken aus dem Kamin und hält ihn wie ein Schwert. »Wie geht es deinem Kopf?«, erkundigt sie sich auf dem Weg zur Tür.

»Prima«, murmele ich und ignoriere die heftigen Stiche. Mein Kopf ist gerade meine geringste Sorge.

»Okay, dann gehen wir.«

Pippa öffnet die Tür und wir betreten die stockdunkle Diele.

Kapitel 34

Schritt für Schritt schieben wir uns voran. Der runde Lichtkegel der Taschenlampe zerschneidet das Dunkel, unsere Füße folgen seiner Bahn. Die Dunkelheit um uns herum ist schrecklich. Es ist so schwarz und dicht, dass ich keine Formen unterscheiden kann. Aber es geschehen Dinge. Manchmal knackst etwas oder ich höre ein leises Ticken. Ich versuche nicht in Panik zu geraten.

Die Taschenlampe beleuchtet die Treppe. Ich setze meinen Fuß auf die erste Stufe. Das Holz ächzt und ich krümme mich zusammen. Der Lichtstrahl schießt über die Stufen davon.

»Was ist passiert?«, fragt Pippa kaum hörbar hinter mir.

»Nichts«, flüstere ich. Ich hole tief Luft und halte die Lampe gerade. Mit gummiweichen Beinen gehe ich weiter hinauf.

Wieder knackst eine Stufe.

Mein Kopf ruckt nach rechts und links. Bewegt sich da was oder bilde ich mir das nur ein?

Kloing. Pippa stößt mit dem Schürhaken gegen die Wand. »Verdammt«, höre ich sie leise fluchen.

Keuchend vor Angst steige ich die letzte Stufe hinauf. Am Treppenabsatz schießt das Licht meiner Taschenlampe hektisch über Wände und Türen. Niemand da.

Pippa stellt sich neben mich. »Beeil dich, bitte«, zischt sie. »Ich will hier keine Sekunde länger als notwendig bleiben.«

Gemeinsam gehen wir in Richtung Arbeitszimmer. Der Holzboden ächzt und knackt. Mein Herz hämmert in meinem Brustkasten. Ich will hier nicht sein. Das ist eine dumme Idee. Wir können auch umkehren und ins Wohnzimmer rennen. Oh bitte, lass uns zurückgehen!

Endlich stehen wir vor der Tür zum Arbeitszimmer, meine Hände sind schweißnass. Ich schlucke meine Angst weg und drücke die Klinke herunter, quietschend geht die Tür auf. Ich spähe um die Ecke. Drinnen ist es pechschwarz.

»Ich bleibe hier und behalte alles im Auge«, flüstert Pippa. »Du suchst das Gewehr, okay?«

»Okay.« Mit einem Knoten im Magen trete ich über die Schwelle. Es fühlt sich an, als würde ich als Nichtschwimmer ins Tiefe springen. Ich versinke im Dunkeln, es schließt mich von allen Seiten ein, ich fühle mich total beklommen. Plötzlich bin ich absolut sicher, dass sich der Kerl hier versteckt hat. Ich kneife die Augen fest zu. Höre ich jemanden durchs Zimmer schleichen? Ich beiße mir auf die Lippe und schmecke den süßen, eisenhaltigen Geschmack meines Blutes. Schreckliche Bilder steigen auf. Ein Mann, der sich mit einem Messer auf mich stürzt. Mein Körper in einer Blutlache. Pippa, die um ihr Leben rennt. Meine Eltern, die auf meiner Beerdigung weinen. Am liebsten würde ich mich auf den Boden legen und weinen. Das hier können wir sowieso nicht gewinnen.

»Was machst du da?«, fragt Pippa.

Die Bilder verschwinden. Ganz langsam öffne ich meine Augen. Ich lebe noch und die Dunkelheit wirkt etwas weniger bedrohlich. Ich habe das Schlimmste befürchtet, aber es ist nicht eingetreten – und auf einmal bin ich wild entschlossen, es auch nicht eintreten zu lassen.

»Abby?«

Zittrig hole ich Atem. »Ja«, flüstere ich. Es klingt schwach, aber nicht besiegt.

»Ich habe mir Sorgen gemacht. Du standest da so komisch.«
»Du brauchst dir keine Sorgen zu machen.« Ich höre, wie meine Stimme wieder kräftiger wird. »Es ist alles in Ordnung.«
»Wirklich?«
»Wirklich!«
»Beeilst du dich dann ein bisschen? Die Warterei geht mir an die Nerven!«
»Ich gebe mir Mühe.«

Ich zwinge mich zum Nachdenken. Wo könnte mein Vater das Gewehr aufbewahren? Vielleicht im Bücherschrank? Mit der Taschenlampe beleuchte ich die Wände. Ich sehe Bücher, Bücher und noch einmal Bücher. Die Titel auf dem Rücken sind nicht zu erkennen, aber ich weiß, was mein Vater gerne liest: historische Bücher, englische Literatur, Gedichte. Ich schaue in alle Ecken des Schranks. Dort liegt das Gewehr nicht.

Langsam gehe ich am Sofa vorbei, am Lehnstuhl aus Leder und am Beistelltisch. Meistens arbeitete mein Vater bei geschlossener Tür und meine Mutter und ich waren nicht willkommen. Ganz selten durfte ich ihm eine Tasse Tee und die Zeitung bringen. Die las er dann in seinem Ledersessel. Ich habe immer mucksmäuschenstill auf dem Sofa gewartet, damit er mich nicht hinausschickte.

»Hast du es schon gefunden?«, fragt Pippa.
»Nein.« Ich schüttele den Kopf, ohne zu wissen für wen. Pippa kann es im Dunkeln sowieso nicht sehen.
»Vielleicht liegt es in seinem Schreibtisch?«, schlägt sie vor.
»Das ist eine gute Idee.«

Mit wenigen Schritten stehe ich am Schreibtisch meines Vaters und ziehe die Schubladen auf. Sie sind ordentlich sortiert: Bankauszüge in Stapeln, Briefumschläge und Korrespondenzkarten. Büroklammern, Stifte, Radiergummis und Golfbälle in grauen Plastikbehältern. Ich fühle mich wie ein Einbrecher. In der untersten Schublade liegt ein gerahmtes Foto. Ich leuchte darauf. Mama,

Papa und ich im Urlaub in Südfrankreich. Wir lachen alle drei. Ich stoße die Schublade zu.

»Hier liegt das Gewehr nicht«, sage ich viel zu laut.

»Psst«, zischt Pippa. »Hat dein Vater es vielleicht mit nach Amsterdam genommen?«

Ich leuchte Pippa mit der Taschenlampe an und sehe die Enttäuschung schon über ihr Gesicht ziehen.

»Nein, natürlich nicht«, flüstere ich. »Was soll er zu Hause mit einem Jagdgewehr?«

»Na ja, das ist tatsächlich nicht logisch.« Sie schweigt kurz. »Aber wo liegt es dann?«

»Ich weiß es nicht, ich weiß es wirklich nicht.«

»Gibt es denn keinen geheimen Ort? Ein loses Brett, ein Loch in der Wand?«

»Nein, nicht dass ich ...« Plötzlich erinnere ich mich an etwas. Eine flache eiserne Kiste. Ich saß als Kind auf dem Sofa und Papa sagte, ich müsse meine Beine mal eben anheben, er würde am Nachmittag auf die Jagd gehen.

»Was ist?«, fragt Pippa gespannt.

»Ich weiß vielleicht, wo es ist.«

Mit wenigen Schritten stehe ich am Sofa. Ich lege mich auf den Bauch und leuchte mit der Taschenlampe unters Sofa. Überall ist Staub, auch auf der flachen Oberfläche der Kiste. Sie sieht genauso aus wie in meiner Erinnerung. Ich atme ein, ganz ruhig, und fühle mich wie ein Ertrinkender, der eine Rettungsboje gefunden hat.

»Und, und, und?«, fragt Pippa hinter mir.

»Bingo«, sage ich.

Mit einer Hand ziehe ich am Griff. Die Kiste ist bleischwer. Ich ziehe noch etwas fester. Staub weht auf und wirbelt durch den Lichtkegel der Taschenlampe. Ich muss niesen.

»Ich helfe dir«, sagt Pippa. Sie legt sich neben mich und gemeinsam zerren wir die Kiste unter dem Sofa hervor.

Ich hocke mich hin. Das Schloss wirkt alt und rostig. Ich ziehe daran, doch es gibt nicht nach.

»Klappt es?« Pippa stellt sich hin und klopft sich den Staub von der Hose.

»Hmm, mäßig.« Ich fingere an dem Schließmechanismus herum.

»Soll ich einen Hammer holen? Dann schlagen wir es einfach entzwei.« Pippa klingt ungeduldig.

»Warte mal noch.« Ich ziehe einmal kurz und kräftig am Schloss. Mit einem Klicken springt es auf.

»Ich hab's.« Vorsichtig hebe ich den Deckel an. In der dunkelblau ausgeschlagenen Kiste liegt ein Gewehr, das bestimmt anderthalb mal so lang ist wie mein Arm.

»*Wow.*« Pippa pfeift. »Das sieht mordsmäßig aus. Weißt du, wie das Ding funktioniert?«

»Ich habe mal gesehen, wie mein Vater es vorbereitet hat«, murmele ich. »Pip, halt du mal das Licht, ja?«

»Natürlich.« Sie übernimmt die Taschenlampe.

Meine Hände zittern, als ich das Gewehr aus der Stoffverkleidung nehme. Sein Metalllauf fühlt sich kühl an. Wie hat mein Vater das noch gemacht? Die Kugeln kamen irgendwo beim Abzug ins Gewehr, wie Bonbons in einen Spender. Ich fühle mit meinem Finger unter dem Abzug. Da ist eine Öffnung. Aber passen dort Kugeln hinein? Es gibt nur eine Möglichkeit dahinterzukommen. Ich nehme eine weiße Pappschachtel aus der Kiste und schüttele eine kupferfarbene Patrone heraus.

Pippas Augenbrauen schießen in die Höhe. »Heiliger Bimbam, das sind echte Kugeln, wie im Fernsehen.«

»Ja.«

»Wo müssen sie rein?«

»Hoffentlich in dieses Loch hier unten.« Ich schiebe die Patrone vor die Öffnung am Abzugshebel. Meine Hände sind im Schatten des Gewehrs. Ich fühle mich wie eine Blinde, die alles ertasten muss. Ich drücke. Die Patrone gleitet mühelos hinein. Erleichtert atme ich auf.

»Es funktioniert«, sage ich und grinse.

Pippa erwidert mein Grinsen. »Heldin.«

Die Schachtel mit den Patronen stecke ich in meine Hosentasche. In meine andere Tasche stopfe ich den schweren Trageriemen aus Leder, der unter dem Gewehr lag.

»Wie schießt man eigentlich mit dem Ding?«, fragt Pippa.

Ich zucke die Schultern. »In Filmen werden sie immer erst entsichert. Das wird wohl mit diesem Ding gehen.« Meine Finger spannen sich um ein eisernes Hebelchen.

»Nein, nein, nicht anfassen!«, sagt Pippa. »Sonst schießt du mir noch aus Versehen den Kopf ab.«

Vor lauter Nervosität muss ich kichern. »Unsinn.«

Stille tritt ein.

Plötzlich wird mir bewusst, wie unwirklich es ist, dass ich hier mit einem Gewehr in den Händen stehe. Ich weiß nicht mehr, ob ich weinen oder lachen soll.

Pippa reibt sich die Augen. »Sollen wir nach unten gehen?«

»Ja«, antworte ich leise.

»Weißt du, Abby ...« Sie zögert kurz. »Ich ... ich habe solche Angst, dass er irgendwo auf uns wartet.«

Ich klopfe auf das Gewehr. »Du brauchst keine Angst mehr zu haben.«

Sie seufzt. »Ich hoffe es.«

»Komm.« Ich nehme ihre Hand.

An der Treppe geht sie mit der Taschenlampe vor, ich folge mit dem Gewehr. Wieder knacken dieselben Stufen wie eben. Dieses Mal erschrecken sie mich weniger. Auch das Dunkel wirkt weniger bedrohlich. Wenn es sein muss, schieße ich. Mit der anderen Hand halte ich mich gut am Geländer fest.

Ich sehe, wie es passiert. Pippa passt einen Moment nicht auf und setzt den Fuß falsch auf. Ich kann nicht eingreifen. Machtlos schaue ich zu, wie sie nach unten rutscht. Am Fuß der Treppe bleibt sie liegen. Die Taschenlampe klemmt zwischen ihren Händen wie ein Kuscheltier. Das Licht scheint ihr von unten ins Gesicht. Schwarze Schatten zucken nervös über ihre leichenblasse Haut.

Eine Sekunde lang stehe ich stocksteif. Meine Knie zittern. Dann fängt Pippa an zu stöhnen.

Ich fliege hinunter und gehe neben Pippa in die Hocke. »Lieber Himmel, geht's?«, frage ich.

»Mein Knöchel«, jammert sie. »Es tut so weh.«

»Ist er gebrochen?«

»Ich weiß nicht, ich weiß es nicht.«

Auf einmal fühle ich mich so hilflos. Was soll ich machen? Mit dem Daumen streiche ich über ihre Stirn.

Pippas Lippe zittert. »Wir w-werden hier st-sterben.«

»Natürlich nicht«, versuche ich so überzeugend wie möglich zu sagen. Aber bestimmt hören wir beide, wie meine Stimme kippt.

Eine Träne rollt über ihre Wange. »Aber ich k-kann nicht mehr l-laufen.«

»Alles wird gut«, beruhige ich sie. »Ich bin doch da.«

Ein hoher Ton kommt aus ihrer Kehle.

»Ich helfe dir auf.«

Mein freier Arm zwängt sich unter Pippas Achseln. Ich strenge mich sehr an, aber weil ich mit einer Hand das Gewehr festhalte, ist es schwierig. Endlich kommt Pippa ein Stück hoch. Ich spüre, wie sie erstarrt.

»Mein Knöchel, mein Knöchel«, jammert sie.

»Nur ruhig«, sage ich und versuche, sie noch weiter hochzuziehen.

Ihre Hände krallen sich in meine Kleidung, sie hängt mit ihrem vollem Gewicht an mir. Ich falle fast um.

»Hilf mir doch bitte ein bisschen«, flehe ich. »Stütz dich auf dein gesundes Bein.«

Ich zerre an ihrem Oberkörper. Plötzlich steht sie.

»Es tut so weh!«, stöhnt sie.

»Es sind nur ein paar Meter, Pippa, halte durch.«

Stöhnend macht sie einen Schritt.

»Gut so.« Auf meiner Stirn stehen Schweißtropfen. »Los, komm, du kannst es«, feuere ich sie an.

Wir stolpern durch den Flur. Mit dem üblen Gefühl, verfolgt zu werden, schaue ich mich immer wieder um.

Kapitel 35

Die Rollen sind vertauscht. Nun liegt Pippa auf dem Sofa, ihr Fuß ruht auf einem Kissenstapel. Ich habe ein kaltes Geschirrtuch um ihren Knöchel gewickelt und ihr zwei Schmerztabletten gegeben. Die Verletzung scheint weniger schlimm als gedacht, ihr Knöchel ist nicht rot oder geschwollen. Aus meiner Hockeyzeit weiß ich, dass das ein gutes Zeichen ist und der Schmerz meistens schnell vorübergeht. Aber als ich das zu Pippa sage, scheint es nicht zu ihr durchzudringen. Der leere Blick in ihren Augen macht mir Angst. Er folgt mir, als ich die Türen zur Diele und der Küche mit Stuhllehnen blockiere. Kein Wort kommt über ihre Lippen.

Ich setze mich neben sie. Das Sofa wackelt, Pippa stöhnt.

»Au, au, au.« Sie kriecht unter die Decke.

»Tut mir leid«, sage ich.

»Ich habe so großen Durst«, flüstert sie.

»Hier.« Ich reiche ihr ein Glas Wasser. Aus der Küche habe ich etwas zu essen und zum Trinken mitgenommen: Wasser, Kekse, Schokolade, Chips und Brötchen. Ich habe keine Ahnung, wie lange wir hier noch festsitzen.

Pippa trinkt ein paar kleine Schlucke. »Reicht.«

Ich nehme das Glas aus ihren zitternden Händen. »Möchtest du noch etwas anderes? Etwas zu essen vielleicht?«

Sie schließt die Augen. Sie wirkt so verletzlich. Ihre blonden

Haare hängen strähnig um ihr Gesicht, die Haut hat eine graue, fast bläuliche Farbe und auf ihren Wangen schlängeln sich geplatzte Äderchen. So schlecht hat Pippa noch nie ausgesehen.

Ihre Augen öffnen sich, wässrig und abwesend. »Kann ich ein paar Chips haben?«, fragt sie.

Ich bin froh, dass ich etwas für sie tun kann. »Klar«, sage ich. »Mit Paprika oder mit Meersalz?«

»Paprika«, sagt sie so leise, dass ich mich vorbeugen muss, um sie verstehen zu können.

»Kommt sofort.« Ich reiße eine Tüte auf und reiche sie ihr.

»Danke.« Sie legt den Kopf zurück ins Kissen. Ihre Hände bewegen sich ruhelos von der Tüte in den Mund und wieder zurück. Ich höre, wie die Chips zwischen ihren Kiefern brechen.

Ich lehne mich zurück. Das Blut klopft gegen meine Schädeldecke und eine Welle der Übelkeit überrollt mich. Ich schlucke sie hinunter. Ich darf nicht an meine Kopfschmerzen denken.

»Heute Abend tun wir einfach so, als würden wir hier kampieren. Es ist doch gemütlich so mit den Kerzen.« Ich weiß nicht, warum ich das sage, es hat weder Hand noch Fuß.

Pippa hört auf zu kauen.

»Alles wird gut«, sage ich, nur um noch etwas zu sagen.

Sie schaut mich nur merkwürdig an.

Also halte ich den Mund und starre in die Flammen der Teelichter. Sie sind klein und schwach geworden. In den Töpfchen treibt eine dünne Schicht Kerzenfett. Höchstens noch eine Viertelstunde und sie werden erlöschen.

»Pip«, sage ich langsam. »Wie viele Kerzen haben wir eigentlich noch?«

»Das sind die letzten Teelichter«, sagt sie ohne viel Interesse.

Mir wird schwindelig, als ihre Antwort zu mir durchdringt. »Shit, dann sitzen wir hier gleich ohne Licht!«

Es ist, als würden wir eine Partie Domino spielen, die nicht mehr zu stoppen ist: Alle Steine fallen nacheinander um. Keine Kerzen, das ist ein Albtraum, über den ich noch nicht einmal nachgedacht hatte.

Auch Pippa scheint das klar zu werden. Die Wachsmaske ihres Gesichts bricht, sie erwacht zum Leben. Ihre Augen flackern erschrocken.

»Aber ... aber ... wir haben doch noch die Taschenlampe?«

»Die Batterien halten höchstens noch ein paar Stunden«, sage ich gereizter, als ich will.

»Oh.«

Ich schaue auf meine Armbanduhr, ich habe jegliches Zeitgefühl verloren. Es ist neun, sehe ich. Das heißt, es dauert noch mindestens zehn Stunden, bevor es morgen früh wieder hell wird.

»Wir werden draufgehen«, sagt Pippa mit Panik in der Stimme. Allmählich verliere ich ebenfalls den Mut.

»Er schnappt uns im Dunkeln und bringt uns um«, jammert sie weiter. »Ich will nicht sterben, ich will nicht ...«

»Nein!«, rufe ich. »Nein! Wir sterben nicht. Halt bitte den Mund.«

Zum Glück hört Pippa auf mich. Ich nutze die eintretende Stille zum Nachdenken. Die Lösung ist so simpel, dass ich fast lachen muss. Ich knie mich vor den Beistelltisch, blase die Teelichter aus und lasse nur eine brennen. Das Kerzchen gibt gerade genügend Licht, um den Tisch zu erhellen, aber wir sitzen zumindest nicht komplett im Dunkeln.

»W-was machst du?«, fragt Pippa.

»Ich versuche zu verhindern, dass wir gleich keine Kerzen mehr haben. Wir zünden das nächste Teelicht erst an, wenn dieses hier ausgebrannt ist. Die Taschenlampe benutzen wir nur für Notfälle. So schaffen wir es bestimmt bis morgen früh.«

Sie starrt mir ins Gesicht, fast anklagend. »Es ist total dunkel geworden, ich sehe nichts.«

Seufzend stehe ich auf. »Hör zu, Pippa, es geht einfach nicht anders. Du ...«

Wir erschrecken beide vor einem Geräusch, das von oben kommt. Ich halte den Atem an und lausche. Da knarrt etwas. Schritte? Und dann, auf einmal, *boing*, ein harter Schlag draußen.

»Oh Gott, Abby, er ist hier!« Pippa rutscht noch tiefer unter die Decke. »Er kommt uns holen!«

Ich renne zum Fenster, schaue hinaus – und starre in ein schwarzes Loch. Angst strömt durch meine Adern. Das Gefühl ist so stark, dass es scheint, als würde mein Körper aus nichts anderem mehr bestehen.

Boing, wieder dieses Geräusch. Ich sehe es vor mir, aber es kostet mein Gehirn schrecklich viel Mühe, es zu verstehen.

»Neeeeiin!«, schreit Pippa hinter mir. »Neeeeiin!«

Ich ziehe den Vorhang zu und drehe mich um. »Da ist niemand«, sage ich heiser.

Pippas Kopf kommt ein Stückchen unter der Decke hervor. Sie schaut mich mit tränennassen Augen an. »W-wie m-meinst du das?«

»Das ist ein Fensterladen, der im Wind klappert.«

»F-Fensterladen?«

»Ja.« Müde reibe ich meine Schläfen. »Nichts Beunruhigendes.«

Es ist fast unheimlich zu sehen, wie Pippa zusammenbricht. Ihr Mund verzerrt sich zu einem Strich, Tränen und Rotz tropfen über ihr Gesicht.

»Nichts Beunruhigendes?«, kreischt sie. »Du hast sie wohl nicht alle. In ein paar Stunden sind wir tot.«

Sie keucht vom vielen Schluchzen. Orangefarbene Streifen von den Paprikachips ziehen sich über ihre Wangen und mischen sich mit ihren Tränen.

»Wir haben ein Gewehr«, sage ich.

»Oh ja. Und wo war das Gewehr eben?«, schnauzt sie mich an.

Mit einem Schock wird mir klar, dass es auf dem Sofa liegt. Wenn dieser Kerl vor dem Fenster gestanden hätte, dann hätte ich nichts machen können. Wie dumm, wie unglaublich dumm!

»Wir haben nicht die Spur einer Chance«, wütet sie weiter. »Du hast noch nie in deinem Leben geschossen. Wahrscheinlich triffst du nicht mal einen Elefanten. Und schau mal.« Sie hebt ihr verletztes Bein aus dem Kissenstapel. »Siehst du das? Ich kann nicht mal wegrennen, wenn er hier auftaucht. Wir gehen drauf, Abby, wir gehen drauf.«

Ihre Panik wirkt ansteckend. Mein Mund wird trocken, ich weiß nicht, was ich antworten soll.

Ein Klirren, laut und schrill. Es kommt von oben, aus einem der Schlafzimmer. Etwas fällt herunter. Oder geht kaputt, eine Fensterscheibe zum Beispiel.

Pippa schreit: »Ich will nach Hause, ich will zu meiner Mutter!«

Plötzlich werde ich ganz ruhig. Ich schaue Pippa an, die hysterisch auf dem Sofa sitzt. Sie hat recht: Wenn wir hierbleiben, ist die Chance, dass wir sterben werden, sehr groß. Ich akzeptiere diese Erkenntnis mit einer gewissen Gelassenheit. Es gibt nur eine Möglichkeit, das hier zu überleben, und ich spreche es aus, bevor mich der Mut verlässt. »Ich hole Hilfe im Dorf.«

»Oh.« Ihr Mund schnappt nach Luft wie ein Fisch auf dem Trockenen.

Ich gehe zum Sofa und hocke mich vor Pippa.

»Hör gut zu.«

In kurzen Sätzen erkläre ich ihr, was ich machen werde. Ich gehe ins Dorf, um Hilfe zu holen. Sie bleibt hier. Alle halbe Stunde soll sie testen, ob das Telefon wieder funktioniert. Wenn ja, soll sie sofort die Notrufnummer wählen. Wenn sie bis morgen früh nichts von mir gehört hat, ist wahrscheinlich etwas sehr Schlimmes passiert.

»Hast du das verstanden?«, frage ich.

»Ja«, antwortet sie mit rauer Stimme. Es kostet sie deutlich Mühe, das zu sagen.

Ich stehe auf und nehme das Gewehr und die Taschenlampe. »Findest du es in Ordnung, wenn ich das alles mitnehme?«

Sie nickt.

Ich umarme sie. Sie zittert.

»Ich hab dich lieb«, sage ich.

Auf ihrem Gesicht zeigt sich ein Ausdruck, den ich nicht einordnen kann. Sie schaut erschrocken, fast schuldig. Tränen steigen wieder in ihre Augen. Plötzlich verstehe ich es.

»Ach, Liebe, du brauchst dich wirklich nicht schuldig zu fühlen, dass ich alleine gehe.« Ich nehme ihre zitternden Hände und halte sie zwischen meinen. »Du kannst doch nichts dafür, dass dein Knöchel verstaucht ist.«

»Nein«, murmelt sie. »Ich hab dich auch lieb, Abby.«

»Das weiß ich.«

Wir schweigen einen Moment. Ich betrachte ihr weißes Gesicht. Auf einmal habe ich schreckliche Angst, dass ich sie nie wiedersehen werde. Schnell schiebe ich den Gedanken so weit wie möglich von mir.

»Ich mache mich auf den Weg«, sage ich.

Sie widerspricht mir nicht. »Okay. Ich gehe mit dir zur Wohnzimmertür.«

»Blödsinn. Das kann ich doch allein. Denk an deinen Knöchel.«

»Aber ich muss den Stuhl wieder unter die Lehne klemmen, sonst kann der Kerl einfach so hier reinspazieren.«

Mein Blick fliegt von Pippa zum Stuhl und zu ihrem Knöchel. Sie hat recht, der Stuhl muss wieder vor die Tür, daran hatte ich noch gar nicht gedacht. Ob sie das wohl schafft? Sie scheint meine Gedanken lesen zu können.

»Mach dir keine Sorgen«, sagt sie tapfer. »Das kleine Stück schaffe ich schon.«

»Sicher?«

»Ja.« Sie schwenkt die Beine über die Sofakante. »Hilf mir nur mal hoch.«

Hinkend läuft Pippa neben mir. Ihr Atem geht schnell und ihre Finger krallen sich in meinen Arm. Wahrscheinlich schmerzt ihr Knöchel mehr, als sie mich glauben lassen will.

Wir erreichen die Tür. Pippa lehnt sich an die Wand. Ich schiebe den Stuhl unter der Klinke weg und öffne die Tür. Die Diele ist stockdunkel. Es ist, als stünde ich am Tor zur Hölle. Was habe ich mir da um Himmels willen aufgehalst? Ich habe noch nie in meinem Leben etwas Heldenhaftes getan. Warum sollte ich das jetzt tun?

»Danke dir, Abby«, höre ich Pippa sagen.

»Äh, was?«

Sie lächelt. »Danke schön, dass du das für uns tust.«

In ihren Augen sehe ich Angst, aber zum ersten Mal auch wieder ein wenig Hoffnung. Sie zählt auf mich. Ich kann nicht mehr zurück.

Wir schauen uns an. Ich weiß nicht, was ich sagen soll. Ich mache eine hilflose Geste.

Pippa beugt sich vor und gibt mir einen Kuss auf die Wange. »Geh ruhig«, sagt sie.

»Ja.« Eine Träne kullert aus meinem Augenwinkel.

Ohne mich noch einmal herumzudrehen, trete ich über die Schwelle. Ich knipse die Taschenlampe an und ziehe die Tür leise hinter mir zu. Auf der anderen Seite der Tür höre ich ein Schluchzen und Scharren. Ich sehe vor mir, wie Pippa den Stuhl wieder unter die Klinke schiebt. Jetzt sind wir beide auf uns allein gestellt.

Kapitel 36

Schneeflocken jagen durch den Garten. Wie kleine Hände schlagen sie mir ins Gesicht, aber ich spüre es nicht. Wie betäubt sehe ich mich um. Nach vorn, zur Seite, nach hinten. Schneekristalle funkeln im Licht meiner Taschenlampe. Da ist niemand. Trotzdem stimmt was nicht. Es dauert eine Ewigkeit, bis ich kapiere, was es ist: Das Heulen des Windes hat abgenommen. Ob der Sturm seinen Höhepunkt überschritten hat? Oh Gott, wie sehr ich das hoffe! Es würde meinen Weg ins Dorf sehr erleichtern.

Ich nehme allen Mut zusammen und mache den ersten Schritt. Irgendwie habe ich Angst, dass sich gleich jemand auf mich stürzt. Aber es passiert nichts. Ich mache noch einen Schritt. Der Lichtkegel der Taschenlampe tanzt auf und ab. Ich schaue darauf. Die Erkenntnis kommt wie ein Schock. Die Lampe ist wie ein Leuchtturm. Jeder kann sehen, wo ich bin. Ich muss sie ausschalten, und zwar so schnell wie möglich. Blitzschnell orientiere ich mich. Geradeaus ist der Weg ins Dorf, links stehen ein paar Bäume und in der Mitte des Gartens parkt unser Auto. Wenn ich in einer geraden Linie laufe, muss es klappen. Ich schalte die Taschenlampe aus und stecke sie in meine Jackentasche.

Es fühlt sich an, als würde ich lebendig begraben. Das Dunkel legt sich auf meine Brust und drückt in meine Nasenlöcher. Ich fühle mich beklommen und kann kaum Luft holen. Aber ich darf nicht in Panik geraten. Ich atme tief ein und aus. Wenn ich den Kerl nicht sehe, dann sieht er mich auch nicht, sage ich mir immer wieder. Die Dunkelheit hat auch Vorteile. Ich atme noch einmal ein und aus. Meine Hand geht zum Gewehr. Es hängt mit dem Lederriemen um meine Schulter. Ich werde nicht zögern, es zu benutzen. Ganz allmählich merke ich, wie ich ruhiger werde. Alles wird gut, alles wird gut, alles wird gut.

Ich laufe Richtung Weg. Wie eine Blinde strecke ich meine Hände vor. Die dunkle Kälte gleitet durch meine Finger. Ich vertraue auf meinen Autopiloten und zähle die Schritte. Jeder Schritt ist ungefähr ein Meter. Nach vierzig Schritten bilde ich mir ein, dass ich am Geländewagen vorbeigehe. Jetzt muss ich zur Straße. Das sind bestimmt noch hundert oder zweihundert Meter. Meine Schritte werden etwas größer. Und dann bleibt mein Bein an etwas hängen. Ich falle und falle und falle durch die Dunkelheit. Nirgends finde ich Halt. Ich höre mich einen Schrei ausstoßen. Mit einem Schlag lande ich auf dem Boden. Schnee dringt mir in den Mund, die Nase und kriecht unter den Kragen meiner Jacke.

Verwirrt bleibe ich liegen. Was ist passiert? Worüber bin ich gestolpert? Auf einmal möchte ich so gerne meinen Kopf in den Schnee legen und schlafen. Mein Vater sagt, Erfrieren sei ein wunderbarer Tod. Ob ich ihm fehlen werde? Würden er und Mama nach meinem Tod wieder gemeinsam weitergehen? Eiswasser rinnt über meinen Nacken nach unten. Es ist, als würde mich jemand wachrütteln.

Lass dich nicht hängen, steh auf.

Pippa zählt auf dich.

Gleich findet dich der Kerl noch.

Blitzschnell rappele ich mich auf. Ich klopfe mir den Schnee von der Jacke und den Hosenbeinen. Mit den Händen taste ich den Boden in der Dunkelheit vor mir ab. Ich muss wissen, worüber ich gestolpert bin. Ich spüre einen Zweig und noch einen. Spitze Stacheln piksen durch meine Handschuhe. Offensichtlich ein Strauch. Aber ich kann mich an keinen Strauch auf meiner Strecke erinnern. Bin ich vielleicht falsch gelaufen? Das wäre eine Katastrophe. Ich muss schauen, wo ich bin. Mein Kopf wägt die Risiken gegeneinander ab: Licht an oder mich verirren. Die Taschenlampe gewinnt. Mit zitternden Fingern drücke ich auf den Knopf.

Es ist, als würde eine Höhensonne angehen. Ein Meer aus Licht ergießt sich über die Schneedecke. Verblüfft sehe ich, dass ich weniger weit bin, als ich dachte. Ich bin noch nicht einmal am Auto vorbei. Ein paar Meter davor wächst tatsächlich ein Strauch. Klein und nichtssagend, aber er steht dort sehr solide. Mehr brauche ich nicht zu wissen. Mein Finger geht zum Lampenschalter. Und dann sehe ich es.

Fußspuren im Schnee! Sie können erst vor Kurzem entstanden sein, denn sie sind noch nicht von frischen Schneeflocken bedeckt. Mit der Taschenlampe folge ich der Spur, die Schritte führen zum Haus. Himmel, Pippa! Soll ich zurückgehen und ihr helfen? Oder soll ich ins Dorf rennen? Ich weiß es nicht. Ich weiß gerade gar nichts mehr. Irgendwo in meinem Kopf, versteckt zwischen der Angst und der Panik, höre ich eine Stimme, die sagt: Geh nicht zum Haus, dann sitzt ihr beide in der Falle. Hol Hilfe, das ist eure einzige Chance.

Mein Unterbewusstsein trifft eine Entscheidung, als sich meine Füße in Bewegung setzen. Ich fange an zu rennen, weg vom Haus in Richtung Straße. Das Licht meiner Taschenlampe tanzt über den Schnee. Ich mache mir nicht die Mühe, sie auszuschalten: Schnelligkeit ist das Einzige, was jetzt zählt. Links, rechts, links, rechts, ich renne so schnell ich kann. Manchmal rutschen meine Stiefel auf dem glatten Grund unter dem Schnee weg. Aber ich renne weiter. Pippa ist jetzt allein mit dem Kerl im Haus. Pippa braucht Hilfe. Pippa hat kein Gewehr.

Verrückterweise muss ich plötzlich an Casper denken. Es ist, als würde er neben mir laufen und mir zurufen: »Komm schon, Abby, du kannst es. Tu es für uns.« Auf einmal bin ich sicher, dass ich ihm von Jeroen erzählen werde. Ich will nicht mit einer Lüge leben. Wenn ich das hier überlebe, werde ich um ihn kämpfen. Dann flehe ich ihn auf Knien um Vergebung an. Wir werden das schaffen, da bin ich sicher.

Ich höre meinen eigenen Atem, rasselnd und schwer. Die Kopfschmerzen drücken gegen meine Schläfen. Wie lange halte ich das noch durch? Ich kann unmöglich bis ins Dorf rennen. Nicht daran denken, weiter bewegen. Keuchend erreiche ich das Gartenende. Der Schweiß steht mir auf der Stirn. Panisch schaue ich um mich. Die Straße ist verschwunden! Wo endet das Gras, wo beginnt die Straße? Wo ist die Kurve zum Dorf? Alles ist weiß und sieht gleich aus.

Ich bekomme einen üblen Geschmack in den Mund. Jede Sekunde draußen habe ich Angst gehabt, dem Typen in die Arme zu laufen. Aber mit dieser Gefahr habe ich nicht gerechnet. Angenommen, ich verlaufe mich – dann würde ich nie zum Haus zurückfinden. Meine Taschenlampe hüpft nervös im Kreis. Bäume tauchen wie Geister im Licht auf und verschwinden wieder in der Dunkelheit. Ich muss irgendwo einen Anhaltspunkt finden. Irgendetwas. Egal was.

Plötzlich höre ich ein Geräusch hinter mir. Es ist leise und kaum wahrnehmbar im Wind. Trotzdem höre ich es. Das Geräusch von jemandem, der ausatmet. Meine Nackenhaare stellen sich auf. Gänsehaut überzieht meine Arme. Ich drehe mich um und zeige mit der Spitze des Gewehrs ins Dunkel.

»Hallo?«, rufe ich. »Ist da jemand?«

Meine Knie zittern.

»Hallo?«, rufe ich noch etwas lauter.

Keine Antwort.

»I-ich habe ein G-Gewehr.« Meine Stimme überschlägt sich.

Eine Windböe rollt durch den Garten und reißt an meiner Jacke. Ich höre das Geräusch wieder. Es dauert ein paar Sekunden, bis ich es erkenne: Es ist der Wind, der durch die Äste einer Tanne rauscht. Nervös muss ich kichern. Fast hätte ich auf einen Weihnachtsbaum geschossen!

Mit einem leichten Zögern drehe ich mich wieder um. Das Gefühl, dass sich mir ein Unheil nähert, sitzt mir weiterhin im Nacken. Ich muss mich beeilen. Die Vorstellung, in den dunklen Wald zu gehen, ist furchtbar. Aber ich weiß, dass ich keine Wahl habe. Nachdem ich einen letzten Blick nach hinten geworfen habe, laufe ich in die Richtung, in der ich die Straße vermute.

Und dann höre ich das Geräusch wieder. Jetzt ist es viel lauter und ganz nah. Es ist kein Zweifel mehr möglich. Jemand läuft hinter mir. Ich spüre fast, wie mir der keuchende Atem durch die Haare streicht. Seltsamerweise verfliegt meine Angst. Plötzlich wird mein Kopf ganz klar. Wenn es das ist, dann ist es das. Aber ich habe nicht vor, mich einfach so geschlagen zu geben. Mit aller Kraft, die ich in den Lungen habe, schreie ich Pippas Namen. Und dann ist da nichts mehr.

PIPPA

Kapitel 37

Ich weiß nicht, wie lange ich schon auf dem Sofa sitze. Es können zwei Minuten sein, vielleicht aber auch zwanzig. Mein Zeitgefühl ist völlig dahin. Was hatte Abby auch wieder gesagt? Dass ich jede halbe Stunde das Telefon überprüfen soll? Oder war es jede Viertelstunde? Ich weiß es nicht mehr. Oh Gott, ich weiß es echt nicht mehr. Ich versuche mich zu erinnern, aber meine Gedanken sind so durcheinander, dass ich es aufgebe. Ich habe so eine Angst zu sterben.

Als ich vierzehn war, bin ich beinahe gestorben, es hat damals nicht viel gefehlt. Ich war im Skiurlaub und saß mit meinem Vater im Sessellift. Ich hing ein wenig über dem Bügel, um die Piste unter uns sehen zu können. »Lass das, das ist gefährlich«, sagte mein Vater. Ich hörte nicht auf ihn, denn ich flirtete gerade mit einem Snowboarder auf der Piste. Er winkte. Ich beugte mich noch etwas weiter vor und winkte zurück. Und da rutschte ich aus dem Bügel. Noch immer kann ich den Wind und die Tiefe spüren, die an mir zerrten. Todesangst ließ mich von Kopf bis Fuß erstarren. Aber ich fiel nicht. Mein Vater konnte mich gerade noch am Jackenkragen festhalten. Er war wütend. Ich habe während der ganzen Ferien nicht mehr Skifahren dürfen.

Wäre mein Vater doch nur hier, um mich zu retten. Er würde bestimmt einen dicken Scheck ausstellen. Jeder ist käuflich, sagt er immer. Was würde dieser Psychopath wohl haben wollen? Hunderttausend? Eine halbe Million? Eine Million? Noch mehr? Es macht nichts, Papa würde blechen. Schließlich bezahlt er schon mein Leben lang für meine Probleme. An meinem sechzehnten Geburtstag fuhr ich meinen Scooter zu Schrott. Innerhalb von 24 Stunden hat Papa mir einen neuen gekauft. Letztes Jahr habe ich mit besoffenem Kopf den Zaun der Nachbarn eingedrückt. Papa hat alle Kosten übernommen. Vor zwei Monaten habe ich Mamas Auto gegen einen Pfosten geparkt. Mein Vater hat das Ausbeulen und Lackieren bezahlt.

Eigentlich balanciere ich schon mein Leben lang am Rande des Abgrunds. Aber jetzt ist der Rand, auf dem ich stehe, dünner denn je. Und es ist niemand da, der mich auffängt. Was soll ich allein gegen einen gestörten Psychopathen unternehmen? Der Typ ist wahrscheinlich viel stärker als ich. Er kann mich würgen, erschießen, erstechen oder, noch schlimmer, erst vergewaltigen. Ich versuche, mir den Kummer meiner Eltern vorzustellen, wenn man meine Leiche findet. Es klappt nicht. Ich fange an zu weinen und verberge mein Gesicht in der Decke. Sie riecht muffig und feucht, wie ein Grab. Mein Grab. Wild trete ich die Decke von mir.

Dumm. Die Decke fällt haarscharf am Tisch vorbei. Die Flamme flackert. Das Dunkel kriecht ungeheuer schnell hervor. Es ist fast ganz dunkel. Ich starre auf das Teelicht in seinem Todeskampf und weiß nicht, was ich machen soll. Bitte. Oh bitte, nicht ausgehen! Das Flämmchen knistert noch einmal und kriecht dann an der Lunte hoch. Was für ein Glück, da kommt das Licht wieder.

Plötzlich weiß ich, was ich machen muss. Ich schwenke meine Beine über die Sofakante. Abby hat die Teelichter in einer ordentlichen Reihe auf den Tisch gestellt. Wie eine Irre zünde ich sie an. Abby wollte, dass ich eine nach der anderen anzünde. Aber Abby ist jetzt nicht da und sie muss nicht hier im Dunkeln hocken! Ich stelle die Kerzen überall auf dem Tischchen ab. Sie stechen Löcher ins Dunkel. Ich halte meine Hände über die Flammen. Die Wärme beißt in meine Haut. Ich kann mir nicht mehr vorstellen, wie es ist, wenn einem überall warm ist.

»Pippppaaaaaaaa!!!!!«

Schockiert richte ich mich auf. Das ist Abby! Und sie ruft meinen Namen. Ein paar Sekunden bin ich nicht in der Lage, mich zu bewegen. Warum ruft sie mich? Ist etwas Schlimmes passiert? Oh Gott, es ist etwas Schlimmes passiert! Ich fange an zu keuchen und zu zittern, und ich fürchte, ich muss mich übergeben. Einen Moment höre ich nichts anderes als meinen pfeifenden Atem. Dann zwinge ich mich hinzuhören. Ich höre die normalen Geräusche der Nacht – einen quietschenden Fensterladen, das Rascheln des Windes in den Bäumen, ein Brett, das knarrt. Aber Abby schweigt.

Ist das ein gutes oder ein schlechtes Zeichen? Das ist ein schlechtes Zeichen, sagt eine Stimme in meinem Kopf. Ich ringe die Hände. Sie sind klamm vor Schweiß. Ich will auf dem Sofa sitzen bleiben und auf die Kerzen starren, bis es Morgen wird und Hilfe kommt. Ich will nicht nach draußen. Draußen schleicht dieses Monster herum ... Und draußen ist Abby. Sie braucht dich. Ich versuche diesen Gedanken zu ignorieren, aber er schwirrt weiter durch meinen Kopf. »Nein!«, schreie ich und stecke die Finger in die Ohren. Es wird totenstill.

Warum? denke ich. Warum muss ich das erleben? Ich bin nicht tapfer oder mutig oder was auch immer. Ich habe nur Angst. Aber ich weiß auch, dass ich keine Wahl habe. Ganz langsam richte ich mich auf. Meine Beine kribbeln, so steif sind sie, und meine Knöchel fühlen sich vor Kälte ganz taub an. Trotzdem schmerzen sie nicht. Zumindest nicht so sehr, wie ich Abby habe glauben lassen. Ich hätte problemlos mit ihr nach draußen gehen können. Aber ich wollte nicht. Ich hatte so schreckliche Angst davor, was wir draußen finden würden. Sie hielt meine Angst für Schmerzen und in meinem Blick las sie Bedauern. Ich habe es so stehen lassen.

Vorsichtig nehme ich ein Teelicht vom Tisch. Die Aluhülle ist glühend heiß, ich registriere es zwar, spüre es aber nicht. Was macht eine Brandblase auf meiner Hand noch aus? Auf nackten Füßen schlurfe ich durchs Zimmer, ich habe keine Ahnung, wo Abby meine Socken gelassen hat. Ich weiß nur, dass sie meine Stiefel unter die Garderobe gestellt hat. Das Flämmchen flackert und zischt bei jedem Schritt, den ich mache, aber zum Glück brennt es weiter.

Ich öffne die Tür zum Flur. Das Dunkel der Diele fließt langsam an mir vorbei ins Wohnzimmer. Ich spitze die Ohren. Knackt da was? Höre ich jemanden laufen? Wartet er vielleicht hier irgendwo im Dunkeln auf mich? Ich halte den Atem an und starre verzweifelt in die Dunkelheit. Meine Augen brennen. Ich zähle bis zehn. Es passiert nichts. Er ist nicht hier. Ich werde noch nicht sterben. Ich atme wieder aus.

Mit dem Rücken zur Wand schiebe ich mich zur Garderobe. Ich wage es nicht, mich umzudrehen. In Filmen kommt die Gefahr immer von hinten. Mit der freien Hand greife ich nach meiner Jacke. Ohne die Kerze abzustellen, zwänge ich mich in die Ärmel. Die Stiefel anzuziehen geht um einiges schwieriger. Ich schwanke und bekomme meine nackten Füße kaum hinein. Nach viel Drücken und Stampfen klappt es endlich.

Auf Zehenspitzen schleiche ich zur Haustür. Das Schloss geht mit einem Klicken auf. Ich erstarre. Hat er das gehört? Wieder zähle ich bis zehn. Wieder passiert nichts. Etwas sicherer schiebe ich die Tür einen Spalt auf und schlüpfe hinaus. Die Tür fällt hinter mir zu. Irgendetwas stimmt nicht, es ist dunkel, aber nicht ganz. Ich kann Dinge sehen! Ich sehe den Wagen, Bäume und die Seite des Hauses. Es schneit kaum noch. Ein paar kleine Flocken trudeln einsam hinunter, als wäre der Puderzuckerstreuer leer. Ich schaue hoch. Der Himmel ist noch immer verhangen, aber es schimmert ein schwaches Licht hindurch. Irgendwo hinter den Wolken versucht der Mond durchzubrechen.

Ich atme tief ein. Noch so eine seltsame Wahrnehmung. Ich kann meinen eigenen Atem hören. Ich strecke die Hand in die Luft. Eine Brise weht durch meine Finger. Es stürmt nicht mehr! Plötzlich habe ich wieder Hoffnung. Ohne Schneesturm wird die Telefonleitung bestimmt schnell repariert. Und wenn das Telefon geht, kann ich die Polizei anrufen. Und wenn die Polizei hier ist, sind wir gerettet.

Hastig stelle ich das Teelicht auf den Boden. Ich brauche es doch nicht mehr. Wo muss ich hin? Abby wollte ins Dorf, also ist sie wahrscheinlich Richtung Straße gegangen. Mein Blick geht dorthin. Und dann sehe ich sie im Schnee: Abbys Fußspuren. Sie laufen zum Geländewagen. Ein paar Meter davor wird die Spur auf einmal zu einem totalen Durcheinander. Es sieht fast so aus, als hätte sich Abby in den Schnee gelegt, etwas anderes kann ich mir darunter nicht vorstellen.

Von dieser chaotischen Stelle aus läuft die Spur wieder weiter. Irgendwo in der Mitte des Gartens kommt plötzlich eine zweite Spur hinzu. Die beiden Bänder schlängeln sich synchron durch den Schnee, als hätte Abby mit jemandem einen Spaziergang gemacht. Die Schritte verschwinden im grauen Dunkel der Nacht. Weiter entfernt kann ich nichts mehr erkennen, aber ich brauche kein Genie zu sein, um zu begreifen, was passiert ist. Abby ist von dem Monster verfolgt worden. Und dann hat er sie gepackt. Wahrscheinlich konnte sie gerade noch meinen Namen rufen.

Alle Hoffnung verfliegt. Was haben wir davon, wenn das Telefon in einer Stunde wieder geht? Nichts. Dann sind wir schon lange tot. Dieser Typ – wer auch immer er ist – hat sich erst Kim, dann Feline und danach Abby geschnappt. Und jetzt bin ich an der Reihe. Er ist irgendwo hier im Garten. Vielleicht beobachtet er mich jetzt. Todesangst presst mir die Kehle zusammen. Meine Ohren beginnen zu summen und vor meinen Augen tanzen schwarze Flecken. Das habe ich schon einmal gehabt, nachdem man mir Blut abgenommen hatte. Damals bin ich in Ohnmacht gefallen. Ich gehe in die Hocke und drücke meinen Kopf zwischen die Beine. Die schwarzen Flecken verschwinden, die Angst nicht. Die steckt in jeder Faser meines Körpers. Ich richte mich langsam auf, Schweißtropfen stehen auf meiner Stirn.

»Wo bist du?«, rufe ich heiser.

Keine Antwort. Natürlich bekomme ich keine Antwort. Abby ist von diesem Psychopathen gepackt worden. Ich will ins Haus flüchten. Aber angenommen, ich überlebe das hier – was soll ich dann den anderen sagen? Ich habe mich nicht getraut, Abby zu suchen? Ich habe sie ihrem Schicksal überlassen? Ich kann die Scham fast spüren. Ich zwinge mich, ein paar Schritte zu gehen.

»Warum antwortest du nicht?«

Stille. Es gibt keine Hoffnung mehr für Abby. Aber es gibt noch Hoffnung für mich. Ich lebe noch. Und ich gehe zu viele Risiken ein.

»Ich werde dich suchen.«

Ich laufe bis zum Auto und dann gehe ich zurück, nehme ich mir vor. »Hallo? Bist du da? Kannst du was sagen? Bitte?«

Meine Stimme klingt viel zu laut. Dieser Psychopath hört mich auch. Ich könnte genauso gut rufen: Hol mich, hier bin ich! Mein letztes bisschen Mut verlässt mich. Ich werde wieder ins Haus gehen. Es tut mir leid für Abby. Es tut mir leid für Kim und Feline. Aber ich will nicht sterben.

Und dann auf einmal höre ich: »Nein.«

Es ist so leise, dass ich es kaum verstehe, aber ich erkenne Abbys Stimme. Es trifft mich wie ein Stromschlag. Sie lebt noch!

»Gott sei Dank«, murmele ich. »Ich komme.«

So schnell ich kann, laufe ich durch den kniehohen Schnee, immer näher auf den Wagen zu. Er ist wie eine Art Rettungsboje, die auf einem Meer aus Schnee schaukelt. Wenn ich am Wagen bin, wird alles gut. Wenn ich am Wagen bin, sehe ich Abby. Wenn ich am Wagen bin, ist das alles vorbei. Wenn ... Im Dunkeln höre ich plötzlich jemanden laufen. Starr vor Angst bleibe ich stehen.

»B-bist du da? Bitte, sag was. E-es ist hier so dunkel.«

Knacken. Hinter mir. Vor mir. Links. Rechts. Ich drehe mich im Kreis. Werde ich verrückt?

»W-wer ist da? Ich habe keine Angst vor dir. E-echt nicht.«

»Nein.«

Es ist wieder Abbys Stimme. Aber jetzt ist sie viel näher. Ich schaue über meine Schulter und taumele. Abby kriecht auf Händen und Füßen durch den Schnee, ihr Gesicht ist voller Blut. Ich vergesse meine eigene Angst.

»Neeeeeeiiin!«, rufe ich. »Neeeeiiin!«

Ich renne zu ihr. Noch drei Meter. Noch zwei Meter. Noch einen Meter.

»Oh, Liebes.« Ich gehe in die Hocke und fasse ihr Gesicht. Aus einer großen Wunde fließt Blut auf ihre Stirn. »Ich wusste nicht, wo du warst. Ich hatte Angst, so schreckliche Angst!«

Sie scheint mich nicht zu sehen. Ihre Augen starren in die Ferne. Ich streichele ihre Wangen, an meinen Händen bleibt Blut kleben. Jetzt erst sehe ich, dass ich vergessen habe, meine Handschuhe anzuziehen.

»Es wird alles gut, ich hole Hilfe.« Ich erschrecke selbst darüber. Werde ich das wirklich tun?

Plötzlich verändert sich etwas. Ich spüre, dass wir nicht mehr allein sind. Es ist, als würde sich das Dunkel hinter Abby bewegen. Ein großer tintenschwarzer Schatten löst sich aus der Dunkelheit. Angst überflutet mich. Ich ertrinke fast darin. Ich richte mich auf. Ich traue mich nicht hinzugucken, aber ich tue es doch.

Kapitel 38

»Casper?«, sage ich. »Was machst du denn hier?«

Ich spüre, wie sich eine so gewaltige Erleichterung in meinem Körper ausbreitet, dass ich nur noch lächeln kann. Alles wird gut. Casper ist hier. Er wird uns retten. Wir werden nicht sterben.

»Du musst uns helfen ... Hier ist ein Mann ... Er hat Kim und Feline ... Und jetzt will er uns schnappen.« Ich rede so schnell, dass ich über meine Worte stolpere. »Es stand auf einem Schal ... mit Blut.«

Stille.

»Casper?«

Es ist, als hätte er mich nicht verstanden. Sein Gesicht ist ausdruckslos. Ich höre nur meinen Atem und Abbys leises Stöhnen. Versteht er mich vielleicht nicht?

Ich hole tief Luft und versuche es noch einmal, jetzt viel ruhiger. »Hör zu, Casper, hier im Garten läuft ein Mörder herum. Er will uns ermorden. Wir müssen Abby ins Haus bringen, bevor er uns findet. Ich erkläre dir dann alles drinnen.«

Wieder keine Reaktion. Am liebsten würde ich ihn schütteln und rufen: »Rette uns, du Idiot, rette uns doch!« Aber irgendetwas ist mit dem Blick in seinen Augen. Er schaut nicht erstaunt. Oder erschrocken. Oder ängstlich. Er schaut ruhig, fast zufrieden. Als gäbe ich ihm eine gute Zusammenfassung von etwas, das er schon längst weiß.

Ein dichter Nebel steigt in meinem Kopf auf. Da stimmt was nicht. Aber was? Alles ist plötzlich so undeutlich. Warum ist Casper überhaupt hier? Wie ist er hierhergekommen? Wo steht sein Auto? Warum habe ich ihn nicht kommen hören?

»Was ... was machst du hier eigentlich?«, stammele ich.

Er räuspert sich. »Ich bin wegen dir hier.«

Der Nebel wird noch dichter. Ein Frösteln durchzieht mich. »W-wegen mir?«

Er lächelt. »Ja, wegen dir.«

Ich presse meine Hände gegen die Augen. Das kann nicht wahr sein, das darf nicht wahr sein. Wie kann er das sagen, wo Abby dabei ist? Ich öffne meine Augen. Casper lächelt immer noch. Es ist wirklich wahr. Verzweifelt schlucke ich die aufsteigende Galle hinunter.

»A-aber warum denn?«

»Das weißt du ganz genau. Weil ich dich liebe.«

»Oh.«

Es wird leicht in meinem Kopf, alles dreht sich. Meine Arme fallen schlaff an meinem Körper herab, als gehörten sie nicht zu mir. Casper tritt vor. Ich bin nicht in der Lage, mich zu bewegen. Ich sehe sein Gesicht näher kommen. Sein Atem riecht nach Zigaretten und Alkohol. Ganz langsam berühren seine Lippen die meinen. Seine sind warm und feucht, meine kalt und gefühllos. Seine Zunge gleitet in meinen Mund. Ich kenne das Gefühl, ich habe es schon so oft erlebt. Mein Herz klopft schneller, mir wird warm. Einen Moment drohe ich mich seinem Kuss hinzugeben, aber dann höre ich Abby jammern. Ich schiebe ihn von mir.

»Nein«, flüstere ich, kaum hörbar.

»Aber Pippa«, sagt Casper. »Wir haben uns doch schon so oft geküsst. Warum stellst du dich so an?«

Abbys Stöhnen wird lauter, ich krümme mich. Sie schaut mich mit großen Augen an wie ein geprügelter Hund. Ich könnte ihr jetzt erzählen, dass es nicht wahr ist. Dass ich Casper noch nie zuvor geküsst habe. Dass er sich das alles ausgedacht hat. Aber würde sie mir glauben? Ich könnte ihr auch erzählen, dass wir einmal in beschwipstem Zustand rumgeknutscht haben. Dass er mich zuerst geküsst hat und ich eigentlich nicht wollte. Aber das ist nicht so. Ich habe ihn angemacht. Und wir treffen uns heimlich schon seit ein paar Monaten. Ich habe es ihr nur noch nicht erzählt.

Meine Wangen glühen vor Scham. Ich schaue in eine andere Richtung, weg von Abbys starrem Blick.

»Wir schaffen das schon gemeinsam«, sagt er.

»G-gemeinsam?« Der Nebel in meinem Kopf ist jetzt so dicht, dass ich mich darin zu verirren drohe. Ich kann nicht mehr logisch denken.

Casper fasst meine Hände. »Ja, gemeinsam. Wir haben nur ein Problem.«

»W-was?« Ich will meine Hände zurückziehen, aber er hält sie noch kräftiger fest. Seine Finger bohren sich in meine Haut. Es tut weh.

»L-lass mich los«, sage ich.

Er hört nicht zu und zeigt auf Abby. »Sie ist das Problem. Sie muss weg.«

»D-du weißt nicht, was du sagst.«

Offenbar denkt er, dass ich zweifle, denn er sagt: »Du brauchst dir keine Sorgen zu machen. Wir bringen Abby zu einer verlassenen Scheune hier in der Nähe. So habe ich es auch mit Kim und Feline gemacht.«

Kim und Feline ... Er redet von Kim und Feline. Der Nebel zieht auf. Ich sehe auf einmal alles ganz klar vor mir. Meine Beine verflüssigen sich vor Angst. Ich taumele. Das Blut hämmert gegen meine Schläfen. Ich darf nicht ohnmächtig werden, nicht jetzt. »Oh nein, nein, nein, oh nein«, flüstere ich.

»Glaubst du mir vielleicht nicht?« Er lässt meine Hände los. Ich starre ihn an. Seine Augen sind kalt und hart. Das ist nicht der Casper, den ich kenne. Ich glaube ihm. Und noch schlimmer – er ängstigt mich so sehr, dass ich Todesangst habe.

»So schwierig war das nicht«, sagt er stolz. »Ich habe einen Schlitten von hier benutzt und sie zu der Scheune gezogen. Dort steht auch mein Auto.«

Entgeistert schüttele ich den Kopf. »Lieber Himmel, Casper, warum hast du das getan? Warum denn bloß?«

»Kapierst du das denn nicht? Weil du ihr« – er zeigt auf Abby – »erzählen wolltest, dass wir was zusammen hatten.«

»I-ich?!«

Er nickt wütend. »Ja, du.«

Ich fühle mich wie ein Tier in der Falle. Ich würde gern brüllen, schreien, heulen. Ist das wahr? Hat er das wirklich getan, weil ich Abby von uns erzählen wollte? Mir wird schlecht, wenn ich darüber nachdenke. Vor einer Woche habe ich Casper tatsächlich – in einem Anflug geistiger Umnachtung – an den Kopf geworfen, ich würde in den Ardennen mit Abby reden. Ich war so eifersüchtig, dass er an diesem Abend mit Abby was Schönes vorhatte. Ich wollte, dass auch er einen Scheißabend hätte. Natürlich hatte ich nicht wirklich vorgehabt, ihr etwas zu erzählen. Wie hätte ich Abby jemals in die Augen schauen können und sagen, dass ich schon seit Wochen mit ihrem Freund rummachte? Ich hatte diese eine Szene längst wieder vergessen. Aber Casper offensichtlich nicht.

»Abbys Vater will alles umstrukturieren«, fährt er klagend fort. »Mein Vater sagte, seine Werbefirma könnte betroffen sein.«

Umstrukturieren? Werbefirma? Mir wird schwindelig. »I-ich verstehe nicht.«

»So schwierig ist das doch nicht«, schnauzt er. »Schon mal davon gehört, dass es Leute gibt, die keine Stelle mehr haben?«

»J-ja, klar ... a-aber ... a-aber ... was hat Abby damit zu tun?«

Er sieht mich spöttisch an. »Lass es mich spielerisch erklären. Abbys Vater kann sich zwischen zwei Werbefirmen entscheiden. Eine mit einem unbekannten Direktor und eine mit einem Direktor, der der Vater seines zukünftigen Schwiegersohns ist. Dreimal darfst du raten, welche Werbefirma in die Röhre schaut.«

Langsam dämmert es mir. »D-die Werbefirma mit dem unbekannten Direktor?«

»Sehr gut, was bist du doch für ein schlaues Mädchen.« Er klatscht in die Hände. »Denn mit dem anderen Direktor muss Abbys Vater noch jahrelang an einem Tisch sitzen. Aber wenn du mit deiner großen Klappe Abby alles erzählt hättest, dann hätte mich ihr Vater für den größten Dreckskerl auf der Welt gehalten.«

»M-mein Gott«, stammele ich.

»Genau. Mein Vater hat zwanzig Jahre lang knüppelhart für seine Firma gearbeitet.« Casper hat rote Wangen und seine Augen glänzen. »Abbys Vater ist sein größter Kunde, ohne ihn schafft er es finanziell nicht. Meine Eltern müssten umziehen, ein kleineres Auto kaufen, könnten nicht mehr in Urlaub fahren. Aber das kannst du dir nicht vorstellen, was? Du weißt ja nicht einmal, wie es ist, kein Geld zu haben. Dein Papi streut ja mit Geld um sich, als wäre es Konfetti.«

Mir ist so schlecht, dass ich kaum reden kann. »Was haben Kim und Feline mit Abbys Vater zu tun?«, sage ich mit rauer, gepresster Stimme.

»Sie waren zufällig im Weg. Ich musste sie beseitigen.« Er spricht über sie, als wären sie Müllsäcke.

Eine Stille tritt ein. Ich zupfe am Stoff meiner Jacke. Es gibt keinen Ausweg mehr. Kim und Feline sind tot. Abby liegt schwer verletzt am Boden. Hier hört es auf. Für Casper. Für mich. Ich treffe eine Entscheidung.

»Du musst zur Polizei gehen und alles erzählen«, sage ich leise.

»Was? Die Polizei? Bist du verrückt geworden?« Er schnaubt. »Dann lande ich im Gefängnis.«

»Es gibt keine andere Möglichkeit.« Ich versuche es so überzeugend wie möglich zu sagen, aber meine Stimme überschlägt sich. »Sie kriegen es sowieso raus. Wie willst du das geheim halten?«

»Hör zu, es gibt sehr wohl eine andere Möglichkeit.« Casper ist leichenblass geworden. Seine Augen schießen nervös hin und her. »Wenn du mir hilfst. Wir laden Abby ab und verschwinden zusammen.«

»B-bitte?«

»Wir fliehen gemeinsam in ein warmes Land«, redet er schnell weiter. »Oder ... oder auf eine abgelegene Insel mit Palmen und weißen Stränden. Niemand wird uns je wiedersehen. Wir heiraten, bekommen Kinder und werden zusammen alt. Ich liebe dich, Pippa. Hilf mir doch. Bitte, hilf mir.«

Ich sehe ihn, wie er vor mir steht. Jammernd, flehend, verstört. Wie ein kleines Kind, das seinen Willen nicht bekommt. Plötzlich spüre ich eine gewaltige Wut in mir aufsteigen, wie ein Orkan, der durch meinen Körper rast und alles in Hochspannung versetzt. Ich balle meine Hände zu Fäusten.

»Nein«, sage ich.

»Was?«

»Nein«, sage ich lauter. »Nein! Nein! Nein!« Mir wird bewusst, dass ich schreie.

Etwas in Casper verändert sich. Er reckt sich. Sein Kinn schiebt sich vor. Ein falscher Blick kommt in seine Augen. »Ich habe gesehen, wie du herumgeknutscht hast.«

Der Themenwechsel ist so abrupt, dass ich erstaunt blinzele. »Hä?«

»Ich habe gesehen, wie du diesen Kerl geküsst hast. In der Küche. Auf der Anrichte. Hat es dir gefallen, was er zwischen deinen Beinen gemacht hat?«

Sprachlos starre ich ihn an.

»Was dachtest du denn?«, bohrt er. »Casper ist in Amsterdam? Der hat doch keine Ahnung?«

»Nein.« Es ist kaum mehr als ein Flüstern.

»Und Abby konnte ihre Händchen auch nicht von den Jungs lassen«, sagt er frostig. »Ich habe sie draußen durchs Fenster stöhnen hören. Sie wirkte fast wie ein Pornostar da auf dem Sofa. So was hast du bei mir noch nie gemacht.« Er schaut zu Abby.

Abby hat sich im Schnee zusammengerollt. Ihre Knie sind so weit angezogen, dass sie fast ihre Nasenspitze berühren. Ich höre leise Jammerlaute.

»Drecksschlampen, ihr bringt mich zum Kotzen.« Casper spuckt ein Wort nach dem anderen aus.

»Du hast uns heimlich beobachtet!«, rufe ich aus.

»Ja, zum Glück«, sagt er. »Sonst wäre ich nie dahintergekommen. Ich glaube nicht, dass ihr es mir in Amsterdam erzählt hättet, oder?«

Ich schweige.

»Arme Pippa, ich habe dir ja noch eine Chance gegeben, aber deine Antwort war deutlich. Es tut mir leid, ich muss das tun.«

Mit zwei Schritten steht er neben mir. Er hält mich im Schwitzkasten fest. Ich kann nirgends mehr hin. Wie habe ich das geschehen lassen können?

»Das ist irre, was hast du vor?« Ich höre den hysterischen Klang in meiner Stimme.

»Ich bringe dich und Abby zur Scheune.«

»Und dann?«, piepse ich.

»Dann ist es vorbei. Für euch jedenfalls. Ich verschwinde auf die Insel mit den Palmen und dem weißen Strand.«

»Ich gehe nicht in diese dreckige Scheune.« Ich versuche mich freizukämpfen. Sein Griff wird härter. Eine seiner Hände kriecht hoch, meinen Rücken entlang, bis zu meinem Nacken. Er streichelt die Haut unter meinem Jackenkragen.

»Was machst du?«, frage ich ängstlich.

»Pssst«, sagt er beruhigend. Seine Finger schließen sich um meinen Hals.

»Nicht!«, jammere ich.

Der Druck in meinem Nacken wird größer. Ich spüre das Blut in meinen Halsschlagadern unter seinen Fingern klopfen.

»Nein«, sage ich keuchend.

Er lächelt und drückt noch fester. Das letzte bisschen Luft entweicht aus meiner Luftröhre. Mein Mund schnappt nach Atem, aber es kommt nichts herein. Ich hämmere mit den Fäusten auf seine Brust, trete mit den Beinen. Es bringt alles nichts. Meine Ohren beginnen zu sausen, schwarze Flecken tanzen auf meiner Netzhaut. Ich merke, wie die Spannung meiner Muskeln langsam nachlässt. Wie eine Lumpenpuppe lehne ich an ihm. Die schwarzen Flecken werden größer, klumpen zusammen, bis alles schwarz wird. Noch einen Augenblick und ich bin weg. Ich will diesen Moment nicht bewusst erleben und schließe die Augen.

In mein Unterbewusstsein dringt ein Knall.

Ich höre jemanden jammern.

Bin ich das?

Ich fange an zu husten. Pfeifend sauge ich Luft in meine Lungen. Meine Augen klappen auf. Ich liege auf dem Boden. Casper liegt neben mir, sein Gesicht im Schnee. Der ist rot gefärbt unter seiner Jacke. Blutet er? Wie kann das sein? Ich rappele mich auf. Die Welt dreht sich und ich sehe Lichtblitze. Mein Nacken schmerzt fürchterlich. Ich zwinge mich, ein- und wieder auszuatmen. Das Drehen hört auf. Eine dunkle Gestalt steht vor mir. Ich versuche meinen Blick auf sie zu richten, aber alles ist so unscharf. Langsam nimmt die Gestalt Form an.

Es ist Abby! Mit dem Gewehr in den Händen!

»Abby, Gott sei Dank! Du hast auf Casper geschossen!« Ich will auf sie zugehen.

»Nein, bleib stehen. Wenn du mich anfasst, schieße ich dich auch nieder, ich schwöre es.« Das Gewehr zielt auf meinen Bauch.

Ich bleibe stehen und starre sie erschrocken an. Das Blut klebt an ihrem weißen Gesicht und sie sieht aus wie ein Gespenst.

»Du wirst mich doch nicht wirklich erschießen?«, stammele ich nervös.

Eine tiefe Stille tritt ein.

»Nein«, sagt sie schließlich und senkt das Gewehr. »Aber du hättest es verdient. Wie kannst du nur! Du bist meine beste Freundin!«

Ich reibe mir über die Kehle, die sich geschwollen anfühlt. »Lass es mich dir erklären.«

»Erklären? Da gibt es nichts zu erklären. Du hast mit meinem Freund rumgemacht.« Sie schließt die Augen. Als sie mich wieder anschaut, sehe ich einen intensiven Hass. »Ich ekele mich vor dir.«

Alle Angst, die ich in den letzten Stunden empfunden habe, ist erloschen. Ich bin nur noch traurig. Abby ist meine Freundin. Vielleicht sogar die beste Freundin, die ich je gehabt habe. Was mache ich ohne sie?

»Aber ... aber ich war nicht in ihn verliebt.«

»Wärst du das wenigstens gewesen«, sagt sie scharf. »Dann hätte ich es vielleicht noch verstanden. Aber nein, du hast ihn geküsst, weil du einfach gerade Lust dazu hattest. Du hast nur an dich gedacht, das fandest du offensichtlich wichtiger als unsere Freundschaft.«

»Es tut mir so leid ...« Meine Stimme bricht.

»Dazu ist es ein bisschen spät, findest du nicht?«

Ich will sie anflehen, vergib mir, bitte. Aber ihr Gesicht ist hart und abweisend.

»Du glaubst wirklich, dass sich die Welt nur um dich dreht, was? Und dass alle verrückt nach dir sind mit deinen langen blonden Haaren und den hübschen Kleidern. Soll ich dir mal was sagen? Du bist die größte Egoistin, die ich kenne. Und ich bin nicht die Einzige, die so denkt.«

Das klingt, als hätte sie mich immer schon gehasst. »Nein«, sage ich leise. »Nein, das ist nicht dein Ernst.«

»Halt die Klappe.« Mit mühsamen Schritten beginnt sie durch den Schnee zu laufen. An dem verbissenen Zug um ihren Mund sehe ich, dass es wehtut.

»W-was hast du vor?«, frage ich panisch.

»Ich schaue drinnen nach, ob das Telefon funktioniert.«

»Und i-ich?«

Sie stemmt die Hände in die Seite und schnaubt verächtlich.

»Du bleibst hier bei Casper. Du darfst ihn ganz für dich haben. Ich wünsche euch ein langes und glückliches Leben zusammen. Im Gefängnis.«

Kapitel 39

Ich lehne mich an die Motorhaube des Wagens. Die Kälte umgibt mich wie eine Decke. Ich schaue auf meine Hände. Meine Finger sind weiß und gefühllos und ich kann die blauen Adern durch meine Haut schimmern sehen. Sie sehen aus wie die Hände einer alten Frau. Voller Abscheu stecke ich sie in die Taschen.

Abby ist schon sehr lange drinnen. Ich habe das Licht im Haus angehen sehen, der Strom ist also wieder da. Wie lange ist sie schon weg? Eine Viertelstunde? Eine halbe Stunde? Ich weiß es nicht, mein Kopf ist ein einziges Chaos. Ich muss an so viele Dinge denken. Aber ein Gedanke durchdringt alles. Es ist alles meine Schuld. Wenn ich nicht mit Casper rumgemacht hätte, würden Kim und Feline noch leben. Wenn ich nicht damit gedroht hätte, Abby alles zu erzählen, wäre das alles nie geschehen.

Ich wünschte, Abby hätte vergessen, ihr Gewehr mitzunehmen. Dann hätte ich mir den Lauf vielleicht in den Mund gesteckt und abgedrückt. In all diesen Stunden habe ich um mein Leben gekämpft. Aber jetzt erscheint mir der Tod wie eine Erlösung. Was soll ich nur meinen Eltern sagen? Was werden sie in der Schule denken? Muss ich ins Gefängnis? Die Scham ist so groß, dass ich innerlich fast verbrenne.

Casper stöhnt. Erschrocken richte ich mich auf. Kommt er zu Bewusstsein? Was soll ich machen? Ins Haus rennen? Abby macht mir im Leben nicht die Tür auf. Ihn niederschlagen? Er ist so stark, ich kann nichts gegen ihn ausrichten. Meine Atmung beschleunigt sich. Ich atme ganz tief durch die Nase ein und durch den Mund aus. Ruhig werden, nicht in Panik geraten. Das Stöhnen hört so plötzlich auf, wie es begonnen hat. Casper liegt wieder wie ein totes regloses Bündel im Schnee.

Gott, wie sehr ich ihn hasse! Ich versuche, den Mann vor mir zu sehen, den ich so attraktiv fand, der aussah wie eine Mischung aus George Clooney und Ashton Kutcher. Als Abby ihn mir vorstellte, wusste ich sofort, dass ich ihn haben wollte. Es war eine Art Habgier, die da aufstieg. Ich habe Jagd auf ihn gemacht, ganz subtil, damit Abby nichts mitbekam. Drei Wochen später lag er stöhnend in meinen Armen. Ich verberge mein Gesicht in meinen Händen.

»Ich will nicht mehr«, murmele ich. »Ich will das nicht mehr. Hilf mir, bitte.«

Aber niemand kommt mir zu Hilfe. Ich versuche meinen Kopf leer zu machen und an nichts zu denken. Aber er ist voller Bilder. Mein erster Tag in der Klasse. Abby, die neben mir sitzt. Unsere stundenlangen Telefongespräche. Unsere Ausgehnächte. Es ist, als würden Fotos aus einem Album in meine Gedanken geschüttelt. Alle Erinnerungen rutschen eine nach der anderen von den Seiten, bis das Buch leer ist. Habe ich wirklich für einen Mann alles aufs Spiel gesetzt?

Ich weiß nicht, wie lange es dauert, bis ich die Sirenen höre. Blaue Lichter schlängeln sich wie eine Kette mit Christbaumlämpchen über den Berg nach oben. Es sieht unwirklich aus. Als sich die Lichter nähern, höre ich auch die Sirenen. Der Ton schwillt zu einem ohrenbetäubenden Lärm an. Drei Polizeiautos und ein Krankenwagen fahren auf das Grundstück. Sirenen werden ausgeschaltet. Wagentüren öffnen sich. Im Garten wimmelt es auf einmal vor Polizisten und Sanitätern. Sie rennen mit einer Trage zu Casper.

Ein Mann mittleren Alters kommt zu mir. »Bonne nuit«, sagt er. »*Je suis inspecteur Charles Dessange.*« Alles ist wie im Traum.

»Er hat zwei Mädchen umgebracht«, flüstere ich heiser.

»*Excusez-moi, mais je ne parle pas le néerlandais.*« Er zupft an seinem Schnurrbart. »*Tu parle un peu de français?*«

Französisch? Ich habe Französisch so schnell es ging abgewählt, weil ich im Durchschnitt auf Fünf stand.

»*Il a ... er ... d-deux filles ... m-mortes ... comprenez?*«, stottere ich. Er schüttelt bedenklich den Kopf.

Was soll ich sonst noch sagen? Dass ich auch schuldig bin? Dass sie mich auch festnehmen sollen? Ich strecke meine Arme aus, damit er mir Handschellen umlegen kann. Dessange versteht es nicht. Er fasst meine Hände und drückt sie beschwichtigend.

»*Pas de soucis*«, brummt er. »*Nous sommes ici maintenant.*«

Tränen tropfen über meine halb erfrorenen Wangen und hinterlassen eine brennende Spur.

»*Tu pleures, ma fille.*«

Ich zucke die Schultern.

Er reicht mir ein Taschentuch. Ich drücke das Papier gegen meine verweinten, geschwollenen Augen.

Ich sehe, wie die Trage mit Casper im Krankenwagen verschwindet. Hat er ein Leintuch über dem Kopf? Oder sieht das nur so aus? Die Türen schlagen zu, die Sirenen werden eingeschaltet und die Ambulanz fährt davon.

»*Tout ira bien. Il a été emmené à l'hôpital. Il a survécu. Je m'inquiète pour toi.*«

Es wird alles gut, sagt er. So was Ähnliches verstehe ich zumindest. Ich will mich an ihm festklammern, er strahlt so eine Ruhe aus.

»*Tu es Abby?*«

»Nein ... Non ... J'ai ... ich ... Ich bin Pippa.« Wie ein Idiot zeige ich auf meinen Brustkasten.

Ich höre Schritte hinter mir im Schnee. Dessanges Blick schweift über meine Schulter.

»*Je suis Abby*«, höre ich sie sagen.

Dessange beginnt zu lächeln. »*Ah, la brave fille des Pays-Bas!*« Er geht zu ihr.

Ich bleibe allein zurück.

Epilog

Wir lachen und strecken die Arme in die Luft. Kim steht ganz hinten. Ich kann ihr Gesicht kaum sehen, denn Pippa hängt halb vor ihr und zieht eine Grimasse. Feline lächelt ein wenig spöttisch. Ich schaue als Einzige nicht in die Linse. Ich weiß noch genau, wen ich angeschaut habe. Hinter Stijn stand Jeroen. Wir hatten Blickkontakt in dem Moment, in dem das Foto aufgenommen wurde.
Wenn man uns damals gefragt hätte, ob wir Freundinnen seien, hätten wir alle vier gerufen: »Wir sind beste Freundinnen, für immer!« Ein paar Tage später war die Welt für immer verändert. Es ist verrückt, sich dieses Foto anzuschauen, es ist ein Bild aus einem anderen Leben. Ein Leben, in dem ich noch an Freundschaft glaubte und blindes Vertrauen in die Zukunft hatte.
Ich habe das Foto von Pippa bekommen. Sie hat es mir mit einem unzusammenhängenden Text dazu gemailt. An den genauen Wortlaut kann ich mich nicht mehr erinnern, aber sinngemäß ging er so: »Es tut mir so leid. Ich hoffe, dass du mir irgendwann einmal vergeben kannst und es wieder so wird wie früher.« Die Mail habe ich gelöscht. Eigentlich weiß ich nicht, weshalb ich das Foto damals ausgedruckt und aufbewahrt habe. Ich schaue es nie mehr an. Zufällig habe ich es jetzt beim Aufräumen gefunden, irgendwo unten in einer alten Schachtel mit Schulsachen. Zwei Jahre ist es her, dass wir in den Ardennen waren. Ganz allmählich rappele ich mich wieder auf. Ich gehe noch immer jede Woche zu einer

Psychotherapeutin, um über alles zu reden. Sie meint, ich soll mir nicht immer die Schuld an allem geben. *Die Dinge sind so gelaufen, weil sie so gelaufen sind*, findet sie. Das muss ich lernen zu akzeptieren. Kim, Feline und Pippa wollten selbst in die Ardennen. Ich habe niemanden gezwungen. Und ich bin nicht verantwortlich für Caspers Taten. Ich versuche, auf sie zu hören: Ich möchte so gern weitergehen in meinem Leben. Aber es ist unglaublich schwierig.

Ich höre einfach nicht auf, über das Warum zu grübeln. Wie um Himmels willen hat sich Casper in so ein schreckliches Monster verändern können? Noch immer habe ich keine gute Antwort darauf gefunden. Ich glaube nämlich nicht, dass Casper von Grund auf ein schlechter Mensch ist. Er hat nur eine falsche Entscheidung getroffen und dann gab es keinen Weg mehr zurück. Irgendwas war in seinem Kopf zersprungen, als er erst gesehen hatte, wie sich Pippa und Stijn küssten, und danach mich und Jeroen auf dem Sofa entdeckte. Durch das Wohnzimmerfenster konnte er alles sehen. Leider hat Kim ihn in diesem Augenblick erwischt. Sie hatte sich gerade mit Daan gestritten und war nach draußen geflüchtet. Ich weiß nicht, was sie am meisten erschreckt hat: mein Fremdgehen oder Casper, der uns heimlich beobachtete.

Casper hat im Bruchteil einer Sekunde gehandelt. Wahrscheinlich hat sein Instinkt die Regie übernommen. Eine Katze, die in die Enge gedrängt wird, macht seltsame Sprünge. Er hat Kim bewusstlos geschlagen. Wäre er da bloß zur Besinnung gekommen. Hätte er uns da alles gebeichtet. Wir hätten ihn zwar für einen gewaltigen Idioten gehalten, aber damit wäre die Geschichte beendet gewesen. Blöderweise ist er aber in Panik geraten. Er hat den Holzschlitten unter dem Vordach herausgeholt und Kim damit zu einem abgelegenen Ort gebracht. Ich finde es abscheulich, dass er sich dafür unsere Scheune ausgesucht hat. Die Scheune von den Herbstferien. Caspers und meine Scheune.

Am nächsten Tag ist Casper uns gefolgt, als wir zum Haus der Jungen liefen. Wahrscheinlich hatte er Angst, wir könnten zur Polizei im Dorf gehen. Beim Haus hat er mit Kims Smartphone eine SMS verschickt.

Er hatte ihr am Abend vorher das Telefon weggenommen und in seine Jackentasche gesteckt. Ich bekam die Nachricht wenige Sekunden später: Kim war mit Daan nach Amsterdam gefahren.

Ich glaube nicht, dass Casper in dem Moment vorhatte, uns alle vier zu schnappen. Aber er konnte auch nicht nach Amsterdam zurück. Angenommen, wir würden Kim doch noch finden und herauskriegen, dass er dahintersteckte. Er musste uns weiter beobachten. So auch an dem Abend, als Feline nach dem Streit mit Pippa vor die Tür stürmte. Sie war im Garten auf ihn gestoßen und hatte sofort gewusst, dass da was nicht stimmte. Was machte Casper da so ganz allein im Schnee, obwohl er doch eigentlich in Amsterdam sein sollte? Sie fing an zu schreien, aber durch den starken Wind haben Pippa und ich sie nicht gehört. Casper hat sich auf sie gestürzt und sie k. o. geschlagen. Danach hat er auch sie mit dem Schlitten zur Scheune gebracht.

Und dann waren nur noch Pippa und ich übrig. Für Casper war die Lawine nicht mehr zu aufzuhalten: Er musste weitermachen. Wie Vieh hat er uns in die Enge getrieben. Er hat Kims Handy und Felines Schal im Haus deponiert. Das Blut auf dem Schal war übrigens kein Menschenblut, wie sich herausgestellt hat. Wahrscheinlich hat er den toten Fuchs gefunden, den Feline entsorgt hatte.

Casper hat draußen im Garten auf uns gewartet. Pippa und ich gerieten so in Panik, dass wir nicht mehr logisch nachdenken konnten. Es war sehr dumm von mir, allein ins Dorf zu gehen. Aber damals schien es die einzig richtige Wahl. Wie ein kopfloses Huhn bin ich ihm in die Arme gerannt. Der Rest ist bekannt.

Die ersten Monate war ich wütend auf Casper. Wie hat er uns das alles antun können? Und nur, um seine eigene Haut zu retten. Ich hasste ihn auch wegen seiner heimlichen Beziehung mit Pippa. Was war ich blind gewesen! Endlich verstand ich, weshalb er fast keine Zeit mehr für mich gehabt hatte: Er war nicht bei seinen Freunden, wie er immer sagte, er war bei Pippa. Ich war so wütend auf ihn, wütend auf Pippa, wütend auf mich selbst.

Aber nach einer Weile verwandelte sich meine Wut in ein anderes Gefühl: Schuld. Wie konnte ich ihm das Fremdgehen mit Pippa übel nehmen, wenn ich selbst keinen Deut besser gewesen bin? Schließlich war Casper erst richtig ausgerastet, als er mich mit Jeroen auf dem Sofa gesehen hatte. Ich frage mich manchmal, was ich getan hätte, wenn ich dahintergekommen wäre, dass Casper mit Pippa fremdgegangen war. Vielleicht hätte ich dann für mich auch nicht mehr die Hand ins Feuer gelegt.

Zum Glück habe ich meinen Schulabschluss geschafft. Und natürlich bin ich nicht mit Pippa nach Aix-en-Provence gegangen. Ich habe ein Geschichtsstudium in Groningen angefangen. Zufällig ist Kim auch dorthin gegangen. Wir treffen uns ab und an. Ich würde sie gern öfter sehen, aber Kim fällt es schwer, das alles einzusortieren. Sie fühlt sich noch immer tief verletzt von mir. Das verstehe ich. Manche Dinge brauchen Zeit.

Kim und Feline haben von ihrem Eingesperrtsein im Schuppen keine Schäden übrig behalten. Casper hatte ihnen Decken und Wasser hingestellt. Offensichtlich hat er es nicht übers Herz bringen können, sie erfrieren zu lassen. Er ist kein Mörder. Laut Gerichtsbeschluss wollte er Pippa auch nicht wirklich erwürgen. Er wollte nur, dass sie das Bewusstsein verlor, damit er sie in der Scheune einsperren konnte. Ich hoffe, dass es stimmt. Aber ich habe in diesem Moment den Blick in seinen Augen gesehen. Schierer Hass. Casper war da schon lange nicht mehr Casper. Deswegen habe ich auch ohne Zögern geschossen.

Die Kugel hat ihn genau oberhalb seines Herzens getroffen. Laut Polizei war es ein Volltreffer. Casper hat drei Wochen im Krankenhaus gelegen. Jetzt sitzt er eine Gefängnisstrafe von zwei Jahren ab. Der flämische Staatsanwalt hatte auch mich wegen versuchten Totschlags angeklagt. Zum Glück wurde ich freigesprochen. Das Gericht fand, ich hätte aus berechtigter Notwehr gehandelt.

Und noch mehr Dinge sind gut ausgegangen. Mein Vater arbeitet noch immer mit der Werbefirma von Caspers Vater. Er fand es nicht fair, seine geschäftliche Entscheidung von diesem Drama beeinflussen zu lassen.

Caspers Vater ist ein ehrlicher, hart arbeitender Mann, der unter den Taten seines Sohnes entsetzlich leidet. Ich finde, es ist eine schöne Geste meines Vaters. Aber es zeigt auch, wie schrecklich unsinnig Caspers Aktion war.
Mit Feline habe ich keinen Kontakt mehr. Über drei Ecken habe ich gehört, dass ihr Vater wieder eine Stelle hat. Ich habe ihr noch eine Karte geschickt, aber darauf hat sie nicht geantwortet. Und Pippa? Die ist mit ihren Eltern in einen Ort im Norden des Landes gezogen. Ich hasse sie. Aber es ist total verrückt, manchmal vermisse ich sie auch. Sie war so überschäumend, so ausgelassen und präsent. Ich glaube nicht, dass ich jemals wieder einem Menschen wie ihr begegnen werde.
Ich schaue noch einmal auf das Foto. Wir lebten in einer Scheinwelt. Was wussten wir denn nun wirklich voneinander? Überhaupt nichts. Jedenfalls nicht die Dinge, die wirklich wichtig waren. Ich kann niemandem einen Vorwurf machen. Ich habe genauso intensiv in diesem Theaterstück mitgespielt.
Mit ausholenden Bewegungen zerreiße ich das Foto in hundert Schnipsel. Sie trudeln zu Boden und auf meine Füße. Es sieht aus wie Schnee. Alles ist weiß. Ich schaue auf meine Uhr. Halb drei. In einer Viertelstunde beginnt meine Vorlesung. Und ich habe mich mit einer Kommilitonin verabredet. Ich muss mich beeilen, sonst komme ich zu spät. Ich mache einen großen Schritt über die Schnipsel hinweg. Die echte Welt ist draußen.

Mel Wallis de Vries, geboren 1973, ist in den Niederlanden eine sehr bekannte Autorin, deren Bücher sich nicht nur regelmäßig auf den Bestsellerlisten wiederfinden, sondern die auch immer wieder mit Preisen ausgezeichnet werden. *Da waren's nur noch zwei* konnte gleich mehrere Preise gewinnen, darunter die Auszeichnung der Jungen Jury als das »Beste Buch der Niederlande« im Jahr 2012. Die spannenden Romane der Autorin werden von Jugendlichen wie Erwachsenen gerne gelesen.